钱多多
重生记

Qian duo duo chong sheng ji

恩赫——

著

广东省出版集团

花城出版社

中国·广州

图书在版编目（ＣＩＰ）数据

钱多多重生记 / 恩赫著. -- 广州 ：花城出版社，
2013.1
　ISBN 978-7-5360-6642-7

　Ⅰ．①钱… Ⅱ．①恩… Ⅲ．①长篇小说－中国－当代
Ⅳ．①I247.5

　中国版本图书馆CIP数据核字(2012)第272179号

出 版 人：詹秀敏
责任编辑：李　谓　张　旬
技术编辑：薛伟民　凌春梅
装帧设计：yage 雅培书装
策划推广：榕树下

出版发行　花城出版社
　　　　　　（广州市环市东路水荫路 11 号）
经　　销　全国新华书店
印　　刷　佛山市浩文彩色印刷有限公司
　　　　　　（广东省佛山市南海区狮山科技工业园 A 区）
开　　本　787 毫米×1092 毫米　16 开
印　　张　16　1 插页
字　　数　160,000 字
版　　次　2013 年 1 月第 1 版　2013 年 1 月第 1 次印刷
印　　数　1－5,000 册
定　　价　29.00 元

如发现印装质量问题，请直接与印刷厂联系调换。
购书热线：020－37604658　37602954
花城出版社网站：http://www.fcph.com.cn

目录

赵北北可能也不是很厌烦这种感觉，他没有像每次那样对我冷言冷语，一直在沉默。

"……"事到如今，我反倒平静下来，一点都不觉得多么伤感。

赵北北张张嘴要说些什么，还是放弃了。

我们两个人竟然连个话题都已找不到……

我什么话都没说，沉默地为赵北北收拾行李，把他的衣服一件件叠好，告诉自己不必难受，可是眼泪还是不争气地流了出来，谁能保证赵北北还真的能回到我身边？

赵北北察觉到我在哭，他走过来抱住了我："多多，你要相信我。我的心永远都在你这里。"

我没有想到的事情有很多，我最没有想到的是，我最爱的男人会在某一天猝不及防地成为一个植物人。我的眼前一片黑暗，不要说什么光明了，就连手电筒照出的那么一丁点光亮我都看不到。未来的日子究竟要怎么走下去，我不知道。

第一卷：身在红尘，心不由己

姓名：钱多多　年龄：21 岁　职业：企业白领

当我写到这里，听到身后赵北北压抑的笑声，回过头，看到的是一张足以让西红柿自卑到死的脸。我狠狠剜他一眼，回过头继续填表。

交友要求：有钱英俊的单身男士　电话：*******

我就不信这个邪，这大千世界芸芸众生，我美女钱多多就钓不到个称心如意的金龟婿！

婚介所登记

姓名：钱多多 年龄：21岁 职业：企业白领

当我写到这里，听到身后赵北北压抑的笑声，回过头，看到的是一张足以让西红柿自卑到死的脸。我狠狠剜他一眼，回过头继续填表。

交友要求：有钱英俊的单身男士 电话：*******

从婚介所走出来，赵北北终于放开来笑，笑得几乎要撒手人寰随时需要叫救护车。我就拿眼斜他，踩着十几厘米的高跟鞋走得雄赳赳气昂昂，格外有气势。

"哎我说钱多多，你简直太有才了，你怎么就写了个企业白领上去呢？"赵北北依然不知收敛，腆着个脸笑得春光灿烂。

我一般不会和他计较，他这人嘴里如果能蹦出句中听的话来，我估计狗都不吃屎了。"那你说我应该写什么呢？"

赵北北眼珠一转，笑得十分奸诈，"你应该写个体，你本来就是干个体的嘛，哈哈！"

我用足足有14厘米的鞋跟轻轻碰触赵北北穿着单薄球鞋的脚，不理会他像头猪被宰杀前一样嗷嗷叫唤，继续走我的康庄大道。

"钱多多还是不对啊！"赵北北格外坚定，单腿蹦到我面前，"那你也不能直接把要求对方有钱写上去啊，这也太赤裸裸了。最起码你也应该找块遮羞布，比如写个事业有成什么的。我估计你这事还得黄，钱多多，这可是你换的第五家婚介所了。"

反正我早已经习惯赵北北无休止泼我冷水，我心头的火苗依然旺到不行。我就不信这个邪，这大千世界芸芸众生，我美女钱多多就钓不到个称心如意的金龟婿！

是，我爱钱，非常非常地爱。我可以当着任何人的面大声喊"我爱人民币"，不需要什么遮羞布。爱钱从来都不是缺点，说自己不爱钱的人通常都是有钱人或者是个彻头彻尾的傻瓜。四年前，我亲爱的爸爸醉酒驾车载着我亲爱的妈妈一头撞上迎面开来的巴士，白白送了性命不说，还因为是过错方揽了一大笔债务，把能卖的全都卖掉才勉强凑够罚款。于是，刚上高二的我就成了一无所有的孤女，被迫辍学。

自古以来都是"贫居闹市无人问，富在深山有远亲"，这是亘古不变的哲理。所以当我的亲戚们把我像个皮球一样踢来踢去并且大打出手时，我并没有多么受伤，人性使然，这怪不得他们。于是，在他们闹得不可开交时，我很从容地选择了离家出走。

上海，一个光怪陆离的城市，是无数作家笔下的天堂。可是当我真的到了上海，才知道这里只是有钱人的天堂，言情小说害死人！有钱的人，可以香车宝马上午咖啡馆下午西餐厅歇斯底里地浪漫，可是穷人呢，拼死拼活干一辈子连房子都买不起。谁说上帝是公平的？拖出去，斩了。

我只是一个高中没毕业一无是处的 17 岁少女，好吧，如果漂亮是优点的话，我还是有点长处的。当我身上仅有的几百元钱被天杀的小偷神不知鬼不觉地取走后，我真想买块豆腐撞死得了，一了百了。可是没有办法，我连买豆腐的钱都没有。在我最窘迫，连个面包都吃不起的时候，五姐像天使一样降临到我身边。

当我第一次非常真诚地对五姐说她像个天使的时候，五姐非常给力地把喝下去的咖啡如数喷到我的脸上。五姐很淡定地从包包里扯出纸巾给我擦脸，面无表情地说："多儿，不带这么吓人的，天使什么东西啊，恶心巴拉的。我们是魔鬼，专吸男人血的吸血鬼。收拾一下，准备接客。"

……

没有错，我和五姐以及这里更多的姐妹，就是被广大人民称之为妓女的存在。我们像一枚一枚有毒的果子，生长在一棵名叫"梦乐迪"的大树上。男人们永无穷尽的欲望和金钱将这棵树养育得枝繁叶茂，我们就在风中摇曳生姿，跳着最奢靡的舞蹈。赵北北曾经取笑我是一只花蝴蝶，只不过我采集的是男人的精液。

曾经有女人来"梦乐迪"大闹，五姐冷笑着看女人发疯，等到女人摔东西摔到连个遥控器都拿不起来的时候，五姐像台计算机一样准确地报出损失的金额。"当然，"五姐笑得很是和蔼可亲，"如果你不想赔也是可以的，那你就等着法院的传票吧，记得要请个好点的律师哦。像你这样的女人我实在见过太多，管不住自己的男人就跑这里来发疯撒泼，这样除了让你的男人更加讨厌你之外

你还能得到什么？我给你个建议，趁你男人熟睡的时候拿把剪刀把他的命根子一下子剪下来，那他就永远也造不了孽了。如果你下不了手，那就别在我们面前逞强，没有武则天的气魄你学人家当什么女王，再说这也不是你的领土啊。其实吧，从某个方面来讲你还是应该感谢我们的，我们不稀罕你男人的感情，我们只爱他的钱。如果你把你的男人逼得连这里都来不了出去找个小三小四什么的，那你才是真正的人财两失呢。哦当然了，如果你觉得家里红旗不倒，外面彩旗飘飘的情景很和谐，那就当我什么都没说。"

刚才还理直气壮的女人瞠目结舌，恨不得浑身长满嘴去反驳五姐。

五姐就是一挺机关枪，惹到她的人就要做好迎接枪林弹雨的准备。

我穿上了从衣橱底层翻出的一套黑色套装，化了一个淡淡的妆。五姐和赵北北的面部表情很是诡异。我曾经在门口张贴过无数次"男人与狗不得进入"的告示，依然阻挡不了赵北北疯狂地往我家里，确切地说是五姐家里跑。我就嘲笑他不是个男人，谁知赵北北一脸纯真无辜地点点头，"你怎么知道我是阴阳人？"

从镜子里看到五姐和赵北北诡异的表情，我知道我再不消失，五姐指不定又整出句什么话来。可这个念头刚刚闪过，我的大脑还没来得及命令我的双腿开拔，五姐的话就丢过来了，"多儿，和你比起来，我觉得那满大街的白领倒像是鸡了。"

玉皇大帝观音菩萨如来佛祖关二爷，我对天发誓，这只是五姐的个人想法，完全不关我的事。

"哎钱多多，要不我陪你去吧。"刚才还像一尊雕塑一样一动不动的赵北北突然像诈尸一样挺坐起来，那速度怎一个快字了得。

我丢给赵北北一个大大的卫生眼，"滚，我相亲你以后不许再跟着。你一跟着，我准成不了。"

赵北北腆着招牌似的笑脸，"钱多多，我这次保证不给你捣乱，我就远远看着，给你把把关，万一遇见上次那样的色狼我也能帮你啊。"

我气沉丹田，用尽全身力气大喊一声："滚！"

喊完后我都觉得大脑嗡嗡作响。这不能怪我发火，是赵北北他哪壶不开提哪壶。一想起上次相亲的那男的我心里就堵得慌，恨不得杀人泄愤。

那个秃头顶秃脑门脑满肥肠一脸横肉体毛旺盛鼻孔朝天老鼠眼蛤蟆嘴的中年老男人竟然自诩貌比潘安，如果只是外表差强人意倒也罢了，更要命的是，刚一见到我他就猛吞口水，目露淫光，露出满嘴的黄牙，口腔里的味道能把生活在臭水沟里的耗子熏死。"妹妹你真漂亮，要不我们换个地方谈吧。"

当他毛茸茸的手覆盖到我的手上时，本着买卖不成仁义在的原则，我一直保持得体的微笑，"帅哥，对不起，我突然想起还有一件事情，失陪了。"

谁知他一下子将我抱住，呼天抢地就是不让我走，幸亏坐在不远处的赵北北及时出现帮我解围。

见我不再发威，赵北北把捂在耳朵上的手取下来，"所以说，你是需要我的。"

我彻底无语。

天上掉下个陈嘉琦

和赵北北吵架就像是用重锤砸向软软的棉花，明明是拼尽所有力气，却怎么也解不了气。就连五姐都说，"别说是机关枪了，就算我是重型坦克也没有办法，他赵北北简直就是空气，对着空气开炮我不是自找别扭么？"

赵北北亦步亦趋跟在我身后，像一只怎么也甩不掉的万恶的苍蝇。不过说实话，当赵北北不要贫不奸笑的时候确实蛮好看。"梦乐迪"很多女顾客就是冲着赵北北那张小白脸来的。

来到约定的地点，是一家十分优雅的西餐厅。有很多真正的白领在喝咖啡聊天，我觉得我进到这种地方大有鱼目混珠的意思。赵北北看我一眼，似乎明白了我的想法，眼光里隐约有疼惜。我甩甩头，再看向赵北北，刚才肯定是我多想了，赵北北眼里明明是欠揍的盈盈笑意。

我悄悄地深吸一口气，找到窗前的座位坐下来，赵北北很知趣地去到一个角落。

"请问，是钱多多小姐吗？"是一个非常儒雅的声音，听起来很有涵养的样子。

我慌忙抬起头，看到了陈嘉琦温和的笑脸，"我是。"

接下来我就沉醉在陈嘉琦醉人的温柔里，完全没有注意到赵北北落寞离去的背影。

陈嘉琦绅士、英俊、多金、温和，符合我对白马王子的所有幻想。跟他在一起，我忘记了自己是一个肮脏的女人。我就是一个白领，一个有资格站在陈嘉琦身旁明媚如花的女子。

我开始在阳光下走动，开始只化淡淡的妆，开始拒绝说脏话，并且为了不穿帮我搬出了五姐家，在外面租了一套小小的公寓。我自欺欺人地把自己伪装成一个白领，甚至都很少去"梦乐迪"上班。

尽管我如此小心翼翼，还是差一点就穿帮。

陈嘉琦突发奇想要来我公司接我下班。是的，我完全可以说自己不在公司，可不凑巧的是我刚刚和陈嘉琦通过电话说要加班到很晚，只好在公司啃三明治，其实我是在"梦乐迪"陪一位老顾客。接到陈嘉琦要来接我的电话，我有种自己掘了坟墓往里跳的感觉。

我躲在卫生间里，心凉成一片，如果可以我甚至希望让抽水马桶带我走，哪怕去地狱我都愿意。

"喂，多多，你怎么了？我是问你你的公司怎么走。"电话那端，见我迟迟没有反应，陈嘉琦有些着急。

"我待会给你回过去，现在有点事。"我急急忙忙挂掉电话，企图为自己找条活路，虽然希望渺茫。

当我被陈嘉琦从崭新的办公大楼接走的时候，还犹如在梦中一般。我不知道赵北北怎么会有在这种地方上班的朋友，并且感情还不错的样子。说起这个我才发现我对赵北北一无所知，只是听别人说他是被一位富婆包养的小白脸，那个包养他的富婆我没有看到过，至于那富婆究竟有多有钱，每当赵北北穿着上万元的衣服在我们面前耀武扬威的时候，五姐就会恨恨地说一句："他妈的，那富婆真有钱，大方得不像个女人。"

我坐在陈嘉琦的车上往回张望，赵北北躲在门后对着我打了一个 OK 的手势，我依稀看见他的眼睛像星星一样闪亮，脸上似乎有种叫做失落的表情。

自从我和陈嘉琦在一起之后，赵北北就变得怪怪的，甚至还会躲着我。只是我沉浸在陈嘉琦带来的温柔里，并不怎么在意。可是今天，我忽然觉得很伤感。

我自己在那里伤春悲秋，脑子里一闪一闪的全是赵北北的好，我觉得现在的自己特别矫情。

见我许久没有言语，陈嘉琦有些奇怪，"多多，你今天不怎么高兴，是因为工作上的事情吗？"

陈嘉琦就是这样的，似乎永远都是客客气气，换作是赵北北，如果我的心情不好或者有心事，他一定会捏着我的脸，坏笑着说："妞，给爷笑一个。"

我真想大嘴巴扇自己，这个时候，我想哪门子赵北北啊。

我没有说话，突然对这种客气的交流感到厌倦。

"多多，今天我准备带你去我们的家。"陈嘉琦一本正经。也对，他好像在我面前就一直是一本正经的。

陈嘉琦住在一栋很大很漂亮的别墅里，我估计在里面开个歌舞厅都不成问题。房子有大大的落地窗，漂亮的阳台，阳台上种满了花草，生机勃勃。

我闭上眼睛，默默地对自己说，钱多多，这就是你想要的生活。

离开"梦乐迪"

我几乎偏执地认定，陈嘉琦就是值得我托付终身的男人。

目睹我的蜕变，五姐却是担忧的，她对我说："多儿，陈嘉琦再好他也是男人，男人的本性就是贪婪自私。你可别真的陷进去，万一他陈嘉琦……"

我优雅地用手捂住五姐的嘴，阻止她再说下去。其实，五姐很少有这么一本正经说话的时候，平时她总是用一本正经的表情说最不正经的话。"五姐，我想相信一次，哪怕是最后我看错了陈嘉琦我也不后悔。"

我终于下定决心要离开"梦乐迪"，走的那一天有很多人来送我，可是赵北北没有来。我的心里有些寂寂的。

一群人围着我谈笑，我却提不起一点兴趣。五姐看出我心不在焉，悄悄对我说："多儿，赵北北在205，要不你去看看他吧。"

我感觉五姐心事重重，目光游离，似乎在努力掩藏什么。

来到205，房间里黑黑的，满地都是乱滚的酒瓶，我摸索着打开日光灯，看见了坐在沙发上仍然在灌酒的赵北北。

钱多多重生记

"你不是要走了吗，你还来做什么？"赵北北面无表情，喝酒的动作没有停止。

我上前一把夺过他手中的酒瓶，用力放在桌子上，"赵北北，你再怎么说也是个堂堂男子汉，躲在房间里喝个烂醉真叫人瞧不起。"

赵北北抓住我的手腕，笑得很悲凉，"男人？钱多多你有把我当男人看过吗？再说了，我连自己心爱的女人都留不住，我他妈还算什么男人！"

我一听苗头不对，就想往外溜，可是赵北北却不肯放手。"钱多多，你不用躲，反正你马上就要和陈嘉琦双宿双飞了，我是不会阻碍你的幸福的。可是钱多多我就是不明白，他陈嘉琦到底哪里好，我有哪点比不上他？"

我嗫嚅着不说话，心里却一阵阵发疼。赵北北的心思我是明白的，可是我们不行，如果我们在一起了那还有什么盼头。所以我就装糊涂，对他的感情不予理会。

"也对，"赵北北突然一拍脑门，"我就是个穷小子，一个被人包养的小白脸，我怎么能厚着脸皮和人家陈嘉琦比？我们的大美女钱多多要找的可是金龟婿，我哪里够格！"

换作平时，如果赵北北这样说我我肯定很火大，可是今天我只觉得伤感，竟然很矫情地流下眼泪。自从进入"梦乐迪"后我基本就和眼泪断绝了一切联系，我觉得眼泪那么圣洁的东西从我一个坏女人的眼眶里流出来就给污染了，所以我一直都不哭，再怎么被人欺辱我都没有哭过。赵北北简单的几句话就把我整哭了，这小子还真有本事。"好，赵北北，你要喝我就陪你喝，咱们今天不醉不休，谁不喝谁就是孙子！"

那天我和赵北北一共喝了多少酒我不记得了，只听五姐说是她找人把我和赵北北扛出来的。"并且，"五姐义愤填膺地补充道，"你吐起来就像喷泉似的，我离你一米多远硬是没能幸免于难。多儿，你知道我那天穿的衣服有多贵吗？"

"五姐，咱姐妹之间谈钱多庸俗多伤感情啊。"待我醒来已经是两天以后了，五姐这人真爱记仇。

五姐冷冷一笑："别在我面前谈感情，伤钱。"

我……

我深刻地认识到，我绝对没有那么深的修行和五姐玩口头战役，在这方面她是老虎，我是纸老虎，根本不是一个档次的。

"还有，赵北北也离开'梦乐迪'了，临走时他守着你坐了好一会儿，就你个没心没肺的还睡得跟死猪似的。赵北北在你身上花的心思我们都能看到，也就你，揣着明白装糊涂。不过，糊涂也好，两个都活在黑夜里的人走在一起连点光亮都找不到，那才叫没有盼头呢。"五姐轻轻叹了一口气，此刻的她不再是"梦乐迪"左右逢源的交际花，她只是一个再平常不过的向往爱情却又害怕伤害的可怜女人。

平静生活

"五姐，你先出去吧，我现在脑子有点乱，得收拾收拾情绪。"我把头埋进被窝里，听到五姐轻轻走了出去。

半梦半醒间我隐约听见赵北北在我跟前说过话，可是我只当那是一场梦，现在看来却是真的。我依稀记得他说："钱多多，如果我也是个有钱人，你是不是就不会选陈嘉琦而选择我呢？"

认识赵北北已经有四年时间。四年来，我从没有认真思考过赵北北在我的生命中扮演着怎样的角色。虽然有时候他像一块牛皮糖一样怎么也甩不掉，有些讨厌，可是我又心安理得地接受他对我的好。每次赵北北专爱挑喝得烂醉的客人给我，我常常都会被吐个满身。当我找到赵北北时，他总是坏笑着对我说："哎呀你生什么气，弄脏衣服总比弄脏身子强吧。"赵北北会为我打架，会为我挡酒，会在我生病时逼着我吃药，会阻止我吸烟……这些我曾经反感的事情，现在想来都是他对我的一点一点的心意啊，可是我完全辜负了他的好。

赵北北赵北北，全世界数你最傻，好好的你喜欢我这样一个视钱如命的女人做什么，你又没有钱，我才不会和你在一起。我一边赌气般这样想，一边抹眼泪。我就这样一个人躲在被窝里，哀悼这段从未被我重视今后不会再有的感情。

我从小公寓搬进了陈嘉琦大得不像话的别墅，正式开始同居生活。

大大的落地窗前，陈嘉琦从身后拥着我，"多多，这个家终于等到它的女主人，我真开心。处上一段时间，如果我们都觉得合适，我们就结婚吧。"

陈嘉琦说愿意和我结婚，这说明他不是随便和我玩玩。我笑了，笑得很甜。

钱多多重生记

也许这就是幸福吧，和心爱的人生活在一起，相守到老。

可是，陈嘉琦是我爱的人吗？这个问题我不敢往深处想，因为只要一想到这个问题，赵北北那张坏坏的笑脸就会出现在我的脑海里，挥之不去。

陈嘉琦也是愿意我待在家里的，所以我就安心躲在豪华的别墅里，断掉一切过往，甚至和五姐也断了联络。一个溺水被救上岸的人首先想到的必定是把身上的湿衣服脱掉，五姐她们就是我一心想要脱掉的湿衣服。

我在阳台上种了很多不知名的花草，穿着棉布裙子出去买菜，买来很多轻音乐唱片和很多小说，做好饭菜等陈嘉琦回家，为他准备第二天上班要穿的衣服。

这样平淡地生活着，挺好。像我这样子的女人能过上这样的日子实在是上苍垂怜。我对陈嘉琦充满了感激，我刻意不去想赵北北，怕对不起陈嘉琦。吃着碗里的还想着锅里的可不是什么好习惯。

日复一日，就这样，一年时间过去了。

我已经忘记了在"梦乐迪"上班的日子，忘记了那些嬉笑怒骂，拌嘴耍贫。陈嘉琦的确是一个非常有素养的人，别说是骂人了，连大声说话他都不会。赵北北就看不惯他这一点，"好好一个大男人干吗当个绵羊，想不通"，这是赵北北的原话。

我跪在地上擦地板，陈嘉琦对着电脑工作，很忙碌的样子。

有一句话像硫酸一样被我含在嘴里许久，再不说出来我的嘴就要被腐蚀得千疮百孔了。"嘉琦。"

"嗯？"陈嘉琦没有抬头，仍然埋头看他的电脑，在他眼里电脑始终比我重要得多。

有时候我总有一种很不好的感觉，我对陈嘉琦而言就不过是下雨天的一把伞，需要时会小心使用，不需要时就放在一边，不会给予任何感情。反正收一把伞也不是一件闹心的事情，所以他的态度不会很恶劣，不冷不热的让人觉得难堪。"有一件事情我不是很明白，当初你为什么会选择我呢？"

"因为觉得你这个人够直白，爱钱就说出来，不藏着掖着。我知道你要什么反而好，不用费心去猜。反正我有钱，可以满足你，不必担心你会因为得不到想要的东西从我身边逃开。至于爱情，"说到这里，陈嘉琦才抬起头看着我，"我很忙，没有太多心思花在上面。"

原来如此！

陈嘉琦要的不是一个真心爱着的女人，他比较需要一个保姆。而我，需要的也不是一个心爱的男人，我要的是一个强有力的保障，可以让我在物欲横流的世界里得到安慰。这样的两个人在一起虽然奇怪倒也满和谐，不会要求，不会束缚，不会占有，就只是相互作个伴而已。

突生变故

陈嘉琦的公司接了一个很大的项目，逐渐忙了起来，回家吃饭的次数屈指可数。其实有好几次我都想让他陪我去趟医院的，可是看到他忙碌的样子我还是识相地独自去了医院。

我拿着医院的化验单去陈嘉琦的公司，这好像是我第一次去他的公司找他，我们在一起一年多，陈嘉琦从来没有带我参加过公司的任何聚会，也没有介绍任何朋友给我认识。

难怪许多人都感叹世风日下，这青天白日的，一对情侣拥抱在一起互相啃咬着，像发情的动物。我一边暗自感叹这女人比"梦乐迪"的姐妹们都疯狂，一边惊奇于这男人和陈嘉琦如此相像。

不对啊，什么叫相像，这人明明就是陈嘉琦！可是这算什么情况呢？和他同居的人是我，我的肚子里甚至还有了他的血肉，他却和别的女人在大庭广众众目睽睽之下上演激情戏，这也太像儿戏了。

我的脑子像一台高速运转的机器，迅速闪过无数的想法。我是应该发挥中华民族的传统美德上前扮演泼妇一哭二闹三上吊，还是要像煽情戏里的女主角一样走上去哭得比黄花瘦问他为什么要这么对我？不过我用实际行动证明了生活不是电视剧，我选择了十分低调保守的做法，我没有让他看到我，默默走开了。

转过身的那一刹那，我无比地佩服自己，瞧我多么冷静多么克制啊，和谐社会，要淡定，我简直堪称模范公民。我的泪流得哗哗的，就算我是一个坏女人，就算我不是个洁身自好的清白姑娘，可再怎么着我也是个人不是？怎么可以这么对待我呢，太无耻太过分太不要脸了！如果觉得受够和我在一起就大大

钱多多重生记

方方说出来，我保证立刻卷铺盖滚蛋，不碍任何人的事，我他妈的连多想赵北北一下都觉得罪孽深重对不起他陈嘉琦，可是他就是这么对待我的？什么公司忙，我看他压根就是把所有时间都花在那小妖精身上了。我突然开始同情那些到"梦乐迪"找老公大吵大闹的女人。

我流泪的样子肯定特丑，要不然大街上的人怎么都对我敬而远之呢？我又不是流行病毒，脸上也没贴着"我是妓女"几个字。我不管别人如何视我为疯子，我就是哭，一直哭，不停地哭。我的眼泪让我明白一件事情，我终于知道自己要的是什么了，我不要钱，我要一份完整的只属于我一个人的感情，我要的是一个像赵北北那样真心疼我的男人！既然得不到这样的感情，我就宁为玉碎不为瓦全，继续去当妓女。如果先辈们知道我把这么有志气的成语用在这里，应该会争先恐后地从坟墓里爬出来拖我的吧。想到这些，我就笑了，又哭又笑的离疯子又近一步。

我不知道自己应该去哪里，我觉得似乎整个世界都把我给抛弃了。我就这样一个人在大街上游荡，再抬起头，发现自己来到了"梦乐迪"。这是上天有意的安排吗，我钱多多这一生注定离不开这里了？

我的突然造访没有让五姐流露出一丝类似于惊讶的表情，我忘记了，五姐要比我淡定一万倍。

五姐点燃一支烟，烟雾中我有点看不清她的表情。"我知道你早晚都得回来的，只是没想到会这么快！"

我多么希望自己可以变成一只王八啊，把脑袋藏起来，把表情藏起来，把羞辱藏起来。五姐成功演绎了什么叫做乘胜追击，她继续不遗余力地羞辱我："多儿，我对你说过多少次了，男人是不可信的。你当初是多么信誓旦旦啊，现在怎样？你还敢在我面前说你不后悔？"

"我不后悔，我就是不后悔！"我像是吃了兴奋剂一样激动，铆足劲大喊，"五姐，我还一直自作多情地认为你是拿我当姐妹看待的，可是你就这样落井下石吗？这样子侮辱我你到底是有多开心？像你这样的人懂得什么是爱吗？"我只顾自己喊得高兴，完全没有顾及到五姐的感受。

听完我的慷慨陈词，五姐精致的脸变得煞白，仿佛随时都有昏厥的可能。

我用眼直瞄她，也觉得自己有些过分，并且暗暗称奇，我什么时候变得这么毒舌了？果然人真的是潜力无穷。

好一会五姐的脸色才渐渐好起来，不过却像是在突然之间老了好几岁。

第一卷　身在红尘，心不由己

五姐的故事

"我就知道，在你们所有人的眼里，我就是一个冷漠无情自私自利唯利是图的鸡头。可是多儿，你们不知道的是，你们没有一个人有资格指责我不懂爱情，因为我为了爱那个畜生，牺牲了全部！"

我恨不得把自己的脑袋用力摁进脖子里去，五姐那种凄惨的表情让我非常难受，比喝辣椒水都难受。

五姐悠长的声音响起，就像留声机一样让人觉得安详，认识她这么些年，还是第一次听见她用这种语气说话。"多儿，讲一个庸俗冗长的故事给你听吧。那年，我只有十八岁，上高三，纯洁得如同一朵栀子花。他就那样闯进我的世界里，把那个美好的我撕得粉碎。他是我们学校里出了名的坏学生，可是他却喜欢上我，而我也非常没有出息地喜欢他。其实一开始我们在一起的时候他对我很好，可是直到我怀了他的孩子我才知道，他不仅对我一个人这么好，也不止让我一个人怀了孕。我自己去私人诊所做手术，我在手术台上痛得要死的时候，他在做什么？他在和别的女孩子风流快活！那次手术差点要了我的命，大出血差点死掉！我是没死，可是从此我却失去了做母亲的资格。我的父母都是有头有脸的人物，他们有我这样的女儿实在是家门不幸。妈妈很生我的气，不跟我说话，爸爸一直很疼我，他没有骂我，可是总是不停地叹气，好好的一个家因为我的原因变成了一座坟墓。我没脸在家里待下去了，于是就离家出走和他住在了一起。以前他至少还是会背着我找女孩子的，可是自从我们住在一起后，他竟然会带着女孩子回家过夜，把我当真空似的。多儿，这样子的屈辱你能忍受吗？可是我能，那时候我就傻傻地认为，他是我的第一个男人，也会是我最后的一个男人。我爱他，我就要包容他的一切。这样傻的人你是见过还是听说过？我对他彻底死心是因为他和别人打赌，如果他输了，我就要陪别人过夜。如果这样我还能忍受的话，那我就不是人了。我跟了他五年，为他放弃了我的学业，我的父母，我光明的未来，得到的是这样的结果。我离开了他，开始自甘堕落，当舞女当妓女，能怎么糟蹋自己我就怎么糟蹋自己，我打心底里觉得自己就是一个贱货……"

说话的声音已经哽咽，我抬起头，看见她的妆都被泪水弄花了，睫毛膏从眼睛一直流到下巴，拉出两条长长的痕迹，狼狈不堪。和五姐经历的事情比起来，我这点狗屁事算得了什么，我怎么还有脸跑到五姐面前哭哭啼啼？我真想狠狠扇自己两个嘴巴子。

五姐扯过纸巾擦擦脸，"瞧我这点出息，都陈芝麻烂谷子的事了，我还哭。"

"五姐……"我嗫嚅着不知道说什么好，我觉得自己简直比当年制造南京大屠杀的小日本都可恶。

"你千万别说安慰的话，我听着恶心。其实在我还不是妈妈桑的时候，我和他见过一面，他是我的客人。"

五姐这几句轻描淡写的话带给我更大的震撼，我嘴张得老大，估计能把我的脸的长度拉到和驴脸等长。"那你是怎么收拾局面的？"我觉得像五姐这种惊世骇俗的人一定有着让人意想不到的惊世骇俗的处理问题的方法。

果不其然，五姐轻笑一声，那笑容里满满的全是嘲讽："当时我们这里玩什么狗屁浪漫，说小姐接客要先把灯关上，等脱完衣服再把灯打开。灯打开的那一刹那，我们就这样赤裸裸地坦诚相见了。我在他惊愕的表情下从容地穿好拿在手里的衣服，对他说了一句'抱歉，我走错房间'，然后我就走。你说可笑不可笑，那一刻，我竟然有报复的快感，哈哈！"五姐使劲地笑，把眼泪笑了出来。

我知道五姐的笑容下掩盖着什么，可是我没有揭穿她，我陪着她一起笑，鼻涕眼泪流了一脸，活脱脱俩小丑。

等我们都笑得累了，五姐顺手扔给我一罐啤酒："说说你今后的打算吧，你是准备装作什么都不知道，继续待在陈嘉琦身边，还是要离开他？"

"当然是离开他！这种男人有什么好留恋的，我才不稀罕。"我灌了一大口啤酒，洒洒脱脱地说，可是我的心里却在滴血，当然，我没指望这种逞强能瞒过五姐。

"离开他是对的，男人偷情有第一次就有第二次，他们上瘾的。多儿，相信我，伤心是暂时的。"五姐拍拍我的肩膀，然后不再说话。

我们就这样沉默地喝酒。反正这肚子里的孩子我是不打算要的，今天我要喝个痛快。

带着我最后的慈悲，滚蛋

回到家后陈嘉琦对我出奇地温柔，他还以为我什么都不知道。不是说男人在外面做了对不起女人的事回家后就特别殷勤吗，陈嘉琦这个孙子。

我说："陈嘉琦，我肚子里有你的孩子了，可是我不想要他，我要离开你，你彻底地滚出我的世界，跟你的地下相好的甜蜜去吧！"

陈嘉琦面部有点抽搐，他没有想到我会说这样的话。也是，我在他面前一直都是个有素质的小白领，戴着面具谨小慎微地说话，都捂出痱子来了。还是这样说话好，两个字，痛快！

陈嘉琦还在装："多多，你在和我开玩笑么？你肚子里的孩子是我们爱情的结晶，怎么能说不要就不要？如果你觉得就这样把孩子生下来很委屈的话，我们就结婚吧。还有，我就只有你一个女人，哪来的地下相好的？"

我真想甩他几巴掌，可是细细思量，如果他恼羞成怒了那我可不是他的对手，于是我忍住了。"陈嘉琦，你现在还要装吗？你再这样下去可就真的没意思了。你别在我面前提什么爱的结晶，我会吐的。你敢说今天上午在你公司门口和那个女人亲嘴的人不是你吗？做人不可以无耻到这个地步，你这样做可对不起我们任何一个，对我们都不算个交代啊，那女的总不会心甘情愿做一辈子小三吧？"

陈嘉琦大概没有想到事情会这么快就暴露，有些惊愕，"多多……我也不知道该说些什么，对不起，请你相信我，我真不是故意的。那个女人是我的初恋，当初她嫌我是个穷小子就甩了我嫁给一个富商，现在我有钱了，她就又回来找我了。我和她……其实我就是想惩罚她一下，亲完她以后我就把她骂跑了。多多，我保证以后不会再犯了，成吗？我们在一起一年多了，彼此都习惯对方了，为这点事分手不值得。"

"陈嘉琦，我没有兴趣听你的罗曼史。我只知道，我必须离开你，因为我不知道凭什么信任你。其实我没资格怪你，因为在这之前是我先骗了你，我不是白领，我是一小姐，对，也就是鸡。"

陈嘉琦的面部表情很是精彩，他瞪大眼睛，满脸的不可思议："多多，这不可能，你一定是气急了所以瞎说的是不是？"

"广告都说了，一切皆有可能。陈嘉琦，我欺骗了你，你也欺骗了我，我们就算扯平了，从今以后，互不相欠。就这样吧，再见。"

陈嘉琦冷笑一声，一把抓住我的手腕，"钱多多，你觉得这算扯平吗？你一个妓女，偏偏要冒充白领，欺骗了我一年多，然后就这样拍拍屁股走人？你觉得世界上有这么便宜的事吗？"

"陈嘉琦，这样真的没意思。我承认我欺骗了你，可是我没有欺骗你的感情啊，我他妈的一心一意伺候你，我不欠你的，可是你背叛了我，还把责任推给一个女人，你真不算个男人。陈嘉琦，我看不起你。"我把手腕从陈嘉琦手中挣脱出来，潇洒地走了出去。

原来离开一个人是这么容易的一件事情，收拾好衣物，拖着行李箱走就可以了。困难的应该是要断开那份感情，就算我和陈嘉琦之间不算爱情，可是我们在一起生活了一年，他给过我一个家，他的存在曾经让我幸福过，想要割舍掉毕竟不易。

我最后望一眼身后的别墅，这个盛满了我的回忆的地方，说不难过那是骗人的。永别了，这一年的时光，永别了，陈嘉琦。

我拖着行李箱重新回到五姐家，五姐把我的房间都收拾好了。我很矫情地抱着五姐说："五姐，你对我真好，你看我的房间给我收拾得跟我走之前一样。"

五姐非常不给面子地把我推开，"得了，多儿，我没你说的那么好，你的房间我压根就没有动过，因为我知道，你早晚还得回来。"

我就知道，五姐这人是以打击别人为乐趣的。再见到这样刻薄的五姐，我感到温暖，昨天那个悲伤的五姐，我这辈子也不愿意看到了。

重操旧业

五姐陪我去医院做手术，她一直紧紧握住我的手，"多儿，别害怕，很快就会好的。"搞得我好像要上断头台似的。

我冲五姐笑笑，我说："五姐，我不害怕，我真不害怕。"

手术台上，我任由眼泪流下来，不仅仅因为疼痛，还因为我清楚地知道这手术意味着什么，从此以后，陈嘉琦就成为遥远的过去，而美女钱多多光荣回归了。

我腹中还未成形的孩子，不要怪我狠心，我实在没有信心做好单亲妈妈。你重新投胎去吧，投身到一个清白人家，过幸福的日子。

我的孩子，再见。陈嘉琦，再见。

休养一段时间后我坚持要上班，五姐拿我没办法只好同意。姐妹们煞有介事地为我举办了一个欢迎会，欢迎会的主题也不知是哪位取的，叫做"欢迎美女钱多多继续为人民服务"，简直太有才了！

我们喝了很多很多的酒，哭了笑笑了哭，气氛诡异到不行。

我抱着一个酒瓶破口大骂男人都去死，已经喝高的小莹抬起腿踢了我一脚，"去你的钱多多，你这叫报应。赵北北对你多好啊，可是你偏偏不领情，非要跟那个陈嘉琦，你活该被人家甩！那个陈嘉琦我一看就不是个正经东西，他连赵北北的一个脚趾头都不如，也就你还当是捡了个宝。我把一整颗心都放在赵北北身上，可是他都懒得用正眼看我一眼！他就是一心一意对你好，可是钱多多，你把他伤得多深，一年多了他硬是没露个面，还不知道躲哪里伤心呢。"

我已经有很长时间没有想起过赵北北，他在我的心里逐渐变成模糊的影子，然后渐渐缩小，最后变成了一个坚硬的核，只要触摸到就会很疼。

面对小莹劈头盖脸的指责，我无言以对，我实在不知道应该说些什么。于是我就更卖力地喝酒，喝醉了，便可以什么都不去想，去他的陈嘉琦，去他的赵北北！本姑娘年轻貌美，离开你们难道就嫁不出去了不成？

五姐又开始唱歌了，五姐有喝醉酒就唱歌的习惯，她唱"一个人生活两人的错"，她唱"可惜不是你陪我到最后"……五姐拿着麦克风踢掉鞋子跳到沙发上，头发一甩一甩的，很有歌星的范儿。

五姐不但人长得漂亮，歌也唱得好听，家庭条件又好，如果不是因为那个天杀的混账男人，没准她现在就真的已经是很红的歌星。男人，全都是因为男人！五姐说得没有错，男人没一个好东西。陈嘉琦是这样，赵北北也是这样！既然喜欢人家为什么不努力争取，屁都不放一个就玩什么失踪，这算哪门子男人！

我的生活恢复到没有认识陈嘉琦以前，声色犬马纸醉金迷，从陌生或熟悉

的男人身上捞许多许多的钱。仿佛我一直都是这样过的，和陈嘉琦生活的那一年自动弹跳出我的记忆。我的心就如同死水一般，波澜不惊。我想就这样过下去吧，等攒到足够多的钱我就会离开，到一个陌生的地方，寻一个对我好的人嫁了。我不要他有多少钱，只要他对我好。说到底，我还是觉得女人是没有办法离开男人的。

五姐对我的想法嗤之以鼻，她说她弄不明白我为什么非要嫁人不可。好吧，我承认，这不是她的原话。

当时的情况是我表达完要把自己嫁出去的宏伟决心后，五姐先露出蒙娜丽莎似的微笑，然后开始向我表达她的真知灼见："多儿，我就不明白了，男人顶多就算个泄欲的工具，你缺吗？干嘛非要把自己嫁出去给人家当一辈子的免费保姆？万一他不能满足你你还得红杏出墙给他戴绿帽子，多麻烦啊。这种费力不讨好的差事只有傻瓜才做，你还甘之若饴。"

我明知道这房子里除了我们就没有别人，可我还是忍不住本能地向四周瞅瞅。我真怕凭空砸过许多板砖来，砸死了还好，死不了却砸到脸毁了容可怎么办，我是靠脸吃饭的！

我自知没那个本事让五姐和我达成共识，只好哀叹一声"燕雀安知鸿鹄之志"，谁知五姐上下打量我一眼扔出一句使我无比郁闷的话来，"就你还鸿鹄？我看顶多也就是个燕巴虎！"

我……

在同五姐进行了无数次口水战役并且取得骄人的败绩后，我总结出宝贵的经验，并且毫不吝啬地拿出来和众多受五姐茶毒的姐妹们分享，那就是避重就轻含糊其辞转移话题，如果还不行，那就三十六计走为上计。姐妹们在运用到实践中之后纷纷向我抱怨，也就是最后一条还勉强称得上管用。

五姐的克星估计还在轮回的路上，路漫漫其修远兮。海棠曾经说过五姐死后魂归何处是个严峻的问题，估计地狱的三十六层都不敢要她。五姐不以为然："没地方收老娘就做孤魂野鬼，不必经受轮回之苦，多自在！"

五姐连做孤魂野鬼都不怕，她还能怕什么？

又见赵北北

五姐对着镜子画烟熏妆，美得像个妖精。

五姐从镜子里看到我，她很善意地提醒道："多儿，擦擦你的口水。还有，你的眼珠要掉出来了，小心我拿它们当弹珠玩。"

呸呸呸！再怎么说我也是一美女，对着五姐发什么春，我的性取向可是一直正常。我讪讪一笑："五姐，你今天打扮这么漂亮做什么？"

五姐迅速乜斜我一眼："多儿，你又不是圣人，怎么就这么两耳不闻窗外事呢？今天我们'梦乐迪'可是要来一个大客人！鼎鼎大名的'项顶'的少东家！那可不是一般的有钱人啊，他就是咳嗽一声整个上海都得打个哆嗦。而且这少东家神秘得很，目睹他真面容的人少之又少，真不知我们这小庙怎么就引来这么一尊大佛。姐妹们有福，没准哪一个就被他看上了，那后半辈子就不用愁了。我说多儿，你也抓紧时间拾掇拾掇，万一他一走眼看上你呢？"

五姐总是有本事骂人不带脏字的，我撇撇嘴："我才不稀罕，我可是要嫁人的，他能娶我吗？"

五姐又一次露出了无比鄙视我的表情。

五姐果然没有说大话，这少东家真不是一般的有钱，偌大的"梦乐迪"他说包就包下来了，这种一掷千金的主可真不多见。

姐妹们个个风情万种，穿得花红柳绿的，我站在她们中间就显得特另类，简直就是一乡下的柴火妞。再看看她们双目炯炯放光、翘首企盼的表情，我的一脸无所谓就更另类了。五姐捏我一把："钱多多你有点职业道德好不好，多少你也给点表情啊，不知道的还以为我们逼良为娼呢。"

我咧开嘴对着五姐笑笑。

海棠夸张地捂住胸口："得了吧，五姐，她这是笑吗，怎么比哭都难看？要不我们找个地把她藏起来得了。"

"已经来不及了。"五姐皮笑肉不笑地说。

"来了，来了！"一个刚来"梦乐迪"不多久的小妹妹对着款款走来的少东

家扮花痴状，哈喇子都要流出来了。

可是剩下的所有人都石化了，像一个个标本。

帅气的少东家走到我的面前，轻佻地挑起我的下巴，露出坏坏的笑容："嗨，钱多多，好久不见。"

这世上除了赵北北，谁还能笑得这么痞这么坏，却好看得让人移不开视线？

大大的包间里只有我们两个人，我窝在沙发里，一句话也不说，只是闷头喝酒，暗自生闷气。赵北北他用一个假身份愚弄我这么久，现在却以真面目出现在我面前，这摆明了是来看我笑话的。

"怎么，你都没有话要对我说啊？这么久不见，我可是想你想得紧呢。"

赵北北完全是一副富家公子的姿态，调戏着我这个在他心目中卑贱的妓女。

我咬紧牙关就是不开口，一副视死如归大义凛然的模样。

"哎呀，钱多多不得了啊，怎么知道矜持了。是不是他陈嘉琦不要你了你就万念俱灰了。不要紧，我这不是来了吗，我有的是你想要的钱，可以买下你一辈子。"赵北北修长的腿叠在一起，仍然没有放弃对我的羞辱。

我气血攻心，实在是忍无可忍了。我霍的一下子从沙发上站起来："赵北北，你觉得这样做就那么有意思吗？我就是再爱钱那也是我自己的事，和你有什么关系？你他妈的有什么资格拿你的臭钱来侮辱我？赵北北，你让我恶心透了！"

说完我转身就要走，赵北北牢牢抓住了我的手腕，回过头，我发现赵北北红了眼眶。

"多多，对不起，对不起。我也不知道自己是怎么了，怎么就对你说出那么过分的话。可是多多，看到你这么憔悴，我真的是又急又气。你怎么就把自己弄到了这步田地？那个陈嘉琦真不是东西，既然要和你在一起那就得好好珍惜你啊，怎么还把你抛弃了呢？不会是你的真实身份暴露了吧？"赵北北殷切地追问。

见到赵北北这样，我也就不好意思再发火了。伸手不打笑脸人，这道理我懂。我重新坐下来，平复一下激动的情绪说："不说我了，说说你吧。你怎么摇身一变就成了'项顶'的少东家？"

赵北北一脸神秘地趴到我面前："我只告诉你一个人啊，你可得保密，不能向任何人提起。不行，你得发誓……"

我一把推开赵北北放大 N 倍的脸："滚，想说说说，不说拉倒，本姑娘才没多大兴趣听呢。"

赵北北的心意

赵北北特委屈地撅起嘴，说："钱多多，你这样不好，真不好。当别人要对你说他的秘密时，你至少得给个面子，表现出很感兴趣的样子才是。"

这才是我熟悉的赵北北，会嬉皮笑脸会贫嘴会撒娇，这样的赵北北让我觉得温暖。"好吧好吧，我真的好想知道，求求你大发慈悲告诉我。"

赵北北笑着拍拍我的头："这才对嘛。其实我来'梦乐迪'这几年都是瞒着家里的，我骗他们说在朋友的公司里帮忙。我爸特别宠我，我说什么他都信。如果他知道我是在'梦乐迪'，肯定会气得心脏病发作。哦，当然了，在那之前他会先打断我的腿的。而我妈会更让我受不了，她会一把鼻涕一把泪地控诉我。"

"切，我看你就是吃饱了撑的。你好端端的一富二代跑这来干什么啊。"我迅速剜他一眼。

赵北北忽然变得正经且温柔："多多，你真不明白我来这里做什么？"

我承认，这样的赵北北对于任何一个女人来说都是难以抵挡的诱惑。可是人贵有自知之明，我明白自己什么身份，我抬头望着天花板，说："我不明白，你是来体验生活的也说不定啊。"

"体验生活？"赵北北险些从沙发上跳起来，"你觉得会有人神经病到来这种地方体验生活吗？"

我没话说了，只好端起酒杯咪溜咪溜喝酒。

赵北北可没有打算就这样放过我，他继续说："多多，四年前，那是我第一次见到你。你那么那么的小，躲在光彩照人的五姐的身后，就像一个灰姑娘。可是你的眼睛好漂亮，那么有光芒。我知道，我完蛋了，我爱上了一个不该爱的女人，我很清楚，我的家庭不可能接受你，而我只是一个刚刚大学毕业的学生，离开可供依附的家，我便什么都不是。那时候，我是万万没有魄力为了爱情放弃拥有的一切的。可是，我又放不下你，所以只好伪造身份接近你，留在

你身边，以我的方式来照顾你。每次看到你被客人侮辱，我是真的难受，可就算那样，我也没有萌生要带你离开的心。直到陈嘉琦出现，我就恨死了自己，明明是我自己没有争取过，又有什么资格抱怨你呢？这几年我也没有闲着，我和朋友合资开了一家软件公司，对，就是那次陈嘉琦接你时我带你去的办公楼。钱多多，现在就算离开家庭，我也有能力养活你了，所以，这一次我是无论如何都不会再放弃你的。我要和你在一起，就算全世界都反对，我也要坚持到底。"

赵北北真挚的表白让我非常感动，我从酒杯里拔出头来，望着赵北北温柔的脸。然后我，然后我就吐了，开闸放水似的吐了赵北北一身。

很久以后赵北北仍然对这件事情耿耿于怀，他老是爱摆出一副老态龙钟的姿态，人模狗样地感叹说："现在的年轻人啊就是感情淡漠，比如说钱多多你吧。面对我那样诚恳的表白，不说是感动得泪眼涟涟那也得多少有点回应啊。可是你回报我的是什么？是一堆呕吐物！"

正如赵北北所说的那样，他要和我在一起，他把我直接包养了。我整天无所事事，在"梦乐迪"瞎转悠，同时心里时刻计划想着如何更有效地躲避赵北北。

姐妹们都不理解我，她们说我装清高。尤其是一直对赵北北情有独钟的小莹更是劈头盖脸地骂了我一顿："钱多多，我真搞不明白你这人心里是怎么想的。要说以前吧，你不愿意赵北北是因为他穷小子一个，没办法满足你的虚荣，可是现在是什么情况，人家一大企业的少东家有哪点配不上你？就算他伸出一只脚配你都绰绰有余了，你到底还扭捏个什么劲啊。你不是爱钱嘛？你不是想嫁有钱人嘛？赵北北不就是最好的选择！"

我没有反驳，因为我知道，小莹她们是不会理解我的想法的。是，我爱钱，是，我想嫁一个有钱人，可是赵北北不行。我必须得承认，我对赵北北是有感情的，虽然这份感情一直被我小心翼翼地藏在心里。可就是因为这样，我才不能和他在一起。我是什么人，赵北北又是什么人，我们怎么可以在一起？我不能仗着人家喜欢我就去祸害人家啊，为了我这么个女人和家里闹掰，我都替赵北北屈得慌。哪怕我长得丑点，哪怕我只是家庭条件差一点，我都敢和赵北北在一起，可是我这样的一个身份，无论如何都是不配赵北北的。小莹说得真对，别说是一只脚，赵北北的一根脚趾头配我那都是屈才。说了这么多，简单一句话，我不愿意让赵北北因为我放弃他的大好人生。他的人生好比好几万里的长征，而我的人生，我的人生已经陷进沼泽地了，寸步难行，我怎么还跟得上他的步伐呢？和他在一起，除了拖累他，我什么也做不了。

疯狂追求

赵北北是铁了心要和我死扛到底了，他持之以恒地扮演着痴情王子，每天都会手捧一束鲜花出现在我面前。而我就始终如一地装清高，当着他的面就直接把花丢进垃圾桶，心里却疼得要命，这么些花得花多少钱啊。

赵北北却并不在乎，每次我把花丢进垃圾桶他都会笑嘻嘻满脸无所谓地耸耸肩膀："没关系，钱多多，你尽管扔。你扔得过瘾，我看着也高兴，反正我有的是钱。"

天杀的赵北北，有钱也不能这么糟蹋啊！

我一个人百无聊赖地在吧台上喝闷酒，有一搭没一搭地跟我们的调酒师谢志坤聊天。

酒杯以各种匪夷所思的角度在他手里转动，我都看得眼花缭乱，真奇怪他怎么还能腾出空来和我说话："哎，我说钱多多，你还真有魄力，你怎么就能抗住赵北北这么猛烈的追求呢？"

我斜睨他一眼："去你的，谢志坤，你怎么哪壶不开提哪壶啊。"

谢志坤笑笑说："钱多多，我看赵北北真的挺好。是，你长得漂亮，有无数的男人为你疯狂。可是，对你知根知底又不嫌弃你愿意真心和你好的人除了赵北北还能有谁？"

"不对啊，谢志坤，你是不是收了赵北北什么好处，到我这来当说客来了？"我伸出一根手指头指着他。

"这都被你看出来了？其实吧，好处不好处的暂且不提，我主要是被人家赵北北感动了。如果我是女人，有个男人愿意对我这么好，我立马就和他好，半点不来含糊的。"谢志坤忙完手中的活，也为自己倒了一杯酒，准备和我长聊。

我心里那叫一个郁闷啊，赵北北真是有本事，整个"梦乐迪"所有的人，上到我们经理下到普通的酒保，就没一个不让他收买的，连个清净的地儿都找

不到。"没意思。"我丢下一句话就走了，这样的话实在听过太多遍，没必要让我的耳朵多受一次荼毒。

"钱多多，你答应我不就完了。我保证你的耳根瞬间就能清净，信不信？"赵北北不知道什么时候走到我面前来，一脸坏笑。

"我说赵北北，你听不懂中国话是不是？我说了无数遍了，我不会和你好，绝对不会！所以，我拜托你死了这条心吧。"我没好气地冲赵北北嚷嚷。

赵北北还是一脸无所谓："我也说过了，我要和你在一起。钱多多，早晚有一天你是我的新娘。"

我深吸一口气，深深地发现，我和赵北北沟通有障碍。

"钱多多，嫁给我对你来说就这么困难？再怎么说我也是一有钱人家的帅哥啊，在你面前怎么就那么一点行情都没有呢。"赵北北无视我的沉默，继续向我发起挑战。

我找个地方坐下，扶住额头，思考我的人生究竟是怎么了。老天爷最近肯定神经衰弱，要不突然怎么就突然砸下一个我几辈子也承受不起的福分？别开玩笑了，我这人命薄。求求你让我的生活恢复正常好吧？

任凭我在这里呼天抢地，却始终没有办法把这个一直在我眼前晃动不止的赵北北变为没有，所以说，不相信童话故事是正确的，这世上哪来的苍天上帝啊。

赵北北这小崽子完全看不到我的忧虑："钱多多，明天陪我去看电影吧。"

我头也不抬就拒绝："不去，打死也不去。"

"我拜托你钱多多，我已经把你包养了，按道理说你的所有时间都是我的了，你根本就没有拒绝我的权利。"赵北北一脸正经的样子。

我一脚踢过去："滚你的，你以为谁愿意让你包养啊。要不是寄人篱下我无力反抗，我早就把你一脚端开了。"

赵北北假装很受伤的样子，夸张地捂住心口窝："钱多多啊，你这话说得可真是伤人啊，我的心都碎成一片片的了，要不要我掏出来给你看看？"

赵北北这狗皮膏药似的特质，我是拿他没辙的。我好话坏话都不知道说了几箩筐，可是赵北北他死活就是一个坚持，比野草还顽强。

五姐自然把这一切都看在了眼里，难得的是她并没有羞辱我："多儿，你这样做你不难受啊？看来赵北北这小子是对你动真心了，要不你……"

"五姐，我不能答应他。我是一个肮脏得连自己都会嫌弃自己的人，我怎么能和他在一起？我不能让他为了我这么一个女人放弃他的人生，娶一个妓女做老婆，那他以后在他那些朋友面前还能抬起头来吗？"

五姐定定地看着我，微微叹一口气："多儿，在我眼里你一直都是个什么都不懂的小屁孩，我没想到你还有这么多想法，真是难为你了。"

五姐这话说的，杀伤力太强了，我差点就没绷住哭出来。

不速之客

渐渐地我就习惯了赵北北这种疯狂的追求，并且对此产生了极强的免疫力。我也变聪明了，赵北北送来的花我不再往垃圾桶里丢了，我偷偷把它们卖给客人，还真小赚了一笔。当然，卖花的钱我一分都没花，我怕遭报应。

当保安匆匆忙忙跑进来的时候，五姐正在气头上。今天不知道怎么回事，五姐连连给人家点炮，我看到五姐越来越难看的脸色，很识趣地离开她身边，免得引火烧身。

当然了，世上像我这么会察言观色的人确实是少得可怜，尤其是我们这位尽职尽责的保安，首当其冲成了五姐的出气筒。

"你急急忙忙的干什么，即使你尿急屎急的跑这来也不是个地儿啊！"五姐哗啦把牌一推，冲着冲进来的保安撒泼，活脱脱一只不讲理的母老虎形象。当然，在没有客人的情况下五姐一直都是这种形象的，只有在肯砸钱的客人面前，五姐才会是一只温顺的猫咪。

我们面面相觑，一句话也不敢说，生怕成为第二个倒霉蛋。

"不是五姐……外面有个女人她……她……"可怜的保安憋得大脸通红，平时说话挺利索的一小伙愣是成了结巴。

我感觉吧，这保安咬舌自尽的心都有了。在一只母老虎的注视下还能坦然自若说完整话的男人除了赵北北我还真没有见到第二个。

"有话说有屁放，便秘呢你。"一见保安这样，五姐更没有好气。

我刚想笑出来，海棠就狠狠掐了我一下，向我传递了一个意味深长的眼神，我就一下子明白了，立刻忍住没笑。

钱多多重生记

"外面有个女人找多多姐。"说完，年轻的保安深深吸了一口气。

所有人的目光"唰"一下向我看齐，那叫一个整齐，估计参加国庆阅兵的士兵之间都没有这种默契。

我更是一脸茫然，自从我进"梦乐迪"以来还没有女人来砸我的场子呢。关键是我深刻地记住了五姐对我说过的话，那就是对待任何客人都得做到留钱不留人。更何况最近被赵北北祸害的我也没捞着接客啊，怎么就有女人跑来找我麻烦了呢。

五姐的眼睛却在瞬间被点亮，她就是一只好斗的母鸡，哪里有战斗哪里就是她的天堂。"走吧姐妹们，来者就是客，我们可不能怠慢了人家。我们出去会会她。"

我知道，第二个倒霉蛋自己撞上门来了。

大厅里赫然站着一个肥胖臃肿的中年妇女，她那张大饼似的脸上勉强可以装下她的五官，两只肥嘟嘟的手插在所谓的腰上。之所以称为所谓的腰，是因为我根本无法从她的身上找到一点曲线证明她确实是有腰的。

海棠这人特热情，尤其是遇着来找茬的女人。她扭着她的小蛮腰飘到胖女人跟前，笑得如同春天一般温暖："阿姨，您有何贵干啊？"

胖女人一听不乐意了，撩撩挡住额头的刘海说："你叫我什么，阿姨？"

五姐双手抄在胸前，皮笑肉不笑地回应道："怎么，还是您觉得我们应该叫你大妈？"

"你……"胖女人想要发泄，不过一看我们有这么多人她也没敢，硬生生把这口气咽了下去。"我是来找钱多多的，钱多多在哪里？"

我走上前去，还没等张口说句什么呢，胖女人一巴掌就抡过来了。

当然，她错误地把我估计成了苦情戏里的女主角，挨了打只会捂住脸哀嚎。"你为什么要打我！"我没看在她年纪大的分上就饶了她，我也狠狠地回了她一巴掌。

胖女人倒是捂住脸，一脸的不可置信："你敢打我？你个小贱人你还敢打我？"

"你以为你胖就可以随便喘啊？你能打我我为什么就不能打你呢？阿姨。"笑话，怎么着我也是跟五姐混的人，嘴皮子上多少还是有点功夫的。

"你个臭不要脸的小贱人，你拐走了我老公你还有理了是吧？"胖女人不依不饶，势必要将撒泼进行到底。

此话一出来我就更懵了，什么叫我拐走了她老公？她老公何方神圣啊？

借腹生子

五姐上下打量胖女人一眼："阿姨，您最近在减肥？"

"不要叫我阿姨！咦，你怎么知道？"胖女人饶有兴趣地问道。

"哎哟，"五姐捂住嘴巴笑得那叫一个春风满面，"您别管我怎么知道的了。我只问您，您想知道您为什么减不下去吗？"

"为什么？"胖女人努力想要伸长她的脖子，可是……你懂的。

"因为，"五姐端正好态度，像是要宣判审判结果的法官一样一本正经，不过熟悉她的我们都知道，她接下来要说的话绝对不会是多么正经的话。果然，五姐沉默一会，盯着胖女人一字一顿地说道："那是因为你没有减对地方。阿姨，你需要减的是你的大脑，都胖得失去思考能力了。"

在这么严肃的场合，我们做了很不应该做的事情，那就是我们都没忍住，我们都笑了。尤其是笑点最低的小莹，笑得两眼泪汪汪的。

"你！"胖女人的脸气得通红，像一个超大个的苹果，她浑身剧烈地颤抖，那一身喜人的肥肉开始跳起舞来。

不过必须承认，这胖女人的心理素质还真不是一般的好，她又一次咽下了这口气。我突然明白她为什么会这么胖，敢情是咽过的窝囊气太多了。"我是个有素质的人，我不和你这种贱女人一般见识。钱多多，我来就是来找我老公的，请你把他交出来。你，不准说话，我在问钱多多。"胖女人反应相当机敏，刚一说完话她就立刻向五姐发出嘘声令。

五姐白她一眼，果真没有出声。不过我可不相信五姐是因为胖女人不让她说话她就不说的，她的心里还不知在憋什么坏水呢。

"说了这么大半天，你总得告诉我你老公姓甚名谁啊？"众人光顾着欣赏五姐和胖女人的相声表演了，我这个女主角完全被忽略到一旁。

"到这个时候你还装什么糊涂啊，我老公当然是陈嘉琦。"

胖女人的这句话简直像一个魔咒，我们全体被定住了。这胖女人竟然是

陈嘉琦的老婆？就连道行最深的五姐，也是目瞪口呆的，更别提我了，我整个人简直都傻掉了。

我们的表情让胖女人很是满意，很显然，自从踏入"梦乐迪"，她第一次掌握了主动权。"看样子你们都知道了，钱多多你这小狐狸精，你还要装下去吗？不要脸的贱女人！"

五姐率先恢复镇静："你少来了，你说你是陈嘉琦的老婆你就是啦。我还说我的情人是尼克松呢，你能信？"

五姐还想再说点什么，被我一把拉住了。其实我相信这女人说的是真话，有谁会无聊到冒充别人的老婆来找别的女人吵架呢？我深吸一口气，以至于使我的声音听起来不会那么不正常："首先，我和陈嘉琦在一起的时候不知道他有老婆。其次，我在好几个月之前就已经离开陈嘉琦了。最后，就算他陈嘉琦现在跪在地上求我，我也不会多看他一眼。所以，你来错地方了。"

"你少糊弄我。陈嘉琦好几个月都没露面了，我是花了大价钱请了私家侦探才好不容易找到你的，你这几句话就想把我打发走？没门！今天要是见不到陈嘉琦，我就不走了。"胖女人冷哼一声，用她肥胖过度的臀部坐在了沙发上。那个号称是承受压力最好的沙发一下子原形毕露，重重地塌陷下去。

"你爱信不信，反正陈嘉琦没和我在一起。"

"你还真以为陈嘉琦他是对你动真心了？小贱人，我告诉你，他不过是想借用你的肚子生一个孩子罢了。他敢离开我吗，没有我，他陈嘉琦算什么东西！所以，你们之间只是一场交易。借腹生子，听说过吧？"胖女人笑得一脸得意，那一脸的肥肉闪动着动人的光芒。

借腹生子?!

我今天到底是得罪了哪位神仙，怎么接二连三地用雷劈我呢？我跟了陈嘉琦一年，到头来竟然只是他的一个生孩子的工具，我被这孙子利用了？他隐瞒婚姻欺骗我已经够过分，竟然还把我当工具使，我上辈子究竟是怎么得罪了他？天杀的陈嘉琦，怎么能这么欺负人啊！

我感觉自己有点想要晕过去的冲动，身子一晃动，五姐眼疾手快地扶住了我。我现在是真的想大笑一场啊，我的人生也太他妈的像个笑话了。可是我没敢笑，我怕她们把我当疯子一样送进疯人院关起来。我站稳身子，很有素质地笑着对陈嘉琦的老婆说："让我这个小狐狸精告诉你，你的老公陈嘉琦现在不需要我这个工具了，因为他以前的相好回来了。"

"那个当初嫁给富商的小贱人回来了？"陈嘉琦的老婆忽视了体重带给她的不便，很利索地站了起来。

原来当初在这件事上陈嘉琦还真没有骗我。"是，所以，现在请你从我这个小贱人这儿离开。再花钱重新请私家侦探找找那个小贱人的下落。"反正在这个女人的眼里，全世界的女人除了她都是贱人就是了。

赵北北说，钱多多我帮你出气

胖女人得到了满意的答案，扭着肥硕的屁股风风火火离开了，相信以她的能耐很快就能找到陈嘉琦的。剩下的事情和我没有任何关系，我就像一个退了场的小丑，从此这场荒唐的闹剧里的人就可以忘记我的存在。可是，对我来说这算什么呢？我钱多多，到底算个什么东西！一块需要时拿来用用，不需要时就丢到一旁的抹布？

我一直站在原地不动弹，不哭不笑不吵不闹的。五姐她们都吓坏了，五姐握住我的手："多儿，难受的话就大声哭出来，不丢人。谁敢笑话你我就扇她大嘴巴子。"

我感觉我的全身的力气都被抽走了，现在留在这里的只是一具皮囊而已。我说："五姐，我有点累，回去睡觉了，没什么事就别叫我了。"

我一个人走在灯红酒绿的大街上，像一个孤魂野鬼。离开众人的视线，我终于开始流眼泪。可是我没有放出声来哭，我不想让自己显得那么可怜那么扎眼。可是话又说回来，就算我放声大哭，街上这些和我非亲非故的人凭什么会可怜我呢。现在他们关心的只是哪对明星夫妇闹离婚了，哪个明星又当人家的小三了，谁会来关心一个小姐的辛酸历程？就算今晚我横死在街头，也不过是在报纸的一小角出现一个简短的报道吧，而报纸的头条永远都是放大镜下的光鲜亮丽的明星们。

想到这里我越发觉得自己的人生很悲惨。陈嘉琦的背叛是挖了一个窝把我的人生胡乱埋了，而今天陈嘉琦的老婆带来的这个消息就像是在那个埋葬我人生的窝上撒了一泡尿！这样的屈辱，这样的令人悲愤。这样悲催的人生！

回到家我什么也懒得做，就只是躺在被窝里发呆，默默流泪。我突然想起了离我已经很遥远的纯真的少女时代。那时候我也很单纯很可爱，对未来充满幻想，我也曾在花树下肆意欢笑，也有很多男孩子红着脸把情书递到我手中。想想那时候干净到没有一丝尘埃的我，再看看现在这个风情万种的被生活摧残无数次的女人，我恨不得拿把刀子把自己凌迟了。

半夜我听到五姐回来的声音，她站在房间门口叹了一口气。我知道她很爱我，我也很爱她，可是我现在实在不想说话。

赵北北赶来的时候我还躺在被窝里装死尸，一具睡着了的死尸。

赵北北温暖的手摩挲着我的脸，让我觉得很舒服，我甚至笑出声来了。我的梦里出现这样一个男人，他宠我他爱怜我他心疼我，他给我温柔的鼓励，我想努力看清那个人的脸，结果一用力就看见了赵北北的俊脸。

我发誓，我梦里的那个男人绝对不是赵北北。

我倔强地瞪着赵北北，什么话都不说。

赵北北并不在乎，他能容忍我所有的不好。他用手替我整理一下头发，说："多多，你的事情我听说了。"

"所以你就跑来安慰我了，想让我知道我的身边还有一个你可以依靠？可是赵北北，我不需要，我一点都不需要你！"我赌气般对着赵北北发脾气。

就算是这样，赵北北还是没有生气，他扶住我的肩膀，一字一顿地说："钱多多我帮你出气。说吧，你想要陈嘉琦落个什么下场？"

我怔怔地望着赵北北，我实在不明白他为什么要对我这么好。突然我像是发疯一样从床上一跃而起，我抓住赵北北的手一直跑，跑出小区，跑到大街上。

阳光明媚的早晨，有很多漂亮的女孩子在大街上行走，她们扬起骄傲的笑脸，像向日葵一样美好，这样子看着她们，我有种想找个地缝钻的冲动。

我说："赵北北，你看到了吧，这大街上的女孩子个个都比我好一百倍，只要你愿意，她们一定都想做站在你身边的女人。你又何苦非看中我这么一棵歪脖子树呢？"

"是，这个世上有的是比你优秀的女孩子，她们甚至愿意对我投怀送抱，可是钱多多，"赵北北有些痛苦地揪着自己的头发，"我就是爱你，我他妈的就是只爱你！你让我怎么办？你要我怎么办？"

这样子的赵北北我是第一次见到，他悲伤的表情让我很难过，甚至有些心疼。可是我还得继续装作若无其事，我得装出一副即使他赵北北明天就要与世长辞我也无动于衷的高姿态，坚持了这么久我不能现在掉链子啊。我冷冷一笑，对赵北北说："赵北北，你快省省吧。你们男人是什么东西我算是彻底看清楚了。你口口声声说喜欢我不过是因为我和生活在你身边的那些个女孩子不一样，你觉得新鲜而已。总有那么一天，你也会对我感到厌烦，甚至巴不得一脚把我踢开。你真的觉得找一个当鸡的老婆是一件很荣幸的事情吗？"

赵北北肯定没有想到在这种情况下我还会说出这种话来，他用那种探究的表情盯着我看，想在我脸上看出一朵花来。可惜他失败了，因为我的脸上除了冷冷的笑容什么都没有了。

留个背影给别人

赵北北扶住我的肩膀，"钱多多，你可以继续装下去，如果你不觉得累的话。可是，我就是不会放弃，为了你，我可以做任何事情。不信你就等着瞧。"

说完赵北北转身就走掉了，那背影甚至有点伟岸的味道。第一次，我觉得赵北北是个真正的值得依靠的男人，可惜我没有那个资格。现在我多么想大声对赵北北说，赵北北，下辈子如果你还可以对我这么好，下辈子如果我是个干干净净的女孩子，我一定嫁给你。

接下来的几天赵北北一直都没有出现，我当然不会那么矫情地继续伤春悲秋。我画上浓浓的妆，在"梦乐迪"该怎么笑还怎么笑。自然，我能恢复得这么快，五姐功不可没。五姐是受不了我在她面前持续伤感的，在劝了我一遍没有见到任何成效时，五姐果断地改变了战略方针，她开始帮我收拾行李，要把我撵出她家，我当然就得乖乖地束手就擒。

自从被赵北北包养后，我在"梦乐迪"其实没有任何实际的价值，我们经理就不止一次对我表达过我这样穿梭在形形色色的客人中间却不能接待他们任何一个是有那么一点碍眼的，我很识相地学会了装傻充愣，不予理会。因为我觉得这个世界上只有"梦乐迪"让我觉得踏实，尽管里面没有什么真情实意，可是所有的交易都和钱挂钩，不虚伪不造作没有那么些虚言欺骗。

钱多多重生记

当陈嘉琦像一只落汤鸡一样出现在我面前的时候，我觉得自己在做梦。

眼前这个胡子拉碴一脸狼狈的男人哪里还有半点儒雅的陈嘉琦的影子呢？

陈嘉琦跌跌撞撞走过来，一把抓住了我的衣服，哀求道："多多，都是我的错，是我对不起你。我求你放过我，我陈嘉琦下辈子做牛做马报答你成吗？"

我向关二爷发誓，陈嘉琦说的话我一句也听不懂。虽然我无数次想象如果他陈嘉琦再敢出现在我的面前我一定一句话也不说一下子就把他踢飞，可是现在不行，我必须弄清楚状况。我把手从陈嘉琦的手里挣脱出来，"陈嘉琦这是怎么回事，我根本就什么都没有做过，我怎么放过你啊？"

陈嘉琦悲哀地笑着说："是啊，你什么都没有做过我就要一无所有了，如果你再做点什么，那我岂不是连活下来的机会都没有了？"

"现在请你打住，我要搞明白这到底是怎么一回事。"其实陈嘉琦说到这里我隐隐约约就有些明白了，再联想到赵北北这几天的不见踪影，我就知道，肯定是赵北北对陈嘉琦做什么了。

果然不出我所料，陈嘉琦勉强稳定住情绪，说："我有眼不识泰山，不知道你和'项顶'的少东家是这么要好的朋友。他说了，要让我来找你，只要你说可以了，他就放我。多多，我现在所有的一切都捏在他的手里，他如果要整死我绝对不会比弄死一只蚂蚁困难。打拼这么多年，我能有今天实在不容易，我不能就这样失去本来应该属于我的一切！"

陈嘉琦怎么有脸说出这样的话？我真的觉得他的脸皮拿来做防弹衣肯定好用。"不容易？陈嘉琦，你把自己卖给一个当你妈妈都要够格的老女人挣得这些财富，我怎么就觉不出你有多么不容易呢？"

"是，你现在可以随便笑话我，因为我是一个失败者。可是，钱多多，你觉得你自己比我强吗？你不是照样把自己卖来卖去？我们都是同一类人，谁也不用说谁。"

"是，我也在卖。可是我卖的只是一时，而你陈嘉琦赔进去的可是你的一辈子。好了，我不想再和你继续这个话题，你现在可以离开了。我会让他停手的，因为现在我真的觉得和你这样的男人有所牵扯实在是一件很倒人胃口的事情。还有最后一句话，我憋在心里真的好久了。陈嘉琦，如果想要让人帮你生个儿子你可以登广告，肯定有人愿意做的，千万别继续造孽祸害人了，成吗？"说到这里我都有些咬牙切齿的了。

陈嘉琦的脸色红一阵白一阵像变魔术似的："我答应你，我希望你能高抬贵手真的放过我。"

我懒得再和陈嘉琦说话，转身走了，留给他一个冰冷的后背。我得感谢赵北北，是他让我钱多多也有机会留个背影给别人。

赵南南（一）

赵北北再出现在我面前的时候笑得格外春光灿烂，他的脸上满满的全都写着"快来夸奖我"几个字。赵北北在我面前持续晃动了十几分钟见我仍然没有任何表示后终于失去了耐心。他努力咳嗽几声，以引起我的重视："钱多多，你就没有什么话要对我说？"

我眼皮也没抬一下就说没有。

赵北北明显受到了刺激，几乎都要跳起脚来了："我说钱多多，你的心是铜墙铁壁啊，我替你把陈嘉琦弄那么惨，你就一点也不感激？"

"赵北北，如果没有记错的话，我没有让你帮我报复陈嘉琦吧？"如果现在我的面前有一面镜子，看到我自己此刻的嘴脸，我一定会忍不住扇自己耳光的。

赵北北伸出一根手指头指着我"你你"了半天，终于决定不再和我继续讨论这个话题。好一会赵北北都没有说话，正当我以为他是不是生气时，他格外温柔地开口了："多多，我帮你整陈嘉琦不是向你炫耀我有多么厉害多么能干，我只是想让你知道，无论你发生什么，我都在你的身边，我会好好保护你。"

赵北北这人说酸不拉几的话还真是一套一套的，我的心里蛮感动表面却依然还是一副毫不在乎的模样。

赵北北拿我没辙，随便说了些什么就离开了。

赵北北一走我就受不了了，在他面前我装得真叫一个辛苦。我和赵北北上辈子铁定是冤家，要不他怎么能这么折磨我呢？有时候我也会想，算了，挣扎什么啊，放下一切一头扎进赵北北怀里算了。当然这种念头只是像小火苗一样在我心里稍微扑腾一下就会被我及时扑灭。赵北北的世界不是我这样的女人可以参与进去的，这个道理我一直都明白。

如果你觉得生活平淡乏味如同一汪枯井，如果你觉得日子千篇一律没有波

澜，如果你腻味了你平静的生活，那么好的，看过来，我的生活时时都有亮点。如果你愿意的话，我愿意和你们任何人交换。

当那个气势汹汹的漂亮女人口口声声要找钱多多时，我就在思量她不会告诉我她是赵北北的老婆吧，玉皇大帝作证这么久以来除了赵北北我再也没接触过任何男人。

不过我猜错了，她不是赵北北的老婆，她是赵北北的姐姐。

"你就是钱多多，那个让我弟弟痴迷的女人？"赵北北的姐姐用非常不善意的目光打量我，就仿佛站在她面前的是一袋垃圾。

"你是？"你看到了吧，其实有很多时候你根本就不用找事，事会自己长腿找到你的。

"我叫赵南南，是赵北北的姐姐。"

赵北北的爸爸妈妈给孩子取名可真省事，如果他们再有两孩子，一个叫东东一个叫西西，那么他们家就占尽所有方位，运无穷了。

潜在心底的危机意识告诉我，赵南南来找我铁定没好事。"说吧，你来找我什么事，不用卖关子的。"

"我喜欢和痛快的人谈话，走吧，我们去个适合交谈的地方。待在这个盘丝洞里我浑身不自在。"赵南南翘起兰花指对着"梦乐迪"指点一番，甚至还夸张地捂住了鼻子。

从可恨的程度来讲，她绝对是赵北北的亲姐姐！

赵南南带我来到一个非常高级的会所，进去喝一杯水就够普通白领工作一天的工资。原来有钱人就是这样糟蹋钱的啊，真是没天理。

赵南南确实说话不卖关子够直接，刚一坐定，她就从名牌包里拿出一张支票和一支笔："说吧，要多少钱你才愿意离开北北？"

我的下巴都要掉下来了，呃，这是什么情况？怎么看着这么像电视剧里习惯用的伎俩啊。我也没多想张口就说："你电视剧看多了吧？"

赵南南冷笑一声说："行了，钱多多你在我面前装什么啊，你和北北在一起不就是为了钱么？你我都清楚，你们是不会有未来的，与其等到你人老珠黄被我们北北随便丢在一旁，倒不如现在接受我的钱趁早离开。至少你还能赚到钱。"

有钱人真是好啊，不喜欢的人随便开一张支票就能打发了，不过这招对我钱多多失灵了。"谁告诉你我和赵北北在一起了？赵小姐，想要处理事故也得弄清楚状况吧?"

"你还要嘴硬?北北包养的人不是你吗?难道他不是为了帮你才放弃了自己辛辛苦苦经营的公司?你以为我会冒冒失失就来找你吗?如果你再不走北北就被你毁了!"说到这里,赵南南非常激动,似乎赵北北已经被我毁掉了。

"拜托,他包养我我也很不高兴的好不好,可是我没有办法反抗啊!我们经理就是不让我接客了,我能怎么办?还有,什么叫做为了帮我放弃了他自己的公司?我才是最冤枉的人好不好?"

赵南南 (二)

赵南南扶住额头深深叹一口气:"这个世界上如果能找到比赵北北更傻的男人我宁愿一头撞死!他为你做了什么你竟然都不知道?前段时间他突然要和'马力'公司竞争,那个公司虽然实力不能和'项顶'相比,可是比起他自己开的那家小公司不知道强了多少倍!他硬是要拿着鸡蛋碰石头,我问他为什么他也不肯说,所以我只好暗自调查,没想到他只是幼稚地为了要帮你出一口气。我当然拼命阻止了,可是北北的倔脾气实在是……其实,他一直很抗拒在'项顶'上班,所以才辛辛苦苦自立门户开了自己的公司,他没想到的是'马力'实力雄厚,所以他自然输了。其实他这个人就只会纸上谈兵,哪有什么和人家竞争的经验,要不是我暗地里帮他,他的公司早完了,也就是他还觉得自己伟大得不得了。公司破产令他很沮丧,也很受打击,可是他还念念不忘要帮你出气,于是他去求爸爸,也不知道用了什么理由就骗得爸爸为他出手了,条件是他必须到'项顶'上班。可恨的是这一切他还瞒着我!当然了,如果我知道这一切我绝对不允许它发生。说了这么多,我只是想告诉你,北北他欠缺经验,他需要磨练,'项顶'早晚都要交到他手里的,他的身边不需要你这样的女人。所以,我必须让你离开他。"

赵北北的公司破产了?我现在还记得他提起自己开公司时的那种骄傲,可是只为了对我的一句承诺,他赔上了自己心爱的公司!赵北北啊赵北北,你怎么就这么傻呢?我的心里像是被一窝老鼠占了地方,那叫一个难受啊。

见我迟迟没有言语，赵南南的语气也放缓了些："我知道，北北是个好男人，所有的女人都会想嫁他的，你和北北认识这么久了，再怎么说也是有感情的了。就看在你对北北有那么一点点感情的分上，帮帮他，放了他。"

"你错了，一直以来我都明白我自己的身份，所以我没有对赵北北抱有任何幻想，是他一直在追求我，我没有答应他的。"知道赵北北为我做过这么多，我一下子就觉得在赵南南面前矮了一截，所以说，千万不要欠人家人情。

"可是你一直在心安理得地接受他的好不是吗？你为什么不躲开呢？你为什么要眼睁睁看着他这样对你的迷恋一日胜过一日呢？"

赵南南一连串的问题我答不上来。是啊，虽然不愿意承认，我明明就是在享受被赵北北这样热烈地爱着，我不舍得躲开，这辈子再也不会有一个男人像赵北北一样愿意对我好了。我习惯了赵北北隔三差五出现在我的面前，我习惯了他送给我姹紫嫣红的鲜花更习惯了他那张比鲜花还要耐看的英俊的脸。所以，明明知道不可以，我还是沉沦了。

赵南南说得对，我应该要躲开，我口口声声说不愿意连累赵北北的人生，我却已经连累了他。是时候让这荒唐的一切停止了。

"你放心，我会走的，我会走得远远的，让赵北北再也找不到我。不过我不需要你的钱。"我抬起头对着赵南南微笑。

"北北喜欢的女人果然与众不同，如果你的身世……算了，不说这个。你不要我的钱也行，我可以安排你出国，你还年轻可以学些东西，总不能一辈子都在那种地方上班吧？我看得出来，你很聪明，学东西应该会很快的。世界上任何一个国家，只要你想，我都可以送你去。甚至我还可以给你一个新的身份，到了国外由我出钱供你读书。"赵南南很诚恳地说。

"你为什么要对我这么好？其实我不要你的钱你大可以什么都不用管我就走人的。"我怎么看赵南南也不像是一个善心泛滥的人啊。

"我当然是有私心的，你只要出了国，北北想要找你就没那么容易了。当然，更重要的是，你是北北喜欢的人，我想替他帮你做点什么。出国去吧，当你学有所成再回来，那时候什么都不一样了，或许你还能帮到北北，这不是很好吗？"

是啊，出了国还有一个更广阔的天地，可以改头换面，还可以上学，真是诱人的条件。"给我两天时间，到时候我会给你个答复的。"

"好，想好了就给我电话。"赵南南递过一张名片。

第一次约会（一）

"五姐，爱情和理想是不是生来就是对立的啊？不是为爱情放弃理想就是得为理想放弃爱情？"我坐在五姐的床上对着她打发感慨。

五姐正躺在床上敷她的名贵面膜，据说这一贴面膜是一个白领一星期的饭钱。五姐宠她的脸已经到了没天理的地步。

五姐一如既往地发挥她的优良品格："多儿，是猪就不要去考虑哲学家应该考虑的问题。如果一定要思考，倒不如想想下午吃什么更为实际。"

我对着躺在床上充当死尸的五姐怒目而视："五姐，我突然觉得自己挺伟大的。"

"伟大？"五姐坐起来把面膜撕下来连看都没看一眼就扔进纸篓，我看得都触目惊心，她丢进去的那可是大把的银子！"那你说说你伟大在哪里啊？"

"我能和你这样一个舌头比毒蛇还要毒的人相安无事地生活这么些年难道还不足以凸显我伟大的人格吗？"我拍拍胸脯，觉得自己真就成了大义凛然的英雄。

"钱多多，何必委屈自己呢？你大可以搬出去啊，如果还有人像我一样让你白住的话。"五姐撇下我一个人去了盥洗间。

是啊五姐，我要搬出去了，而且是永远地搬出去。以后再不能和你以这样相互羞辱的方式相依为命，我会不习惯的吧。

我已经决定了，我接受赵南南的安排，接受她给我一个新的身份。可是这一切我没有和五姐说，我希望除了赵南南，任何人都不会知道我的下落，当我死了就成。

我不能就这样走，我欠赵北北的太多了。一直以来我对他非打即骂，一点也不温柔，可是他还是愿意对我好。临走之前，我想对赵北北好一天，一天就够了。要不然当他赵北北以后回忆起我的时候，连我一丁点的好都没有办法想起，他还不得委屈死啊。

接到我的电话赵北北很激动，都有些语无伦次的。

这个赵北北虽然比我大那么几岁可根本上就是个小屁孩，我吃完肉赏他块骨头都够他乐半天的。

我和赵北北手牵手在大街上瞎逛，和周围的情侣一模一样，赵北北一直坚持把我护在他的左边。原来，被人宠爱着的滋味是这么的好。"钱多多，看来世上无难事只怕有心人这句话还真说对了。瞧你这座冰山还不是照样被我的源源不断的热情给融化掉了。"赵北北颇有几分自得。

赵北北这句话让我有点想哭，可是我忍住了。其实赵北北这人够聪明，哪怕我泄露出一点和往常不一样的地方他都能猜到什么，在这方面他和五姐是一个级别的，所以我必须装作若无其事的样子："去你的赵北北，你再臭美下去连粪便都要嫌弃你了。"

赵北北突然停下来一本正经地说："钱多多，看来我必须要帮你脱离苦海了。"

我被他这严肃的表情唬得不轻："什么意思啊？"

"人家说，近朱者赤近墨者黑。你和五姐住在一起这么久，她的毒舌你可是沾染了一小半。再这样下去那还了得，以后我娶了你还不得天天遭受你的人身攻击啊。这不行，为了我们的将来，你必须和五姐分开。"

我就知道，赵北北没个正经的时候。但是他说要娶我，陈嘉琦也说过要娶我的。有时男人对人生有些太不负责任了，他们难道不知道不可以随便对一个女人说出"娶"这个字的吗？人生有那么多的变数有那么多的不确定，他们怎么就敢保证一定就会娶到谁跟谁厮守一辈子呢？誓言如果像吃饭一样这么容易就能说出口，那么也就没有意义了。经历了陈嘉琦事件，我觉得自己一下子就老了，要是换作以前，赵北北开口说要娶我，我心里肯定会很高兴的，可是现在我就能乱七八糟地想这么多。

"怎么，感动得不知道说什么好了？"赵北北把脸凑到我面前来，笑嘻嘻地问。

我一把把他的脸推向一边："你少在这里恶心巴拉的。"

赵北北耸耸肩膀："钱多多，人家约会也没有这样牵着手在大街上闲逛的吧？接下来我们要去哪里啊？"

"去超市买点东西，然后去我家。"

赵北北脸上挂着奸笑，心怀不轨地看着我说："钱多多不是吧，你这就决定对我以身相许了？"

第一次约会（二）

我一脚踹过去，骂道："滚你的赵北北，你怎么尽往歪处想啊。我的意思是去超市买菜然后回家做饭给你吃，我亲手做给你吃。"

赵北北下巴拉到老长，一脸的不可思议，那表情就像看到了外星ET："不是吧，钱多多你还会做饭？"

"那是，姑奶奶我会的东西多着呢！"就连那该挨千刀的陈嘉琦都口口声声称赞我的厨艺好呢。

超市里，我和赵北北像真正的夫妻一样买了很多的食材，别看五姐的厨房装修得富丽堂皇的，可我们只用它来煮面，偶尔我心情好下厨做一次饭，五姐都会吃得撑破肚皮。

当我们从超市里出来，赵北北突然提议说："钱多多，我们约会五姐坐在一旁算怎么回事啊，嫌灯泡不够亮啊？"

也是，我好像还真没有想过这个问题。那毕竟是五姐的家，难不成我们约会把她撵出去吗。"那怎么办啊？总不能搁大街上做吧？"

赵北北打了一个响指："我带你去一个地方，包你满意。"

赵北北带我来到一个面积100多平方米的房子，装修得很漂亮，收拾得也很干净，很温馨，不过不像有人住的样子。

"赵北北，这是谁的家啊？"参观完这漂亮的房子，我就更纳闷了，这应该不是赵北北闲得无聊为自己置办的房产吧？他们家那么有钱，怎么会买一个这样平民化的房子呢？

"这是我们的家，我偷偷买下的。我知道，如果我们以后结婚了，你肯定不能和我爸妈住一起的，我们就可以搬到这里来。你喜欢不喜欢？"赵北北很满足地躺在沙发上，继续说："以前我不敢带你来，怕你生气。不过今天看你心情不错，所以一咬牙就把你带来了。钱多多，这就是我们以后的窝了，房子里应有尽有。怎么样，搬过来吧？"

这个赵北北什么时候也开始走起温情路线了，一番话说得我格外窝心，同时又倍感伤心。原来赵北北竟然想得这么长远，他为我们的未来做了这么多的打算，看来他说要和我结婚还真不是随口一说的。可是赵北北，我不能答应你，因为我已经决定舍弃你远走高飞了。我撇过头去，装作满不在乎的样子："谁要搬过来，这里哪有比五姐家好。不跟你废话，走，进厨房帮我做菜去。"

我大显身手，做了很多色香味俱佳的菜，把赵北北看得眼花缭乱的，一个劲竖起大拇指夸我，"不行，真得立刻把你娶了，这么好的贤妻良母去哪找去啊？"

当我们忙完，把所有的菜都端上桌时，赵北北又突发奇想："我们来个烛光餐好不好？"

我伸过手摸摸赵北北的头："喂，你没生病吧？大白天的怎么烛光餐？"

赵北北没有回答，他跑过去把所有的窗帘都拉上，房子里一下子就黑了。然后他又找来了蜡烛，真有他的，连蜡烛都早就买好了，他的心里都不知道有多么盼望我可以早点来到这个家。

浪漫的烛光午餐就这样开始了，烛光里，赵北北的脸特别好看，是那种不真实的好看，就好像梦中的人一样。

赵北北说："多多，这是这辈子我第一次吃到我爱的人做的菜，你信吗？"

"像你这种有钱人家的少爷，家里雇佣的厨师都是世界水平的，随便做做都是美味佳肴。我做的这些哪里比得上？你少身在福中不知福了。"

"那不一样，"赵北北辩驳，"他们只把给我做菜当成一项工作，根本没有把真心放进去，吃多了也便觉得腻了。有时候我想，哪怕是妈妈下厨帮我下碗面条也是好的。可是，我妈妈连厨房都不会进的，她受不得一点油烟。爸爸总说油烟会使女人变老，他也不愿意让妈妈做菜。可是我不这么觉得，我觉得在厨房里忙碌的女人才是最美的，就像刚才的你。"

"得了吧赵北北，你今天是不是吃错药了，怎么老是说这些感性的话？快点吃菜，把你的嘴堵住。"

我可受不了赵北北这么疯狂的语言攻击，万一我一感动又不舍得走了可怎么办。

我们唯一的一次约会，竟然就是这样在餐桌上度过的。赵北北很高兴，喝了不少的酒，他本来就不胜酒力，还没等吃完他就呼呼大睡了。

我费了九牛二虎之力把他拖进卧室，然后把厨房收拾好。做完这些，我知道，是时候走了。

我来到卧室，想要再看看赵北北，这么个用尽全心爱我的男人，恐怕只有他一个了。他睡得可真香，脸上甚至还挂着笑容。赵北北啊赵北北你肯定做梦也想不到，你心心念念想要娶到的女人马上就要离开你了，或许一辈子都不会再和你见面。你就是天字一号大傻瓜，有那么多优秀的女人你不喜欢，偏偏喜欢一个这样的我，你这不是自找别扭么。

"多多，多多……"

这个傻瓜，在梦里竟然还叫着我的名字。没有用的，我不会因此就改变心意的。我狠下心，轻轻亲了赵北北一下，转过身就走了。

我不打算给他留什么信，要走就走得干脆一点，连一点念想也不要留给他。

回到家，看我一副失魂落魄的样子，五姐很是奇怪："怎么了多儿，你这么半天去干什么了？不是被人家打劫了吧？"

我说："五姐，我要走了，也许永远都不会回来了。"

我认认真真说话的表情让五姐也正经起来："你打算跟赵北北了，这样也好，就不用再为难自己了。赵北北是个不错的男人，没准你们真能过完一辈子。"

"你误会了五姐，我就是铁定心要躲着赵北北所以才决定走的。五姐，别问我去哪里，我走了以后也不会和你联系了。从今往后，你就当世上没有钱多多这个人就成了。"

"一定要做得这么绝？"五姐很伤感。

我知道，我和五姐这么多年以来一直相依为命，我们早就把彼此当成家人了，把对方的存在当成了一种习惯。虽然我们总是吵架拌嘴，可是我们互相关心着对方，把对方当成家人一样去爱护。

我点点头，没有说话。我觉得很累，真的很累。

第二卷：人在天涯，心系君身

  我之所以会选择来美国的纽约，是因为赵南南告诉我，赵北北就是在纽约的哥伦比亚大学毕业的。现在，我又来了。有时候走在这座美丽的学院里我都会想，赵北北就曾走过这些路，看过这些风景，这里有他的气息，让我觉得安定。

独在异乡为异客

美国纽约，华人街。

屈指算来，我来美国已经有好几个月。这几个月以来，我终于懂得了什么叫做孤独寂寞。我曾经生活在那样聒噪的地方，连伤春悲秋都不被允许，可是冷不丁就这样安静下来，还真是有点不习惯。

是，正如你们所想的那样，我出国了。不过我没有接受赵南南的钱。我早就说过，这世上最不能欠的就是人情，那简直就堪比驴打滚，到最后想还都还不起。在"梦乐迪"这些年我多少是攒了些钱的，完全不用担心在美国会饿肚子。当初我之所以会选择来美国的纽约，是因为赵南南告诉我，赵北北就是在纽约的哥伦比亚大学毕业的。现在，我又来了。有时候走在这座美丽的学院里我都会想，赵北北就曾走过这些路，看过这些风景，这里有他的气息，这样想让我觉得安定。

赵南南虽然没有为我出钱，却还是帮了我很大的忙。她为我联系好住所，安排我入学的一切，这才使得我这个高中都没有毕业的人可以轻松混进这所在世界上都闻名的学府。

我的房东是个很慈祥的中国老太太，或许是赵南南特别交代的缘故，她对我非常和善，时不时就会把我叫到她那里吃饭，嘘寒问暖的，像春天般的温暖。这是我在美国获得安定的另一来源。

虽然我极力摆脱，可是很显然，我还是欠了赵南南的人情。只是不知道以后她会让我拿什么来还。因为我知道，天上不会掉馅饼，如果真的不小心掉下来了，那么你一定要记住，那是老天爷用来砸你而不是喂你的。

来到美国，我重新开始过自己的生活，没有一点的思想压力，因为这里没有人会知道我的不堪回首的过去。我一边上学一边打工，虽然很累，可是日子过得格外充实。

就像和陈嘉琦在一起的那一年一样，我断掉了曾经的一切，除了赵南南，没有人可以找到我，这是我所希望的。我不逛街不旅行不购物不交友，低调得如同尘埃一般。我再不是以前那个叽叽喳喳喋喋不休的钱多多，房东太太老是说我太内向，怕我得忧郁症。如果她知道以前的我是什么德行，不知道会不会把她吓出心脏病。

只有一个习惯我没有改，那就是我依然喜欢泡吧。美国的酒吧和中国的酒吧没有什么两样，如果非要说有什么不同的话，那么好吧，来酒吧的人几乎都说外国话。就连很多中国人相互之间也是用英语来沟通，有时候我真的很想跑上前去问问他们，还知道中国话怎么说么？才喝了几年洋墨水就忘本了，这也是我不愿意和他们交流的原因之一，因为我的英语词汇足够缺乏，根本就不够用的，所以我刚开始读书读得实在够勉强。甚至有很多时候我恨不得放弃所谓的学业。本来英语就不怎么的，赵南南还非建议我学什么经济管理学，那些专业的名词换成中文都让我觉得晦涩难懂，更何况还是一排排的洋文啊，折磨人也不带这个来法的啊。

我经常来的是一家位于华人街的名为 BLUE 的酒吧。我这个人有个习惯，那就是我对所有的事物都会产生一种莫名的依赖。我常来 BLUE 不是因为它有多好，只是因为我到纽约来的第一个酒吧就是这里，于是我就不愿意再去寻觅别处，我是个非常懒的人。

坐在酒吧阴暗的角落里，要上一杯鸡尾酒，看着舞池里疯狂的红男绿女们，我的心里有说不出的安静。很多时候会有人来搭讪，当他们叽里咕噜说了一大通，而我一脸茫然的表情都会使得他们深受打击。我觉得这方法不错，所以就算我现在用英语交流没有什么大的障碍了，这个习惯我还是保留了下来。荒唐的人生我已经受够，我没有什么兴趣认识一个陌生的男人，来个一夜情什么的。没劲，忒没劲。

所以当察觉到有个男人向我走来的时候，我连表情都准备好了。不过我抬起头，看到的是一张纯正的中国脸，隐约有点熟悉的样子。可是在哪里见过呢，我实在想不起来。糟糕，不会是我以前的客人吧？这个念头刚一闪现，我立刻就要溜之大吉，我可没有兴趣来个他乡遇故"客"。

可是那男人却叫住了我："你是……钱多多？"

"不是，你认错人了。"我慌忙用头发把脸挡住，明显有点"此地无银三百两"的意思了。

男人却扑哧一声笑了，说："不用装了，肯定是你，这么多年没见，你还是那么可爱。"

这是什么情况？这么多年没见？那么说，他不是我的客人了？"你是谁，为什么会认识我？"

男人的眼睛里荡漾出一丝失望："你不记得我了？钱多多，我是唐朝啊！你的高中同学唐朝。"

梦回唐朝

唐朝？我的高中同学？我再仔细看着他的脸，确实是越看越觉得熟悉，一张张的脸在我的脑海里打马而过，我努力调动每一个活跃的脑细胞。终于，我还是没有想起来："不好意思，我实在是想不起来。"

唐朝更失望了："看来你还真就把我忘得这么干净。也是，那时候你是一个那么优秀的女生，怎么会注意到我呢？尽管我偷偷写过信给你，不过你应该没有看吧？"

等等，我的记忆里出现了一个男孩子的身影。个头不高，一脸的青春美丽疙瘩痘，而且总是鼻涕逆流成河，他的名字好像就叫唐朝。可是，那个唐朝和眼前这个英俊潇洒身姿挺拔的唐朝根本就是风牛马不相及啊。"你不是那个小土豆吧？"

"小土豆"是我们给唐朝取的外号，那时候几乎每个学生都有一个专属的外号的。

"是，我就是小土豆唐朝。"

我的妈呀，人家都说女大十八变越变越好看，敢情这句话放在男的身上也一样适用。我笑了，我说："小土豆，这你可不能怪我认不出你。你说你从怪物史莱克一下子变成了白马王子，我能认出来才怪。"

唐朝的脸微微一红："钱多多，你这是在夸我还是在损我？我以前有那么难看吗？所以你才懒得看我写的信？"

"猴年马月的事了，提它做什么。那时候你还是个无知的少男，慢着，你不会因为这件事一直记恨我到现在吧？"

唐朝又笑了，我记得他以前不这么爱笑的，人果然都会变的。"钱多多，这么多年你都没怎么变，还是跟个小孩似的。不对，你比以前更漂亮了。缘分这东西真奇妙，我做梦也没想到会在纽约碰到你。世界这么大，又这么小。"

没有变？我的高中同学竟然说我没有变，这算不算一个笑话？我的每一个细胞都发生了化学改变，他竟然还口口声声说我没有变。毛主席说得真好，没有调查就没有发言权，否则说出来的话一点可信度都没有。当然，在久别重逢的同学面前，我不可能说出"哎呀我都当了好几年小姐，你还说我没有变"这类的话，我把情绪隐藏得很好："是吗？不过你变化可真够大的。"

"钱多多，你家出事以后你去哪里了？怎么这么多年所有的同学都不知道你的下落呢？你不会一直都在美国吧？"

我当然不能让任何人知道我的下落，知道以后干嘛，要他们用同情怜悯把我埋葬吗？"我去天庭做了几年客，这不觉得腻歪了就跑美国来了嘛。"

唐朝的声音突然低了下去："我跑到你亲戚那里打听过，他们也都不知道你在哪里，我还以为你想不开……不过现在看你过得这么好，我真开心。"

不会吧，难道这唐朝心里还记挂着我？不能够啊，这都多少年过去了，天底下哪来那么多赵北北啊。不过人算不如天算，这事还真就被我不幸言中了。

"钱多多，你还没有男朋友吧？"

我看见唐朝眼里闪动着的是和当初赵北北眼里一样的光芒，我不禁要大骂上天的捉弄了，刚送走一个赵北北这就又迎来一个唐朝，莫非我命犯桃花？我必须制止这种事情的发生，把唐朝的希望扼杀在摇篮里，于是我撒了一个善意的弥天大谎："不啊，我有男朋友的，不过他现在在国内。你呢，有女朋友没？"

唐朝的失望显而易见："哦，也是，像你这样优秀的女孩子怎么可能到现在还没有男朋友呢？我还没有女朋友，我刚毕业没多久，还在创业阶段，所以就没有谈女朋友。更何况我一直在等一个人……"

揣着明白装糊涂可是我钱多多的强项："哦，是吗？那你等到了没有啊？"

唐朝没有看出我是故意的，他以为我是真的不明白，在他的心里，我一定还是那个单纯的钱多多。可惜，老早以前我就不是了。"我想这辈子也不可能等到了，或许她已经有了好的归宿也不一定啊。"

傻瓜唐朝，如果你知道自己心心念念暗恋的人曾经在酒吧里当了那么久的小姐，你还会这样痴心地无怨无悔地等她吗？这个世界上毕竟没有第二个赵北北了。

钱
多
多
重
生
记

快刀斩乱麻

　　自从在酒吧意外重逢后，我和唐朝的来往就密切起来。准确说来，是唐朝和我来往密切起来，这不是我愿意看到的。可是人家眼巴巴地来找我，我也不能够拒人于千里之外啊。更何况，在这么遥远的美国，遇到一个多年没有见到的老同学的几率是多么的小啊，这样的好事都被我撞上了，我得懂得惜福，要不然会有报应的。

　　唐朝频繁地往我住的地方跑，终于引起了房东太太的注意。慈眉善目的老太太把我叫到她家，神神秘秘地问我："Miss qian, can I help you?"

　　我感到纳闷，是，房东太太用英语说话我能听清楚，可是她的意思我实在不明白。"What? I don't know what you mean."

　　房东太太像一个情报员一样四下望望，继续鼓励我："Don't worry, this is a safe."

　　好吧我承认自己心理素质不行，再这样下去我会被房东太太整出神经病来的。好不容易出趟国，把自己搞成神经病就太不值得了。"阿姨，您就别绕弯子了，有什么话您就直说吧，用咱们中国话说。"

　　"好吧，"房东太太无奈之下只好收起了她无限暴涨的表演欲，"你是不是缺钱用？"

　　"这话从何说起啊？"我怎么越听越糊涂了，我估计昨晚房东太太偷偷去火星溜了一圈，要不今天怎么老整些地球人都不懂的火星文出来呢。

　　"NO，你不用瞒我了，那个陌生的男人已经来找你好几次了，你是不是接了高利贷，他来催款了？这种事情你可以找警察，美国和中国不一样，这方面管理得很严格。"房东太太面部表情很是严肃，她显然非常相信自己的推理，相信真相只有一个。

　　我的个皇天后土啊，原来房东太太把唐朝当成是放高利贷的了。如果唐朝知道他刻意交好的房东太太是这样看他的，不知道他会不会吐血。我忍住想要爆笑的冲动："阿姨，他不是放高利贷的，他是我朋友。您怎么会把他当成是放高利贷的呢，难道他长得就那么像个坏人？"不能够啊，人家唐朝明明长得英俊潇洒，走出去可以迷倒万千少女，左看右看上看下看也看不出他像个坏人嘛。

"虽然我离开中国这么多年了，但是老祖宗留下来的智慧我没有忘啊。人不可貌相，海水不可斗量。长得像好人就是好人了？你来美国这么久都不见有谁来这里找你，突然多出一个人高马大的男人，也怪不得我会胡乱猜测。"房东太太说起大道理来那是一套一套的，如果有机会我真想让她和五姐来个 PK，到时候鹿死谁手还真是个未知数。

当唐朝再出现在我面前的时候，我望向他的目光大有深意，他被我看得有些招架不住："钱多多，你干吗用这种复杂的眼神盯着我看？我今天有什么不正常吗？"

我可不敢保证唐朝在听到我接下来说出的话后还能不能保持正常，我清清嗓子，一本正经地对唐朝说："唐朝，有人对你的人格产生了质疑，你现在已经处在危险的边缘了。"

老实巴交的唐朝在听完我的话后大惊失色："你这话是什么意思啊。我虽然不能标榜自己是个多么好的人，可是我本本分分不偷不抢严以律己的怎么就让别人对我的人格产生了质疑呢？多多，是不是有谁在你面前说我坏话了，谁和我有仇啊这是。"

我不得不佩服唐朝的想象力，我才寥寥数语，就引发了他如此丰富的联想，大有洪水泛滥之势。"唐朝，我和你开个玩笑而已，你用不着这么紧张啦。"

"这种事情是不能拿来开玩笑的，钱多多，我很重视自己在你心目中的形象……不不，我的意思是说……"唐朝乱了分寸，面红耳赤地急于辩解，可是却越描越黑。

唐朝这人和赵北北是完全不同类型的，他嘴上的功夫在赵北北面前过不了三句话。如果说赵北北在这方面是个博士生，那么唐朝就是个小学肄业水平，哪跟哪啊。不过他们有一个共同点，那就是统统有眼无珠，喜欢上我这样的女人。

我尽量做到说话委婉，不至于那么伤人："唐朝，以后如果没有什么事你尽量少来找我吧，我怕我男朋友误会。"鬼知道我的男朋友在哪里躲着。

唐朝脸上的表情告诉我，他不止受伤了，而且伤口颇深。看到他那个样子，我心里的犯罪感简直就犹如黄河水浪打浪，一浪更比一浪强。

沉默半天，唐朝才扬起那张我见犹怜的伤心欲绝的脸对我说："多多，我不

钱多多重生记

想带给你任何困扰，可是对不起我还是让你为难了。我会记得你说的话，以后不会再来找你了。"

我就像踢足球一样，先是一脚把赵北北踢飞，然后又跑到美国踢飞了久别重逢的唐朝。中国足球队的队员们要是有我这水平，拿个世界杯冠军还不跟玩似的，哪至于败绩辉煌，让十三亿国人寒心啊。

屋漏偏逢连阴雨

自从和唐朝彻底摊牌以后我就有了失眠的毛病，这是一件非常奇怪的事情。以前我的睡眠质量好到令人发指，五姐就曾经这样形容过我的睡眠："如果你睡觉的时候有人跑进来把你强奸了，你一定还以为那是在做梦，连眼皮都不会动一下。"你们想想，被陈嘉琦抛弃的时候我没有失眠，得知我和陈嘉琦之间只是一场借腹生子的闹剧的时候我也没有失眠，离开赵北北的时候我依然没有失眠，可是现在，我竟然没有出息地失眠了。

思来想去，我把这归结于因为我身处异地他乡，所以才会比较敏感。

频繁的失眠使我的精神面貌飞流直下，化多厚的妆都掩饰不了脸色的苍白。我整个人每天都晕晕乎乎的，像是踩在棉花上一样。非常困却睡不着的滋味有人尝试过没，那简直就像憋尿一样令人苦不堪言。

失眠导致的不良后果还远远不止这些，我在课堂上频频走神，根本就听不进去。教授嘴里吐出的一个个词语在我听来就像是佛经。而在上班的地方我也经常出错，不是砸了盘子就是摔了碗，有一次一个客人冲我喊"Look out"，我就很听话地往外看。可是神情恍惚的我完全忘记了这个词还是"小心"的意思。我和迎面走来推餐车的服务员来了一个激情的碰撞，更加不幸的是，餐桌上有一壶刚刚沏好的热茶，那壶热茶像是脱了缰的野马疯狂扑向附近的客人。孰可忍，老板不可忍。于是，我光荣地失业了。

失业带给我的打击不是一般的大，因为我病倒了。

我裹一床棉被，躺在床上难受得死去活来。小腹传来的阵阵疼痛（不要误会绝对不是阵痛）让我恨不得剖腹自杀以解决这连绵不断的痛苦。豆大（我发誓我没有夸张）的汗珠一颗颗砸下来，我连哭的力气都没有。

这样疼下去应该会很快就死掉，可是我还年纪轻轻的不能就这么挂了。我还没嫁人呢，我还没正式当人家的妈妈呢，这样不明不白死在异国他乡我多冤啊。我像一个巨大的粽子，挣扎着去摸放在桌子上的手机。

如果要问我在遇到困难时我最想打电话给谁，我可以毫不犹豫地告诉你，我会打给赵北北。可是现在赵北北在大洋彼岸，离我十万八千里，就算他坐火箭赶过来也是来不及的。我只能厚着脸皮打给唐朝，所以咱们中国人最有智慧，不是有句俗话这样说么，脸皮就像鞋底，越厚越好。

唐朝接起电话的时候还带着浓重的鼻音，我发誓我恨所有能睡得着觉的人！我说："唐朝我要死了你快来……"

拼尽最后一丝力气说出这句话，我眼前一黑。于是很庸俗的情节出现了，我非常没有出息地晕倒了。

等我再次睁开眼睛，看到了一个洁白的世界，到处散发着浓烈的消毒水的味道，头顶上挂着点滴，这些透明的液体源源不断地输进我的身体里。

医院无疑是我这辈子最讨厌的地方，这里面有太多的死不瞑目。

"多多你终于醒了。"唐朝激动的声音响起。

我难得一次地红了脸，明明前几天还警告人家不要来找我，结果是我大半夜的把人家从温暖的被窝里折腾起来。这简直就那什么搬起石头砸自己的脚，再说得难听点就是挖个窝把自己埋了。我觉得这成了我的一大特长。"对不起，给你添麻烦了。"

"你别跟我客气，其实你能打电话给我我特别开心，这说明你是把我当朋友的。多多，你得马上住院接受手术治疗。"

"有那么严重吗？我得了什么病？"看见唐朝紧张兮兮的样子，我一下子变得紧张起来。我这人胆小，格外怕死。

"其实也不是什么严重的病，就是阑尾炎。不过你这是急性的，幸亏你打电话给我了，要不然你昨晚可是有生命危险的。"唐朝一副心有余悸的样子。

其实上天喜欢做一些画蛇添足的事，就比如他给每个人一截毫无用处的阑尾，要命的是这截小小的阑尾脾气还不小，指不定什么时候就会要你的命。"嗯，我知道了，我待会就去办住院手续。"

"不用，我都已经帮你办好了，你等着进手术室就好。你是早上第一台手术，应该很快的。"

"唐朝，我真不知道怎么谢你才好。"我都感动得泪眼汪汪了。

"你再跟我客气我可就不高兴了。对了，你动手术的事要瞒着你男朋友吗？要不要让他来啊？"

我不知道生病的人是不是智商会下降，反正我是这样的，我像砸豆子一样噼里啪啦说道："开什么玩笑，我哪来的男朋友……"

这句话还没落地我就彻底僵化了。

花钱买罪受

唐朝的脸色很不好看："那你之前说你有男朋友是骗我的？你是讨厌我，想把我从你身边撵走？"

"唐朝不是这个样子的，我……"就算平时我再怎么牙尖嘴利，可是此刻面对着唐朝，我成了结巴，连一句完整的话都说不出来。

唐朝的脸色变了好几变，从白到绿从绿到红的，最终变成了正常的颜色。我有了一个重大的发现，原来唐朝还是个艺术家，这变脸的功夫掌握得是炉火纯青。"多多，我知道你现在可能看不上我。我刚开始工作没多久，没钱没势没地位，给不了你好的生活。可是多多，我是真的爱你，从以前到现在都没有改变过。多多，给我一个机会，我会证明给你看，选择我是对的，总有一天我会给你更好的生活。"

唐朝完全误会了我的意思，不过这样岂不是更好？我盯着唐朝，像食人花一样不断喷射毒液："唐朝你很有自知之明。是的，我看不上你，你一个穷小子能带给我什么？我出国来读书就是为了提高自身的素质，以便找到一个有钱人，跻身于上流社会。唐朝，不要再傻了，我要的，你给不起。这次谢谢你，住院的费用我会还你的，我这人不善于欠别人人情。好了，现在你可以走了，以后不要出现在我的面前。"

唐朝用那种混合着不相信，震惊，嘲讽，蔑视的眼神看着我，如果说他的眼神是一把利剑，那么我现在一定成了一只被人拔了刺千疮百孔的刺猬，"钱多多，我认识的你不是这个样子的。以前的你单纯、可爱，就像花仙子一样美好。"

我在心里暗笑，花仙子？可是，有做鸡的花仙子吗？"别跟我提什么以前，人总是会变的。再说，你从来都没有了解过我，你知道我是个什么人？唐朝，我可以负责任地告诉你，你被我的外表欺骗了。就算是以前，我也不是花仙子。"

唐朝的心此刻肯定已经碎成了饺子馅，还是用绞肉机绞的那种，"好，钱多多，就算我看错了你。"

说完，唐朝转身就走了。

我早就说过，唐朝和赵北北不一样，这个世界上只有一个赵北北。无论我在他的面前怎样无理取闹怎样羞辱他，即使他的心血流成河，他也从来都不会对我发脾气，总是一副无所谓的模样。赵北北，赵北北，唯一一个愿意永远对我好的赵北北。在这一刻，我疯狂地想念着赵北北。在异国他乡冷冰冰的病房里，赵北北像一个小太阳，带给我温暖的鼓励。如果远在十万八千里的赵北北正在不停歇地打喷嚏，他一定在想到底是谁在骂他呢，可是那明明是我在想他呀。

我突然听到门被推开的声音，抬起头就看到了去而复返的唐朝。唐朝像头牛一样呼呼喘着气，微微弯下腰，像是刚刚跑完三千米的运动员。

我疑惑地看着他，不会是他越想越觉得忿忿不平，所以跑回来要打我吧？我下意识地往床里边挪挪身体，用惊恐的眼神望着他，活脱脱一只受惊的小白兔。

僵持了半天，唐朝平稳呼吸，笑着说："你用这种眼神看着我做什么？难不成怕我揍你？我只是想，你马上要动手术了，没个人照顾着不行。"

我疑惑地看着唐朝，他这是唱的哪出啊？

"好了，护士一会要来给你做术前准备了。放松心情，不要担心，手术一会就完。我会在外面等你。"

我刚想开口说些什么，美丽的护士小姐就来了，她笑吟吟地对我说："Your boyfriend is really good, really admirable Ah."（你男朋友真好，真令人羡慕啊）

我偷偷瞄了唐朝一样，对着护士小姐讪讪一笑，没敢搭腔。

当我被推进手术室的时候，心里头害怕得就犹如同徐悲鸿画的《八骏图》里的骏马活过来一样，在我的心窝里奔腾起来。

唐朝看出我的紧张，他握住我的手，轻轻点一点头。

钱多多重生记

我就像是吃了特效定心丸一样，竟然真的就不紧张了。我甚至想，唐朝应该开个心理诊所，那么什么这白金那白金的厂家就离破产不远了。

手术结束后的那几小时简直就是炼狱一般的煎熬，住院绝对就是花钱买罪受，不相信你可以试试。

闻着病房里浓烈的消毒水味，我恨不得把五脏六腑都给呕出来。幸亏有唐朝不计前嫌地照顾我，我觉得他没有去学护理专业简直就是一大损失，他对我的照顾那才叫无微不至。体贴的他甚至会主动询问我要不要上厕所。

我格外幽怨地向上瞅瞅挂着的吊瓶袋，唐朝的脸就一下子红了。

是，就算他照顾得再细致，他也没有办法提着吊瓶带扶着我堂而皇之地去女厕所，尽管他长得那么帅。

于是我就只有忍到打完点滴才可以去厕所，住院这几天我膀胱的容量成直线上升趋势。

变相囚禁

如果说唐朝一点都没有生我的气，我是不相信的。我几度怀疑，他之所以愿意照顾我就是借这个机会公报私仇。

我完全被唐朝控制住了，不许吃这个不许吃那个，连下床活动的时间都有规定。手术都已经过去好几天了，唐朝却丝毫没有放松要求的打算，我被他折腾得苦不堪言。

"我想吃肯德基。"

"不行，那个太油腻。"

"我想吃蛋糕。"

"不行，那个太甜。"

"我想吃中国菜，总行了吧。"

"不行，那个不好消化。"

"那我可以吃什么？"

"喝稀饭吧。"

"……"

如果这样子我瘦不去的话，我就去死。我说："唐朝，你觉得我很胖吗？"

"没有啊，我觉得你太瘦。"

"那为什么看上去你好像在逼着我减肥？拜托，我不能再喝稀饭了，我要呕了。"我合起手掌，可怜巴巴地请求。

"那么好吧，我觉得你是有点胖。趁此机会好好减减肥吧。"唐朝一本正经地说，就好像是真的一样。

好，我投降！"那请问我什么时候可以像正常人一样饮食，唐管家？"

唐朝咳嗽几声，一副难为情的模样："那个……那个医生不是说了吗，等到排便以后就可以了。"

"可是，"我简直就要疯了，"我不吃东西怎么能排便呢？就像是一块地，你不撒种子它能长出庄稼吗？"

"所以说你要多喝点稀饭啊。"

得，又回来了。

有时候我觉得和唐朝说话简直就如同和一块木头交流，在这方面，他成功超越了赵北北。

我清清嗓子，理清头绪，想用我的伶牙俐齿将唐朝征服。"唐朝，你看，我本来就是个病人，身体里缺少营养，如果你再不让我吃点有营养的东西那怎么行呢？还有啊，这有合理的活动时间也有利于刀口的愈合。你让我不吃不喝不运动，那不就等于把我囚禁？虽然年少时我曾经不小心伤过你幼小的心灵，那几天又故意伤了你的自尊，可是你不能这样报复人啊，这不是男子汉的处事方式。等我病好了，我做牛做马报答你成吗？"我说的是动之以情晓之以理，连我自己都要被感动了。

谁知唐朝瞪着那双无辜清澈的眼睛，眨眨长得有些过分的睫毛，认真而又严肃地犹如做学术报告一样对我说："可是，是医生交代我这么做的。"

清汤挂面似的一句话，粉碎了我所有的阴谋。我目瞪口呆地望着唐朝，一句话也说不出来。我发誓，我想用我的头狠狠地撞钟，如果医院有钟的话。

这次谈话对我的处境没有任何的改善，我依然被唐朝囚禁在巴掌大的病房里，透着窗户看着窗外，简直就比犯人还要惨。人家犯人还有外出劳动的时间呢，可是我呢？我每天只能在药水味十足的走廊里来回走动！

这样的日子怎一个愁字了得！我每天掰着手指头计算着出院的日子，盼得

眼红脸绿的。

又一个傻瓜（一）

在唐朝的精心照顾下，在我死皮赖脸的强烈攻势下，我终于可以出院了！

这意味着，我的苦日子终于到头，我终于可以摆脱唐朝的牵制。从今以后，本姑娘吃香的喝辣的，唐朝再也无权干涉了。这样历史性的一刻，真该放鞭炮庆祝下。

我的心情真是好到有些不真实，所以我才敢大逆不道地揭唐朝估计还没有愈合的伤疤。我舒服地窝在沙发里，跷着二郎腿，琢磨着反正我都出院了，就算唐朝和我反目成仇那我也不怕了。"唐朝，那天我对你说了那么过分的话，你一点都不生气的呀。怎么还愿意跑到医院照顾我呢？"

唐朝愣了一下，可能是在回想那天受辱的情景。过了许久，唐朝才悠悠开口道："说不生气那是假的，可是终归还是不放心把你一个人留在医院。"

就是这样简简单单的一句话，却让我的鼻头泛酸，好像有人倒了一大杯酸梅汁在我的鼻腔里，满得就要溢出来了。我钱多多，究竟何德何能，值得赵北北和唐朝这两个优秀的男人义无反顾地对我好呢？

不过这种被人喜欢的感觉还不赖，至少说明我还是有那么一点魅力的。

我有点心虚地继续问："唐朝，你能告诉我你究竟是为什么喜欢我吗？"

"为什么？"唐朝认真想了想，"就算你爱慕虚荣好了，我还是喜欢你。因为我不是因为你是怎样的一个人所以才喜欢你，我就是喜欢和你在一起时的那种感觉。在我年少时，你是我心里的一个梦。尽管我写过很多信给你，可是我从来没有奢望你真的能够接受我，让我成为你身边的那个人。那个时候，你那么清纯那么干净，我没有办法不被你吸引啊。没有人会一成不变的对吗？特别是你经历了那么多事情，变得世俗也是不可避免的。多多，你相信我，总有一天我会变成有钱人，给你你想要的一切。只是，我需要时间，不知道你愿不愿意等我？"

我看着唐朝，眼前一闪一闪的却是赵北北的那张脸，他坏笑着对我说"钱多多，总有一天你会是我的新娘”，他手捧着一束花的样子真的很帅，害得我好几次都想什么都不要想一头扎进他的怀里得了，可是，还是不可以啊……

“多多，你怎么了？怎么哭了？”唐朝着急地问。

我摸摸眼睛，还真的哭了。我吸吸鼻子：“唐朝，我不能接受你。因为我这里，”我指了指自己的胸口，“已经容不下任何人了。”

唐朝讷讷开口：“你有喜欢的人？”

“是，我喜欢他喜欢得要命，比喜欢自己还要喜欢。”

“那为什么你不和他在一起？多多，你又想编个理由欺骗我吗？”

唐朝的这句话勾出了我更多的眼泪，从离开赵北北至今，我一直压抑自己，不让自己哭，可是现在突然觉得，这样勉强自己真的很累。我他妈的不管了，痛痛快快哭出来得了：“你以为我不想和他在一起吗？这个世界上没有人会比我更希望和他在一起了！可是，我配不上他啊，他是那么高高在上的一个人，他有大好的前途，我能为他做什么？和我在一起，他会被人看不起，会遭人耻笑，甚至他的家庭会和他决裂。我不能让这种事情发生啊！唐朝，我心里真的很苦，小白菜算什么，见了我她就得觉得自己还是幸运的……”

我像一个更年期的妇女一样，喋喋不休地对着唐朝大吐苦水。

唐朝有点云山雾罩的：“多多，你何必这样看轻自己？你怎么就配不上他了？我看他是不够爱你，要不然他怎么能放心你一个人跑到美国来？”

“住口，不许你说他的坏话，”我不理会现在的自己像一个疯婆子，“是我偷偷跑出来的，他什么都不知道。我不能接受他，所以，只好远远躲着他。”

“你这是何苦呢？”

“唐朝，你觉得你能喜欢我到什么程度？”我突然转变话题。

唐朝愣了一下，郑重地说：“我敢发誓，我绝对不比那个人爱你少。”唐朝还真敢发誓。

“不论我做过什么，带给你怎样的伤害，你还是愿意一心一意对我好？”

“嗯，我愿意。”唐朝没有丝毫的犹豫。

可是，我不相信。如果真的如他自己说的那样，那天我在说那些话气他的时候，他不会选择相信，然后跑出去，尽管到最后他还是回来了。我说过的，如果是赵北北，他会选择直接无视我说的混账的话。“唐朝，你想知道我离家出走去了哪里吗？”

也许，想要让唐朝放弃我很简单。

又一个傻瓜（二）

唐朝有点受不住我突然变得很严肃的样子，他点点头："多多，我知道你一定是吃了很多苦。可是你什么都不愿意说，装作一切都无所谓的样子，还口口声声说自己配不上他赵北北。告诉我吧，你到底经历了什么？"

"你喜欢去酒吧吗？对于那些酒吧里出卖自己的身体赚钱的小姐，你的看法是什么？"

"多多，你怎么突然说这些啊，这和你有什么关系……"突然，唐朝像是被蜜蜂蜇了一下，"你不会……"

虽然知道过去的事情无法改变，但是当看到唐朝突然转换的表情时，我还是狠狠地同情了自己一把："是啊，我就是那样的女人。离家出走以后我不但没有吃苦，反而过着锦衣玉食的生活。我甚至还攒了钱可以供自己出国念书，我很能干对不对？"

唐朝的脸色变得苍白，想想也是，你心里头的小龙女突然变成了人尽可夫的妓女，任谁也招架不住啊。唐朝没当场昏厥过去我就很佩服他的承受能力了。

我再接再厉，迅速又补了一刀："唐朝，你现在还敢说你有多爱我吗？这样的我，你还敢要吗？"

"多多，告诉我，这不是真的，你是在和我开玩笑呢对不对？我就知道，你这人最爱开玩笑了。"

"可是我并没有和你开玩笑呀，这是事实。我就是一个只要男人给钱我就可以陪他睡觉的卑贱的女人，一个天底下最不干净的女人。唐朝，从现在开始，离我远远的，这才是明智的选择。要不然哪天被我缠上了，你想摆脱可就没这么容易了。"我相信，面目可憎就是为这一刻的我准备的。

唐朝有些恨铁不成钢地盯着我："多多，你一定要这么糟蹋自己才开心吗？"

我学着赵北北无所谓的样子耸耸肩膀："你觉得我还用自己糟蹋自己吗？我想我已经没有再糟蹋的余地了吧？"

看着唐朝的样子，我知道，我成功了。除了赵北北那个傻瓜，世界上还有男人愿意真心接受一个像我这样的女人吗？

怎料，我想象中的唐朝夺门而出的情景并没有出现。唐朝在消化掉我这个爆炸性的消息后，变得出奇的平静："这么说，赵北北也对你的过去知道得一清二楚。可是他还是愿意对你好，是吗？"

"是的。"所以才要说，赵北北傻啊。

"那你凭什么以为我就可以被吓跑？多多，你太小瞧我了。"唐朝竟然笑了。

呃，唐朝的意思是他还是不会放弃我？敢情唐朝和赵北北一样，也是傻瓜？

"不管你经历过什么，都过去了，多多。我知道，你一定是有苦衷的。你告诉我这件事，只会让我更加怜惜你，而不会是离开你。多多，忘记那些过去吧，不要再轻视自己。你以为我对你这么多年的爱恋会因为这件事情停止吗？"

我发誓，我现在是一个头，两个大。

"唐朝，我……"

"好了，时间不早了，你早点休息吧，我改天再来看你。什么都不要想，好好睡一觉。"

唐朝走了，留下我一个人唏嘘不已。

一定是哪里出现了问题，要不然唐朝怎么可以这么平静呢？是不是他今天发烧，所以根本没有听清楚我讲的话？一定是这样的，一定是。

可是，他看上去那么清醒啊。

他就真的一点也不嫌弃我吗？这根本是没理由的事情嘛。

我一顿乱想，却也想不出个所以然来，只是把自己搞得头昏脑涨的。

算了算了，不想了。车到山前必有路，船到桥头自然直。或许唐朝只是一时冲动才会说出不放弃我的话，等回到家他想明白了，就会放弃的。就算他不放弃，我就是咬定青山不放松，他也是没办法的，他又不像赵北北，会为了我做出什么自毁前程的事情。

情敌相见

纽约的夏天一点都不比上海的夏天可爱，热浪滚滚，好像天上一下子多了好几个太阳。在这样的天气下，你恨不得从身上扒一层皮下来。

我一边诅咒着万恶的老天爷，一边从学校走出来急匆匆去赶地铁。其实话说回来，老天爷好像蛮难做的，一年四季骂声连天，好像他怎么做都是错的，真是高处不胜寒啊。

我是最讨厌夏天的人，过一个夏天简直要比脸上长满痘痘更讨厌！

抱着这种随时有可能爆炸的心情，我看到了有一个陌生的女人站在我的门口，翘首以盼。

自从经历了陈嘉琦老婆的事件以后，我对这种找上门来的女人没有好感。我的脑袋瓜飞速转动，显而易见，在这里，唯一和我有密切联系的人就是唐朝。那么就是说，这个女人很有可能是为了唐朝来找我的。她是谁？唐朝的老婆还是姐姐啊？

这一刻我觉得我的人生简直就是鬼打墙，反复重复这种没有营养的戏码。

我很不耐烦地走上前去："请问你找谁？我现在不是很有时间和一个莫名其妙的陌生人说话。"

谁让本姑奶奶心情不好呢。

"你就是钱多多？"

如果没有看清楚她的脸，我还以为是赵南南跑美国来了。

这说话的语气简直就是另一个拽拽的赵南南嘛。

"是，我行不改名坐不改姓，我就是钱多多。请问，你有何贵干？"我眼皮也不抬一下，从包包里掏出钥匙开门。

不过这女人的素质还真好，我这种恶劣的态度竟然没有对她产生丝毫的影响。她如同闲庭信步一般跟随我进房间，还对我的房间品头论足的："不错，虽然小，但收拾得还算干净。"

我知道，这个关键的时候就是要看谁的气势更足，输什么都不能输掉气势。如果我再继续张牙舞爪的，那我肯定就输了。我悠闲自得地为自己倒了一杯水，然后打开了电视机，完全把这位来客当成了真空的。

时间一分一秒地过去，我终于赢得了胜利。因为她终于还是忍不住了："你就不奇怪我来找你做什么？还有你不奇怪我是谁吗？"

"哎呀，不好意思，我这人好奇心不是很强。"果然啊，这书真不是白念的，换作以前，我哪来这么好的心理素质啊。

显然，我已经从当初那个只会扑棱翅膀的小鸟变成了心有城府的雄鹰。我想如果哪天我真的回国见到五姐，我也可以和她一较高下了。想到这里，我的心情那叫一个爽啊。有什么会比打败一直打败你的对手更让人开心的事情呢？

"好吧，我先自我介绍一下。我的名字叫做方可，是唐朝的同事。"

我抬起头看着方可，摆出一副"所以呢"的表情。同事？当我是几岁的小娃娃啊，如果只是唐朝的同事会莫名其妙跑来找我？除非她神经短路。

"好吧，我承认，我喜欢唐朝。我来找你就是想看看我到底是败在了怎样的一个女人的手上，要不然我死都不甘心。见到你我发现，你也没什么嘛，可是唐朝他为什么就这么喜欢你呢？"方可挑剔地看着我，那眼神就像是在看，好吧，虽然我很不愿意承认，她的确是在用看廉价物品的眼光看着我。

原来是喜欢唐朝的人啊。我就说嘛，唐朝这么个优秀男人，哪会没人喜欢。说到唐朝，自从我把自己的光辉历史告诉他，他就没有露过面。口口声声说不在乎，结果还是接受不了这个惨重的事实躲了起来。做人何必这么虚伪呢？

"喂，你不觉得你这个人很没有礼貌吗？好歹我也是客人，你怎么可以这样爱答不理的。"方可有些生气了。

我收回我刚才说她像赵南南的话，她的心理素质比赵南南差太多了，连我这么个纸老虎她都应付不来。

"客人？对于一个不请自来的客人，我觉得没有必要客气。我没有逼着唐朝喜欢我，也没有强迫他不喜欢你。你这样跑到我面前来说一大通鬼话是什么意思？再说了，现在唐朝是不是喜欢我还两说呢。好了好了，在我还没有真的生气之前，从哪里来回哪里去吧。走吧，走吧，我今天是实没有兴趣吵架。"我才不要因为一个和我不相干的女人浪费口水，我又不像五姐一样是个战争狂。

"钱多多，我要和你公平竞争。"

原来，方可是跑上门来下战书的。

"你凭什么以为我有兴趣接受你这种无聊的挑战？不好意思，我一点兴趣也没有。"我越看越觉得这个方可有点缺心眼，用现在中国流行的话说就是有点二。

"我真为唐朝感到不值，他白喜欢你了。你就用这种白开水一样的态度对待一个喜欢了你那么久的男人？钱多多，你这样的女人凭什么得到爱？我看不起你。"方可对我嗤之以鼻。

是啊，我就是这样一个不配得到爱的女人。所以说唐朝在认清楚我的真面目后匆匆离开了呀。"很好，你真是目光如炬，一下子就看穿我是个怎样的人

了。可是怎么办呢？唐朝他就是喜欢我这样的人！"我这句话叫做杀人不见血，四两拨千斤。对付像方可这种外强中干的女人，那是屡试不爽，这可是五姐亲自传授给我的。

方可果然被激怒了，她龇牙咧嘴的像只要发威的母猫："钱多多，你……"

"像你这个样子，凭什么和我争唐朝呢？你真的就那么喜欢他？"其实，如果唐朝能和一个真心待他的女人在一起，也是好事一件，我乐意成全。我不能再这样让唐朝在我身上花费精力，这和占着茅坑不拉屎一样可恶。

"是，我就是喜欢他！你对他的喜欢连我对他的一根脚趾头都比不上！看着你让他这样伤心，我恨不得杀了你！你到底对他做了什么，他竟然主动要求去外地出差？而且一去就是好几个月！钱多多，你怎么可以这样对待一个如此真心待你的男人呢？"

我刚才伶牙俐齿的劲头一下子就没有了，仿佛刚才那个我只是被五姐附身，现在五姐走了，我就被打回原形了。我看着几乎要哭出来的方可，一下子觉得自己罪孽深重："你真的那么愿意和他在一起？"

"是，我愿意。可是，因为有你，这是不可能的。"方可像只泄气的皮球。

"我可以帮你。"我尽量把表情调整得很严肃，不至于让方可觉得我是在耍她。

不合格的月老

唐朝回来已经是三个月以后的事了。

在这期间，我和方可竟然不可思议地成为了朋友，所以俗话才说，事无绝对。

其实方可除了有点大小姐脾气外，还是个蛮可爱的人。方可是名副其实的富N代，是全家人的掌上明珠，有点大小姐脾气也是可以理解的。如果不是为了可以彻底俘获唐朝的心，方可根本就用不着背井离乡跑到美国来读书，受这份洋罪。她大可以花大把的钱聘请世界上最好的老师舒舒服服地窝在别墅里轻松完成所有学业。

有句话怎么说的来着，人比人该死，货比货该扔。方可就是那种让所有的同性见了都忍不住要钻回娘胎重新投一次胎的存在。当然了，这是很不实际的。有娘的人也没有办法重新钻回娘胎，更何况是我这个没有娘的人。所以说，我怀疑唐朝眼神不好，不是青光眼就是白内障，要不怎么会放着这么一个绝色尤物不要，对我穷追不舍的呢。

如果现在还有人敢站在我面前对我说，上天是公平的，那我不需要把他拖出去斩了。只要把诸如赵北北方可之类的人拖出来，就能让他乖乖闭嘴并且义无反顾地去自杀。

也许是躲得太久已经不耐烦了，唐朝出差回来第一件事情就是打电话给我，告诉我他要来我家吃饭。

这样的场合，我自然要把方可找过来。

方可坐在沙发上，紧张得牙齿直打颤，用她的手紧紧抓住我的手。好吧，虽然方可是个美女，可是没有人规定美女就不能很大力，方可的手劲大得有点离谱。

"方可，如果你把我弄残废了，那么我可就做不成你们的月老了。"我苦着一张苦瓜脸，向方可抱怨。

方可讪讪一笑，松开了我的手："不好意思啊多多，我有点紧张。"

"哎，我说，方可你不至于吧。你又不是第一次见唐朝，也不是没有对他表露过心迹，你至于这么紧张，好像世界末日就要来了吗？"有钱人的想法难道就是这样与众不同？

方可端起杯子，喝了一大口水："多多，我今天是抱着破釜沉舟的心情来的。这一次，不成功便成仁。你不要误会，我不是说我要去寻死。我的意思是，如果唐朝还不接受我，那么我就回国。我爷爷已经催过我好几次了，说是在上海给我物色了一个不错的对象。唐朝不要我的话，我嫁谁都一样的。"

原来是这样，可是这会不会太拿自己的未来当儿戏了？"方可，你听我说，"我主动抓起了方可的手，"不要紧张，深呼吸，用力深呼吸……"

"哎，不对呀，怎么你说的我好像要生孩子一样？"方可扭过头来看着我不解地说。

我："……"

当唐朝看到方可的那一刹那，那种几乎要把人生吃活剥的眼神让我觉得事情远非我想的那么简单。

方可触碰到唐朝的眼神，刚刚建立起来的那么一丁点勇气一下子就不见了，她慌得六神无主，像一只受了惊吓的小白兔。

我跳到他们中间，试图阻隔掉唐朝杀人于无形的眼神。可是没有用，唐朝的眼神还是可以直接穿透我射到方可的身上。

看得出来，唐朝在尽量压制住怒气保持最基本的礼貌："方可，你告诉我这是什么意思？你为什么会认识多多？你想要对她做什么？"

这个唐朝，平时看上去文质彬彬的，怎么不分青红皂白就乱给人家扣帽子。我的正义心不容许我眼睁睁看着方可这样被冤枉："唐朝，你这是怎么啦？干嘛对方可这样？她哪里有对我怎么样？她是我的朋友啊。"

唐朝冷笑一声，让这才入秋不久的天气变得像冬天一样冷飕飕的。"朋友？多多，你太小看你这个朋友了，她装可怜博同情的演技可是一流的好。没想到我出差这几个月，她就成功把你收服了，真是我的失误。"

我不相信，站在我面前这个口吐恶言的男人是我认识的唐朝。

"唐朝，"方可走上前来，看得出她在努力忍住不哭，"你一定要这么说我才会开心吗？我为你做了多少你难道就一点也看不见吗？是，我的确是故意接近多多的，可那并不是因为我想对她怎么样，我只是太爱你了呀。唐朝，你把我方可想成什么人了？难道你怕我会杀了多多不成？"

唐朝简直就有一颗铜墙铁壁做的心脏，面对着方可如此动人的表白，他竟然一点也没有被感动："方可，别在我面前装可怜，你知道，我不吃你这一套的。我不管你如何让多多对你没有任何芥蒂，现在请你离开，再也不要来招惹她。"

"唐朝你太过分了……"

我话还没有说完，方可就捂住嘴巴跑远了，任我怎么叫都没有用。

一个从小被捧在手心的大小姐，却受到这样的侮辱，她不难过才怪。我狠狠地丢给唐朝一个大大的卫生眼，被他气得半死。早知道我设计的这场牵线聚会会弄到这步田地，打死我我也不会这么多事，让方可受到这样的对待。

"怎么，你在生我的气？因为我那样对待方可，所以你这么生气？"亏得唐朝还有这么点自知之明。

"我当然生气啊，你为什么要那样对待方可。她喜欢你有什么错啊，难道就是仗着人家喜欢你，你就可以这样肆无忌惮的伤害人家吗？瞧瞧你刚才都说了些什么话，我听着都觉得恶心！"我不仅是生气，我是非常非常的生气！

"你根本就不了解方可是个怎样的人，你就这样为了她指责我。钱多多，那么多年我白喜欢你了。还有，今天最该生气的人应该是我吧？你在做什么？充当月老吗？你胡乱牵什么红线啊你！哦，也对，你早就看我碍眼，想把我一脚踢开了嘛，是我自己下贱，厚着脸皮黏在你身边不走，所以你没有办法只好想法子把我推到别人的身边去。不好意思，让你这么费心。以后我再也不会厚着脸皮来找你了，我发誓，我唐朝彻底从你钱多多的眼前消失。所以，省省吧，你做不成月老的。"

唐朝的每一句话都像一把尖锐的刀刺向我的心脏，天杀的唐朝，怎么可以这样扭曲我的一片心意。我想要反驳，可是却被唐朝气得一句话也说不出来。

在唐朝看来，我这就是默认了自己的错误，我百口莫辩了。

我真恨不得自己全身上下都长满嘴巴，我一个嘴巴吐一口口水，把这个不识好歹的唐朝活活淹死。可是我能长那么多嘴巴吗，答案是，不能。所以我只能任由唐朝给我扣上这样一顶大帽子，活活地把我压死。

唐朝带着一肚子气走了，我也是一肚子的气，连午饭都省下了。

望着我和方可精心准备的一桌子的丰盛的午餐，再想想这个不可收拾的混乱局面，我觉得自己真够可笑。我甚至想不明白我为什么要当这个月老了。

退场

自从上次不欢而散后，我没有主动联络方可，因为觉得对她感到愧疚。也没有主动联系唐朝，因为本姑奶奶余怒未消。

我几乎把所有的时间和精力用来做三件事，一件是学习我那晦涩难懂的专业，一件是睡觉，最后一件就是不停地回忆。我似乎忘记了当初出国时所立下的豪言壮志，我只想快快把我的学业修完，然后早点回家。虽然我是个没有家的人，可是那里至少有我最亲爱的五姐，还有我最爱的以及最爱我的赵北北。当然了，不知道现在还爱不爱，说不定这小兔崽子已经左拥右抱早早把我丢到爪哇国了。

当方可肿着一双红眼睛来找我的时候，我觉得那件事情似乎已经过去了千

钱多多重生记

万年，在我心底淡得没有什么痕迹。用一种不雅的比喻来说，就好像是一坨热气腾腾的屎迅速被风干，然后就没有任何味道了。

方可不仅眼睛红肿，就连声音都是嘶哑的："多多，我说过吧，我要回国了。"

虽然老早就知道会是这种结果，可是我的心里还是会忍不住难受。对方可的负罪感铺天盖地而来，大有不淹死我不罢休之势："你真的就这样决定了？"

"不然怎么办，"方可笑得有点小心酸，"留在这里继续被唐朝侮辱吗？我想我回去以后应该会很快接手我的家族事业，然后把自己嫁出去。本来我家里就很不赞同我和唐朝在一起，现在好了，我终于可以不再让我的家里人为我操心。对唐朝，我彻底死心了。"

事到如今我再说什么挽留的话只能让我这个人显得虚伪，我已经把自己搞成了一个贱人，不可以把自己再变成虚伪的贱人："那你什么时候走，我去送你。"

"不用了，我不喜欢有人看着我走。如果有缘，相信我们还是会见面的，如果无缘，以后不见也罢。"

方可好像一下子变成熟许多，如果那个小王子彼得潘之类的和永远长不大的小屁孩多受几次这样的折磨，没准他们就一下子长大了，让几代人信仰的童话就此垮棚。

我们两个人一时都找不到话题，气氛陷入尴尬的僵局。

真是奇怪，我们前段时间还是很亲密的有说不完话题的闺中密友，可是现在却只有相对无言的分。我想方可一定是对我存了芥蒂的，如果不是因为我，唐朝不可能那样狠狠地羞辱她，让她的颜面荡然无存。

"那个，方可……我觉得自己蛮对不起你的，我……"我像便秘一样好容易从牙缝里挤出这几个字，然后大脑就又一次处于死机状态。

方可倒是洒脱得很，她笑道："多多，这不是你的错，你也是一片好心想要帮我嘛。再说了，现在说谁对不起谁还为时过早。"

方可前面讲的话我能听明白，可是她最后一句我不明白："方可，什么叫为时过早？"

"嗨，你这人怎么这么较真啊，我就是随口那么一说，你别当真啊。"

方可这不显山不露水的掩盖却没有逃过我锐利的双眼，可是她不想说我也就不勉强了。她马上就要回国了，我们之间可能连最起码的交集都没有了，还谈什么谁对不起谁啊。

"对了，多多，唐朝对你这么一往情深的，你难道就真的不打算接受他？"

话说，八卦是每个女人的天性。

"我不是跟你说过很多次了吗，我不会接受他。"

"是因为国内的那个赵北北？"

"嗯，可以这么说。"

只要一天不忘记赵北北，我就不可能接受任何男人。

方可的脸上显现出我看不懂的如释重负的笑容，"哦，我明白了。那时间也不早了，我就先回去了，要收拾行李准备回家呢。"

送走了方可，我总是隐隐约约觉得有什么地方不对劲，可是又说不上来。今天的方可和平时太不一样了，有点高深莫测，有点莫名其妙。或许，是因为受了刺激的缘故？女人心，海底针，就算我也是个见过大风大浪的女人，我依然摸不准别的女人的心思。

方可就这样走了，挥一挥衣袖，留给我满腹的疑惑。

只是不知道唐朝知不知道这个消息，我心里那簇叫做"爱管闲事"的火苗熊熊燃烧起来，烧得我坐立不安，烧得我大脑短路，完全忘记了人家唐朝和方可是在一家公司上班的同事，就算这消息以蜗牛爬行的速度传到唐朝耳朵里，他也会比我知道得早。

我实在按捺不住，于是厚着脸皮拨通了唐朝的电话。

残忍的真相

唐朝在接到我的电话之后以最快的速度赶来，不过他的脸色依然不好看，像个铁金刚，好像我欠他多少钱没还似的。玉皇大帝土地爷爷作证，我住院的钱早就还他了好吧。

不过为了方可，我忍。我笑得跟朵鲜花一样，扭着水蛇小蛮腰走到唐朝面前："唐朝，你终于来了。"

很明显，这个死鬼唐朝完全不懂得"伸手不打笑脸人"，他依然臭着一张

脸："说吧，你找我有什么事？"

我再忍："方可要回国了，你知道吧？"

"当然知道，你不会八卦到叫我来就是为了告诉我这个消息吧？钱多多，你怎么变得这么让人厌烦？"唐朝的脸色貌似更加难看。

忍无可忍无须再忍！我的火大了："唐朝，你什么意思啊？好歹人家方可辛辛苦苦喜欢你这么多年，她马上就要走了，你怎么还……好，你随便说我怎样怎样我都无所谓，反正我就是贱人一个嘛，我不在乎啊。可是做人不可以这么没有良心的，人家……"

"你可以住口了，你这个笨女人！你凭什么口口声声这样糟蹋自己？你凭什么一直都为别人想？你凭什么就这样死心眼？你了解方可是个怎样的女人吗，你凭什么就愿意选择相信她来指责我？"唐朝大声冲我吼。

我被唐朝结结实实吓了一跳，他这个样子实在有够瘆人，不过我可不是吃素的："喂，唐朝，你吃错药了？还是你刚刚吞吃了一枚炸弹急需要爆炸？"

"是，我就是吃错药了，我就是吃炸弹了。一看到你这副永远都为别人着想的模样我就忍不住生气。你对人家赵北北念念不忘，甚至为了怕耽误人家像只乌龟一样躲起来，可是人家早就不记得你是谁了！人家赵北北左拥右抱过得不知道有多快活，我看他巴不得你这个绊脚石永远不要回去……"

所有的声音戛然而止。

我发誓我不明白唐朝在胡说些什么。我突然发现现在我怎么这么爱发誓，难怪人家说这年头誓言最不值钱。

唐朝似乎意识到自己说错了什么，他呆呆站在我面前，不知如何是好，像只闯了祸的小狗。

"唐朝，我不太明白你刚才说的话，你好像对赵北北的现状很清楚啊，能告诉我这是怎么回事吗？"我轻描淡写地问唐朝，天知道我的心里已经鲜血逆流成河。

"我刚才是胡乱说的，我是因为太生气了。"唐朝慌忙掩饰。

可他掩饰得太过明显，只要不是傻瓜就能看得出他是在撒谎，他瞒不了我的。"唐朝，我要听实话。"

"好吧，"唐朝一咬牙，下定了很大的决心似的，"反正你早晚都得知道，你这样傻傻地折磨自己我看着实在是气不过。前段时间我去中国出差，很巧我去的就是上海，更巧的是，和我们公司合作的就是赵北北家的公司。他现在是公司的总经理，他爸爸就是派他和我交涉的。多多，我不知道你为什么会对他念念不忘，他简直就是个花花公子！上海的娱乐报纸和杂志上满满的全是他出入各种风月场合的照片，而且他换女朋友的速度快到惊人，相信我，那速度绝对不比换衣服慢多少。本来我还想，如果他真的如你所说对你一往情深的话，那我就把你的下落告诉他。可是接触他以后我知道，那是没有必要的。钱多多，你就是为了这样的一个男人背井离乡，你觉得值得吗？"

晴天霹雳，不过如此。

我也不是没有想过，赵北北会忘记我，会结识一个和他门当户对的女人，相亲相爱，过着幸福的日子。可是我不相信赵北北会变成一个浪荡的公子哥，他和那些男人不一样。"唐朝，你在骗我，我了解赵北北，他不是你说的那种人，我不相信你说的话。"

"信不信由你，反正我该说的都说了。多多，我拜托你，对自己好一点，不要总把精力浪费在别人的身上，方可那个人不值得你那么做。你觉得你现在还有躲在美国的必要吗，如果你愿意，和我一起回国吧。这次回国出差，我抽空回了趟老家，我爸爸妈妈都老了，我也该回去了。"

唐朝可真可笑，他觉得我还能听进去他的建议吗？我的脑子里一片混乱，有一个声音在嘲笑我说："钱多多，你就是个傻蛋。"还有一个声音在说："钱多多，这里面一定有什么误会。"

"什么误会啊，事实都摆在面前了，难道唐朝会骗人吗？"

"或许他们看到的都只是假象啊。"

"自欺欺人。"

……

现在换我吞吃炸弹，我马上要爆体而亡了。

我知道，我不需要怀疑什么，唐朝一定没有骗我。我早就说过嘛，赵北北对我不过是图个一时新鲜，他觉得没有把我追到手是一件很丢脸的事情，所以他才在我的身上下那么多的功夫。现在好了，我自己躲开，他也不用顾忌面子，就把所有的本性都暴露出来了。他对我做的一切都是骗人的，我甚至恨恨地想，说不定赵南南就是他派来赶我走的。

我不是个傻蛋是什么，我为一个虚情假意的男人，落到了这步田地。更可笑的是，我一直不自知，还觉得自己伟大得不得了。这个世上去哪里找这么好笑的笑话，这么好笑的人。

化悲愤为动力

在得知称得上是残忍的真相后，我并没有关起门来默默垂泪。实际上我非常正常，正常到有些不正常。我更加卖力地学习，就连教授都直夸我："我从来没有见过像你这么努力的学生。"

我只是觉得心里空空的，除了学习，似乎没有什么可以填补我空虚的内心。我的专业就是我的新情人，至少它永远不会放弃我，只有我放弃它的分。

我想通了，既然赵北北已经把我忘到九霄云外，那么我这样躲下去实在没有意思，这让我更加坚定了回国的决心。

不过我这副正常到不行的模样却让唐朝很是担心，他像照顾神经病患者一样，下班就往我这里跑，唯恐我想不开找条绳子结果了自己。

笑话，我钱多多是那样脆弱的人吗？就算全天下的人都把我踩在脚下，我也不在乎，我依然可以好好地过我的生活。唐朝未免太小瞧我，竟然劝我难受就要大声哭出来，可是，我为什么要难受，赵北北见异思迁不正是我所希望的吗？

没有任何事情可以阻碍时间前进，就算是天塌地陷也好海崩石裂也罢，时间还是会滴滴答答走个不停，不会倒退不会暂停。从某种意义上说，时间才是最无情最残酷的存在。

这天唐朝突然提议："多多，要不我们旅游去吧，出去散散心。"

不过我现在可没有那个闲情雅致，我恨不得把所有的时间都分给我的新情人，哪里还有多余的时间去旅游。所以我连考虑都不需要，断然否决，浇灭了唐朝的满腔热血。

唐朝持续十分钟后只用最简单的一句"去嘛去嘛"就成功击破了我堡垒般坚固的心理防线，我是怕如果再不答应，我会患上耳鸣的毛病，这是多么的得不偿失啊。

唐朝戴着一副黑框眼镜煞有介事地认真钻研了一本地图册，偶尔会抬起头询问一下我的意见。我看着此时对我如此之好的唐朝，心里头的感慨简直就跟发洪水似的。

以前我总爱拿唐朝跟赵北北作比较，总觉得唐朝对我的爱不可能像赵北北对我那样坚定不移，可是现在看来，当初我却是错得离谱。

"唐朝，我真的很奇怪，你为什么喜欢我这样一个女人呢？除了还有张说得过去的脸，我什么都没有啊？"这个问题我曾经问过赵北北，当时他流下的泪水还把我骗得团团转，感动得稀里哗啦的。

唐朝推推眼镜："什么叫你这样的女人？多多，我不允许你再这么说自己。至于我为什么喜欢你，这要从很久以前说起了。我不知道你还记不记得，反正我这辈子也忘不了。那时候我卑微得无法引起任何人的注意，除了学习好些，我就一无是处了。我没有朋友，没有人关心我。所以那次我发高烧的时候根本就没人注意到，多多，是你帮了我，是你招呼着男生把我送到了医务室。那一刻，我觉得你就是一个仙女，那么美丽那么善良。从此以后，你就在我的心底扎了根，我再也没有办法忘记你了。多多，无论你经历过什么，你在我心里永远都是那个美丽的小仙女。"

唐朝这话就像催泪弹一样，听完他的话，我的眼泪就要下来了，可是我还是忍住了："切，还小仙女，我怎么没看出来你是这么个酸了吧唧的人呢？"

唐朝被我说得有点不好意思："其实我也觉得这么说挺酸的，可是除此之外，我想不到能形容你的词了。多多，我想明白了，我知道在医院那次你是故意说那些话给我听的，你肯定是觉得你自己配不上我，所以你就想把我从你身边赶走。多多，以后别那样了，就算你不答应我，也不要想着把我赶走，我愿意陪在你身边，陪着你，照顾你。更何况我还觉得自己配不上你呢，我家里没钱，我是比别人努力一百倍才好不容易出国读书的，我的确是给不了你多好的生活，我……"

"唐朝，我不那样说自己，你也不要这样贬低自己。我们现在这样不是挺好，何必要把关系搞得那么复杂啊。唐朝，以后这事我们都不提了。我想好了，我会抓紧一切时间把四年的学业以最短的时间修完，然后我就回国。我要彻底做个崭新的钱多多，我要彻底忘记以前那个肮脏的自己。"说到最后，我都情绪激昂，连自己都要被自己的雄心壮志感动了。

钱多多重生记

谈谈心，旅旅游

经过唐朝的严格挑选，我们选定了位于美国和加拿大交界处的尼亚加拉大瀑布。提起这个瀑布，我想到一个特好玩的段子。记得那一节课，我们的地理老师在台上声情并茂地讲道："尼亚加拉大瀑布是世界上最大的瀑布。"就在这时，一声洪亮的呼噜声清晰地传进每个人的耳朵，地理老师很有风度地把这位同学叫起来，问他："我刚才说的什么，你给我重复一遍。"那位同学眨眨迷茫的眼睛，一脸无辜地回答道："你说，你家的抹布是世界上最大的抹布。"老师："……"

直到现在想起来，我都觉得那位同学是个天才。

出发的路上，我情绪很激动，好像当初那个一口否决唐朝提议的人不是我。所以才说，女人是世界上最善变的生物，比起变色龙都有过之而无不及。

当听到恢弘的水声，我知道，我们的目的地到了。

站在天桥上，看着气势磅礴的大瀑布，心里头的那种感觉是无法用语言表达的，就像是卑微的蚂蚁见到了魁梧的大象。你们知道，这个世上不存在可以绊倒大象的蚂蚁，那种现象只会出现在冷笑话里。

我伸开双臂，感受着迎面扑来的湿气，听着汹涌澎湃的水流声，真想痛快地大喊一声，把心里所有的郁闷都喊出来。

唐朝像一只幽灵一样出现在我身后："多多，如果想大声喊就喊出来吧。"

我回头看了唐朝一眼，用我的眼神传递了我想要说的话："你怎么知道我是怎么想的。"

唐朝没有和我进行眼神的交流，他身先士卒，把两只手扩在嘴巴上，大喊一声"啊"。

我也被唐朝感染，抛开了矜持（其实这是我压根就没有的东西），也学着唐朝的样子大喊起来："啊！！！赵北北，我再也不要想你了，你去过你的快活日子去吧！我也要开始我新的生活了！从今以后，我钱多多和你赵北北再无任何瓜葛！"

喊完以后，真的觉得身心都轻松许多，看来偶像剧里的情节也并不都是假的。虽然我喊的这些话有些并不是出自真心，但是这样喊出来确实会让自己舒服很多。

我和唐朝毫无形象地坐在天桥上，继续欣赏着令人叹为观止的人间奇景。

"有没有舒服一点？"唐朝递给我一瓶水。

经过刚才那么一吼，还真是有些口干舌燥，我咕噜咕噜喝了一大口水："是啊，舒服多了。谢谢你唐朝，谢谢你为我做的这一切。"

"多多，其实大自然真的是最好的疗伤场所。你看，无论你遭遇到什么样的磨难，都不应该生出绝望的心，只要活着就有希望。这人间有这么多美丽的风景等着你去欣赏，你怎么可以把自己关在悲伤的小世界里，而忘记这五彩缤纷的大世界呢？虽然你在我面前逞强，虽然你什么都不肯说，可是我是知道你的心思的。你对赵北北失望了，你对自己的生活也失望了。你口口声声说要过崭新的人生，可是那是你的真心话吗？你拼了命地去学习根本不是因为想通了什么，你只是找到了一个可以麻痹自己的借口。你躲避赵北北完全是为了他好，可是他却那么快就把你忘记了，他伤透了你的心是不是？你怎么这么爱逞强呢？明明心里难过得要死要活，却非要装作一副什么都不在乎的模样。你可知道你这个样子我看了有多心痛？难道你就只在乎赵北北一个人？我离你这么近你都不愿意考虑一下我的感受？有一个我特别喜欢的作家说过这样一句话，'悲伤这东西，在心底藏得久了，不会酿成美酒，只会腐烂变酸。'所以一定要定时清理心里的垃圾情绪，不可以这样闷着，假装无所谓。多多，我愿意做你的垃圾桶，只要你不嫌弃！"唐朝说这些话的时候，表情特别诚恳，那双眼睛里闪动着动人的光芒，像北极星一样闪亮。

我辛辛苦苦忍了这么久，装了这么久，却败在了唐朝的这几句话上，这让我情何以堪。我胡乱地把拳头砸在唐朝的身上，像个无理取闹的小屁孩："你为什么要说这些话惹我伤心，我明明好好的，都怪你，都怪你。"

唐朝把我揽入怀中："对，就像现在这样，痛痛快快地哭一场。这样回去以后我才相信你愿意变成一个全新的钱多多。"

就这样，我窝在唐朝的怀里，痛哭流涕，和世界上最大的瀑布来了一次不自量力的PK。

酒后失身

酒是穿肠毒药，酒是万恶之源，酒是人间的恶魔。古往今来，这万恶的酒伤害了多少无辜的人啊，喝了酒的人做了多少令人扼腕叹息的错事啊！虽然武松喝了酒可以赤手空拳和老虎搏斗，可是自古以来也就只有一个武松。醉酒的人还是做错事的几率比较大一些，连老鼠喝醉酒都敢冲进厨房拿着刀子到处找猫，还有什么是醉酒的人不敢做的？

综上所述，喝醉酒是不好的，尤其是孤男寡女在一起，喝醉酒那更是万万要不得的。

我之所以说这么多，都是因为，我喝醉酒闯祸了。

明明一开始是我在哭他在听，为什么又一起聊起天来了呢？明明是一起在聊天，为什么又一起喝起酒来了呢？明明是一起在喝酒，为什么又睡到一起了呢？

当早上起来，看到我身旁睡得格外香甜的唐朝时，我终于知道，什么叫做天崩地裂。

当然，像我这样有过特殊经历的女人，不可能像贞洁烈女一样把操守看得比命还要重。可是我不能和唐朝发生关系啊，这样我对不起唐朝的列祖列宗啊。

如果可以，老天弄个雷把我劈死我也不会很反对的，只要还能留我一个全尸的话。

见唐朝还没有醒过来，我想先悄悄溜走，然后来个死不认账，天皇老子也不能拿我怎样。我这边如意算盘是打得当当响，可是什么叫天公不作美啊，我还没来得及把另一只脚放到地板上呢，唐朝就醒了。

我一下子就像被卡的电影，所有的动作都僵硬在那里。

"多多，早上好。"该死的唐朝为什么还可以像没事人一样若无其事地跟我打招呼啊。

我只好回过头，讪讪一笑："早上好，我……我刚才上厕所，发现走错了房间，不好意思，打扰你睡觉。"

我简直就是个天才，我怎么能想出一个这么烂的借口啊！

唐朝的脸上挂着好整以暇的笑容，很明显，我蹩脚的理由没有把他骗过去。或许，昨天晚上发生的一切他都记得，而我像个小丑一样在他面前卖力地表演。不是说喝醉酒的人什么都不记得吗？我就是这样啊，为什么唐朝不和正常人一样呢？

"你在对我讲笑话吗？"

该死的唐朝，该死的笑脸："是，我是在和你讲笑话，不好笑是不是？那我不讲了，我走了，拜拜。"

"等一等，多多，"唐朝的语气突然变得很扭捏，"那个，我们昨天晚上……"

我回过头，看着唐朝那张比五星红旗还要红的俊脸，突然就有了打算。我冷笑着说："昨天晚上我们都喝醉了，所以无论发生过什么都不算数。"

"怎么可以不算数！我们明明就，明明就做了男女朋友才该做的事情，怎么可以不算数呢？"唐朝的脸好像更红了，我感觉他马上要晕过去了。

"哼哼，唐朝，你难道忘记我那光荣的过去了吗？我是什么人啊？你觉得我会对这种事情这么看重吗？和我上过床的人多了去了，如果每个人都要我当真，那我不得把自己分成千百份啊？"

"多多，你怎么又把以前抖出来说事儿啊，你不是答应过我再也不想以前了吗？再说了，这是我的，我的，我的第一次，我怎么可能不在乎。"说到最后，唐朝的声音几乎比蚊子哼哼高不了几个音。

唐朝竟然是个，是个处男？天啊，我的罪过好像更大了，你赶紧打个雷劈死我吧，就算不留我全尸也无所谓。"所以你的意思是说我应该要对你负责任？唐朝你会不会太搞笑了，明明是你占了便宜，还卖什么乖啊你！你放心，现在连男人都不在乎女方是不是处女，没有女人会无聊到嫌你不是处男的。再说了，也找不出证明你不是处男的证据啊。所以放心，你的行情还是很好的。如果你愿意，我们把昨天晚上发生的一切都忘记，那么我们还是可以做朋友的嘛。唐朝如果你非要这么死揪住这件事情不放，那就真的没意思了。"

"朋友？如果只是朋友的话会上床吗？上了床以后怎么还可以做普通的朋友呢？我不是要你对我负责任，我是觉得我应该对你负责。无论你以前有过多少的男人我都不在乎，我只知道你是我第一个女人，你懂的，我不是那种游戏人生的人。多多，我认认真真地对你说一遍，请你做我的女朋友，我一定会对你

钱多多重生记

076

好的。"唐朝掰过我的肩膀，很严肃地说。

傻瓜，正是因为我懂你是一个怎样的人，所以我才要这么着急逃开你。现在我不仅是个身体不干净的女人，我的心里还装着别的男人，如果我答应了，那对你来说是不是就太不公平了。"唐朝，你是知道的，我忘不了赵北北，这一辈子都忘不了他。"

"我不在乎！"

"你明明就很在乎！如果你真的不在乎，你为什么不像刚才那样对我大声说话？你只是觉得你可以改造我，你可以代替赵北北在我心里的位置。可是唐朝，你错了，你做不到，谁都做不到。我但愿你只是一时糊涂所以才要对我说出那样的话，因为你明明也答应过我，以后不再提这种事情的。你自己好好想想，我出去透透气。"

我管不了唐朝有多么伤心欲绝，我只知道，如果我再不消失，我会不久于人世。

第一卷 人在天涯，心系君身

梦里花落知多少

如果这个世界上真的存在可以抹去记忆的橡皮擦就好了，那么我和唐朝就可以把酒后乱性的事抹去，我们的相处也不至于这么尴尬这么别扭。可是世界上有这种橡皮擦吗？没有。所以，我们的相处是超乎常人想象的尴尬。

吃饭的时候，我们可真是继承了老祖宗们的优良传统，"食不言，寝不语"。我们低头扫荡着眼前的美食，那模样就像这是最后的晚餐，明天就是世界末日，能多捞一点是一点。在这样的吃饭速度下，我们两个人都没有被噎着不能不算是个奇迹。

吃完饭，我就会以逃命的速度跑回自己的房间，生怕被唐朝拦下来。

我想，唐朝已经生气了，在我躲他的同时，他也开始躲我。

终于，这种躲猫猫的游戏我们玩了三天就觉得腻了，于是我们进行了三天来第一次对话，并且作出了英明的决定，我们决定回家。

有一件事我忘记提前交代一下，那就是我这个人有一坐上车就要睡觉的恶习。为了不至于在睡觉的时候不小心把脑袋搁在唐朝的肩膀上，我选择了坐在

077

靠窗的位置，这样就可以倚着玻璃睡觉了。

这个办法替我解决了依靠唐朝的麻烦不假，可是它带来的负面效应也是不容忽视的。我的头总是在不经意间和玻璃来个激烈的碰撞，那剧烈的疼痛让我只能龇牙咧嘴。在被这样的疼痛袭击N次以后，我决定放弃，我不睡觉还不行吗？

我这些小动作自然没有逃过唐朝的法眼。唐朝一时慈悲之心泛滥："就算我们在闹别扭，如果你想睡觉的话，我的肩膀还是可以借你用的。"

我直接用眼神表达了我对唐朝的鄙视。我可是富贵不能淫，威武不能屈的。

唐朝耸耸肩膀："随便你。"

我在座位上扭来扭去，试图找一个舒服的睡觉姿势。

唐朝目不转睛地翻看着一本杂志，我看着他宽厚的肩膀，那对于我这个被瞌睡虫深深困扰着的人来说，简直就是无敌的诱惑。

好困啊，不管了，反正他都说过愿意借我用肩膀了，我还别扭个什么，连他的人都睡过了，还在乎睡睡他的肩膀吗？

我两眼一闭，完全忽视掉方才对唐朝的鄙视，安心地睡了过去。

这一觉，我睡了个天昏地暗，甚至还做了一个很长的梦。

梦里，妈妈还是年轻时的模样，漂亮得一塌糊涂。她摸着我的头，用非常温柔的声音对我说话："多多，爸爸和妈妈过得都非常好，你不要担心。倒是你，受了太多的苦。傻丫头，累的时候就不要太勉强自己了，找个肩膀靠一下吧。妈妈知道，你心里有很多顾忌，可是你不能让这些顾忌妨碍你正常的生活啊，既然他都不嫌弃你，你还在别扭什么？"

我刚想和妈妈说几句话，赵北北那张坏坏的笑脸就出现了。他看着我一直在笑，像以前一样，没心没肺的笑，灿烂得要命，可是他突然就哭了，大颗大颗的眼泪从他漂亮的眼睛里滚落出来，砸在我的手背上："钱多多，你好狠的心，你怎么就扔下我一个人跑了呢？我真的好想你，我找了很多女人，可是她们没有一个人像你一样。你快回来吧，我一直在等你。"

我是想骂赵北北的，可是我突然发现我根本张不开嘴，我越着急越是一句话都说不出。

这时候五姐也出现了，她还是那么漂亮，她吸着烟对我吐着烟圈："多儿，你这个没良心的小蹄子，你再不回来，我就真的要把你忘了。快回来吧，我们都在等你，你哪怕做了一天的妓女这辈子也别想摆脱这个称呼，你还努力个什

么，白费力气。"

说完，五姐一个优雅的转身，就要离开。

我急了，伸手要抓住五姐，可是没有用，我面前一片虚空。

我很害怕，就开始哭，大声地哭。

"多多，多多。"

这个声音很耳熟，带着不容拒绝的诱惑力，像是从很遥远的地方飘过来。

"喂，钱多多你醒醒。"

我听出来了，这是唐朝在叫我呢。

我终于挣扎着睁开眼睛，看见唐朝正一脸关切地望着我。

"到了？"我伸了一个懒腰，活动一下筋骨。

"没有，还得有差不到一个小时。你刚才哭得好厉害，是做了什么噩梦吗？"

"是啊，做了个梦。"

我以为我只是在梦里面哭，原来都哭出声来了，摸摸脸，果然湿湿的。我偷偷瞄了唐朝的肩膀一眼，他的衬衫花了一片，天知道那是眼泪还是口水。

唐朝这才放下心来，同时他感觉到自己肩头有点潮湿："你睡觉流口水啊？"

我像一个被抓了现行的小偷，撇过头去不说话，唐朝也就没有再难为我。

我想着刚才做的那个奇怪的梦，心里有种怪异的感觉。自从妈妈死后我很少梦到她的，可是今天我不但梦到了她，她还对我说了那么多的话，还有赵北北、五姐，他们统统都很奇怪。赵北北是不是真的有什么苦衷才会不断地寻花问柳？五姐为什么要对我说那么奇怪的话？这到底是怎么回事？

就这样，我坐在火车上，被一个莫名其妙的梦搞得头昏脑涨，想来也真是可笑。

时间是把杀猪刀

当我从校长的手里接过毕业证书的时候，觉得这一切就像一个梦。

没有人敢相信像我这样一个初来美国连和人正常交流都困难的人竟然可以用两年的时间就完成了学业，连我自己也不是很敢相信。或许这就是我们中国人常说的"瞎猫碰上死耗子"吧。

唐朝一直在等我和他一起回国，他对一年前那件荒唐的醉酒事件耿耿于怀，真是不够潇洒的人。所幸在经过我巧舌如簧的劝说加威逼利诱下，他对我逼得不是很紧，我们的相处还不算很令人难受！

完成了学业就是该回去的时候了。赵南南打过电话给我，她把话说得很明白："如果你觉得你欠了我的，而且还非还不可，那么毕业以后替我做事，如果你不怕见到北北的话。"

我当然不再害怕赵北北，他赵北北早就已经转移目标了我还怕个什么劲。所以我很痛快地答应了。我说过很多次，我最不愿意欠别人人情。

在我毕业之前，唐朝就处理好了在纽约所有的工作并且辞了职，他是铁了心要和我共进退的。

其实我能这么顺利地毕业，还要多亏了唐朝的。唐朝在指导我学习的时候那真叫一个呕心沥血，我看不仅是呕心沥血，他恨不得把肠子都给呕出来。

看着我能在这么短时间里毕业，唐朝比我还要高兴，他摇头晃脑地在我面前自夸，"哎，真是名师出高徒，强将手下无弱兵。像你这样笨的人都可以被我调教得这么令人刮目相看，我怎么这么厉害呢？"

现在唐朝的嘴皮子功夫也不可同日而语，这才叫真正的"强将手下无弱兵"。

明天就是回国的日子，望着收拾好的房间和行李，心里的滋味有点怪怪的。真的就要离开了？我来美国都已经两年了？

房东太太握着我的手一把鼻涕一把泪地哭诉，说她舍不得我，希望我以后有机会再来看她。

房东太太对我的好我都记在心里呢，可是天下无不散之筵席，总会有分别的一天，只是我没有想到这一天来得这么快，甚至让我有点猝不及防。

唐朝把一切都收拾妥当后跑来找我："多多，要不要出去走走，再看看这个你生活了两年的纽约？以后怕是很难有机会再来了。"

我实在不是这么感性的人，不过看唐朝兴致这么好，也就舍命陪君子了。

纽约的大街很干净很漂亮，我都看了两年竟然还有种看不够的感觉。这座庞大的城市用它宽阔的胸怀迎来了很多外来的人，也送走很多归家的人。任凭人来人往，这座美丽的城市都不会哀伤，其实不仅仅是纽约，每个城市都是一样的。无论是你失恋也好失业也罢，你觉得你活不下去了，到熟悉的地方走一

走，你会发现，除了你，好像什么都没有改变。即使你死了又有何妨，这个城市会因为失去你黯然失色吗？不会，你死了惩罚的是你自己，还有你最爱的人。或许想到这些，你就能拥有重新面对生活的勇气。

当我突然意识到的时候，我才发现，我的思想就像是在高速公路上行驶的汽车，拦也拦不住地走了这么远，我竟然想了这么多有深度的事情。我简直都有点佩服我自己了，所以说书不是白读的，换作以前，打死我我也不会有这么深刻的思想啊。

唐朝很少见我有这么安静的时候："多多，一想到明天就要走所以心里很不是滋味吧？我也一样，我在这个城市生活的时间比你要久得多，对这座城市也有很多的感情，就这么离开了，以后肯定会很想念这里的。"

我才不会承认，我白了唐朝一眼："朋友，你是个中国人，你应该只对中国饱含深情。你没听人家说，就算身在国外，也要做一个香蕉，里外都要是黄的。祖国培养你是多么的不容易啊，你不能忘恩负义的。其实你早该回去发光发热，这样才不辜负祖国和人民对你的厚爱。"

"你呀。"唐朝笑着摇摇头。

我不愿意在唐朝面前暴露一点点的脆弱，我不想让他找到关心我的理由，我想这个他是明白的，所以他才会摇头苦笑。

"哎，对了唐朝，我刚想起来，你不是应该回北京才对嘛，你怎么也订了上海的票啊？你不必为了陪我这么做，我一个人可以的。"

"你多想了，我的新工作就在上海，我要去见见自己的老板啊。"唐朝笑得神神秘秘的。

天啊，唐朝是属什么的，动作这么快。等等，他也要在上海工作，那也就是说我们还是没有办法分开了？唐朝，做人要不要那么执着啊。

"你决定要帮赵南南，那么你一定避免不了要见到赵北北的，你真的想好了？"唐朝提出一个非常严肃的问题。

"当然想好了。他又不是什么妖魔鬼怪，我有什么好怕的。"

是，我才不害怕，都陈芝麻烂谷子的事了，有谁会一直揪住不放呢？赵北北见到我的时候能不能认识我还要两说。

第三卷：沧海桑田，物是人非

赵北北可能也不是很厌烦这种感觉，他没有像每次那样对我冷言冷语，一直在沉默。

"……"事到如今，我反倒平静下来，一点都不觉得多么伤感。

赵北北张张嘴要说些什么，还是放弃了。

我们两个人竟然连个话题都已找不到……

还有什么不曾改变

时隔两年，我的双脚又一次踏在了上海的土地上。

正如我所说的那样，上海并没有因为我的离去而伤感，也没有因为我的回归而欣喜。上海依旧还是那个以匪夷所思的速度高速发展的城市，更多的高楼大厦拔地而起，为这个钢筋水泥森林贡献力量。

短短两年的时间，上海变得连我都有些认不得了。

唐朝去了新老板那里洽谈具体的工作事宜，而我打了车去"梦乐迪"找五姐。

的士司机是个很健谈的中年人："姑娘，第一次来上海？"

"不是，只是很长时间没有回来了，觉得有点陌生。"

"你当然会觉得陌生，上海发展多快啊，几乎一天一个模样，跟变戏法似的。"

"是啊，变得可真快。"

上海在变，那么在上海的人呢？他们究竟是变了多少？

终于来到了"梦乐迪"。

变了，真的变了，"梦乐迪"以前的招牌就够拉风的，现在换了一块更加夺目的招牌，外面涂了崭新的墙体漆，竟没有一点曾经的痕迹。

走进里面，才发现外面的那点变化根本不值得一提，如果不是因为我对"梦乐迪"所处位置有十足的把握，我一定会认为自己走错了地方。这里装修得富丽堂皇，奢华至极，艳而不俗，走进来就是一个纸醉金迷的世界。而且这里好像要搞什么重大的活动，到处扎满了彩带气球。

白天的"梦乐迪"客人不多，大厅里只有几个姐妹坐在沙发上玩手机，还有几个保安在转来转去，可是我竟然一个都不认识。

"喂，有事吗？"

一个浓妆艳抹的女孩子问我，看得出她很年轻，绝对不超过 25 岁。"哦，你好，我想找五姐，我是她的朋友。"

"五姐？"所有人都充满疑惑，"我们这里没有五姐这个人，你走错地方了。"

然后再没有人搭理我，他们嘻嘻哈哈开着玩笑。

没有五姐这个人？怎么会没有五姐这个人呢，难道五姐离开了？

我厚着脸皮不耻下问，又向他们问了很多人，他们都说不认识。

敢情这"梦乐迪"不但硬件换了，连软件也不一样了。

看来我得到五姐住的地方碰碰运气，我转身刚想走，就听见有人叫住我："钱多多？"

我回过头，终于见到了一个亲人："谢志坤！"

对，没有错，这个人就是"梦乐迪"的调酒师谢志坤。

"钱多多，你行啊，这两年你都搁哪里藏着呢？突然又这样蹦出来，会吓死人的！"谢志坤还是像以前一样，张口就和我贫。

我也没和他客气："我当然是搁好地方藏着，天机不可泄露。你这种凡夫俗子怎么配知道。"

谢志坤哈哈笑了。

"对了，为什么五姐她们都走了呢？到底发生什么事了？"

"小莹她们都金盆洗手了，五姐回家去了。"

"回家？五姐的家在哪里？什么时候走的？"

"一年前吧，那时候'梦乐迪'还没大修呢。至于她的家在哪没人知道。不过五姐这人还真厉害，她好像算准了你会来，有句话让我转达给你，她说对不起你，希望后会有期。"

被谢志坤这么一说，我更头疼了，五姐为什么要说对不起我，没理由啊，她哪里有对不起我的地方，反而是我，说不和她联系就不和她联系，应该说对不起的人是我才对吧？"那你告诉我，'梦乐迪'为什么要搞这么大的动作，以前那样不是挺好的吗？"

谢志坤重重咳嗽几声，看我的眼神充满怪异。

"我们没拍鬼片，你好好说话成吗？"我踢他一脚。

"那是因为我们这里换了老板了。"

"换了老板？新老板我认识？"

谢志坤重重地点点头："何止是认识，简直熟得不得了。"

"你别跟我卖关子，有话说有屁放，你知道我最讨厌人磨叽。"

"我说了你可得挺住。"谢志坤看到我抡起拳头要打他，这才乖乖说话："我们的新老板是赵北北。"

再见故人

竟然会是赵北北。难怪谢志坤那么犹豫，这个答案确实出乎我的意料。

"你离开的那一年，我们都想，或许赵北北会痛不欲生，天天跑这来哭喊着找你，毕竟当年他在你身上用的情我们都看得见。可是出乎所有人的预料，他好像根本没有因为你的不告而别烦恼，他来'梦乐迪'夜夜笙歌每天都带着不同的女孩子出去，我们都怀疑以前那个多情的赵北北根本就是他处心积虑装出来的，虽然我们不知道他为什么那么做。去年，他接过了'梦乐迪'，进行了一次大修，扬言要把这里改造成人间天堂。其实，小莹她们不是自己愿意走的，是被赵北北辞退的。现在'梦乐迪'所有的小姐不但都是高学历，而且年龄都不超过25岁。赵北北确实是成功的商人，经他这么一改造，'梦乐迪'比以前可火得多了。"谢志坤可能是见我的情绪并没有他想象中那么失控，也就没有多少顾忌了。

赵北北，原来我们这么些人都不曾看清楚你，到底是我们太笨，还是你太会装？

"还有一件事，赵北北要订婚了。"说完这话，谢志坤小心地看着我，好像怕我控制不住自己的情绪嚎啕大哭。

我笑笑说："谢志坤，你和我说话没必要这么小心翼翼的，就算你现在告诉我赵北北的孩子都会打酱油了，我眼睛都不带眨一下的。我当初离开上海等的就是这样一个结果，这正是我愿意看到的呀。难不成你以为我会难过得不知如何是好？"

谢志坤重重叹一口气，真的是很重的一口气，压得我心口窝疼："多多，无论如何，你能这么想总是好的。我现在才知道，你当初咬定青山不放松，就是不答应赵北北是多么正确的选择，像我们这种无产阶级和他们根本就不是一国的。你知道吗，赵北北的未婚妻那叫一个有钱啊，听说是北京一大老板的千金，

这才叫门当户对呀。"

"坤哥，别只顾着和美女聊天了，老总来了。"一个很漂亮的小姑娘跑过来笑嘻嘻地说。

"得，说曹操曹操到。如果你觉得不愿意见他就坐着等会，他应该待不了多久的。不过今天他的订婚宴要在这里举行，他也就是来看看布置得怎么样了。"谢志坤倒是体贴。

我似乎没有强调过我这人还有一个特点，那就是我挺爱打肿脸充胖子的。我大手一挥："瞧你说的，我和他又不是仇人，干吗躲着不见啊？他要订婚了，好歹认识一场，我得当面祝福他才对。"

谢志坤瞅着我的脸端详了老半天，也没看出我说这话是真是假："但愿你的心和你的嘴一样硬。"

整整两年了，赵北北这祸国殃民的小蹄子似乎更帅了，他的脸上还是带着惯有的懒散坏坏的迷人笑容，如果不是有两个腻在他身上比鲜花还要娇艳的女人，他此刻一定还要顺眼得多。

赵北北看到我的时候，没有愤怒也没有惊喜，而是满脸都写满了讽刺，他举止轻浮地搂着那两个女人一步步走向我，嘴角含着轻蔑的笑："吆，我当是谁呢，原来是我们的大美女钱多多啊，怎么捉迷藏的游戏玩腻了，所以就回来了？这次你是打算再拿谁开刀啊？"

赵北北不是没用这种语气对我说过话，当初我被陈嘉琦要弄重新回到"梦乐迪"，赵北北以他真正的身份出现在我面前的时候，他就是用这种语气激怒我的。只不过当初他不是真心那样待我，如今却是真的了。

我自然也不是当初那个被他一激怒就会变身成刺猬恨不得把他扎个千疮百孔的钱多多，我可是受过高等教育的人，要有素质。我淡淡一笑，保持着极高的涵养："你可真会开玩笑，所有人都知道我钱多多是个什么样的人了，我还能拿谁开刀呢？只不过听说你要订婚了所以想恭喜你一声。怎么不介绍一下，这两位美女哪一个是你的未婚妻啊？"

我心里却在想，赵北北的未婚妻是个傻瓜吗，怎么可以容许自己的男人身边还站着另一个女人。

赵北北在两个女人貌美如花的脸上各自啄了一口："让你失望了，她们都不是我的未婚妻。"

我的嘴巴里估计能装进去一个鹅蛋，这是什么情况，赵北北他就这么光明

正大地红杏出墙？我立刻觉得，赵北北的未婚妻不但是个傻瓜，她一定还是个瞎子。"真没想到，这才两年不见，赵总你就变得这么开放。"

"NO NO NO，"赵北北伸出食指摇一摇，"不是我变得这么开放，而是当初你没看出我有这么开放。我告诉你们两个啊，当初我追这位钱大小姐可是花了不少功夫的，谁知道人家没看上我呢。"说完赵北北还格外委屈地撇撇嘴。

那两个女人咯咯一笑，瘆得我鸡皮疙瘩掉满一地。

赵北北这句话说对了，我一直没弄明白他到底是个怎样的人，或许当初他多情单一只是用来欺骗我的。"赵总说的极是，知人知面不知心嘛，你的心思我可揣测不到。"

"梦乐迪"所有的员工都目瞪口呆地看着我和赵北北激烈地打着这场口头战役，只有谢志坤最先反应过来，他轻轻咳嗽一声："赵总，您是不是先看看我们会场布置得怎么样，还有哪里需要改进？"

赵北北自然知道谢志坤的用意，也不知道他是大发慈悲还是懒得和我说话："好吧，我们去四处看看。哦，对了，钱小姐，后天是我的订婚典礼，届时还希望你能赏光前来，到时候你就能见到我的未婚妻了。"

赵北北带领一群人浩浩荡荡走开了，谢志坤偷偷对我做了一个再联络的手势。

我拉着行李箱像丢了半条命一样从"梦乐迪"走出来，外面的阳光真是刺眼，晃得我眼睛发酸，只想掉眼泪。

同处一个屋檐下

虽然知道谢志坤不会骗我，可我还是条件反射似的跑去了五姐的家。

我站在楼底下往楼上观望，阳台上种满了花花草草，我知道，这真的不是五姐在住了。五姐最讨厌摆弄花花草草，就是连我要种她也不允许，她常说，连养活自己都难还养什么花花草草。

赵北北叛变，五姐消失不见，偌大的上海对我而言成了一个陌生的城市。

我提着硕大的行李箱，实在不知道接下来要到哪里去，天大地大，竟然没

第二卷 沧海桑田，物是人非

089

有我钱多多的容身之处了？上辈子你是造了什么孽啊，钱多多！

不管了，先找个旅馆住下来，剩下的事情走一步看一步吧，反正车到山前必有路嘛。

在旅馆里舒舒服服地洗了一个澡，躺在床上准备好好休息一下，这一天实在是太混乱，我的脑子里简直就成了一锅热粥，还咕嘟咕嘟冒着热气。

不知道唐朝那边怎么样了，我们两个还真是够笨，连个电话卡都没有办，想联系都联系不上啊。在这个空荡荡的城市里，或许只有唐朝能带给我一点温暖了。

迷迷糊糊之间就这样睡了过去，再睁开眼，又是一个大晴天。

但愿一觉醒来，所有的晦气都已经去掉。

接下来的事情自然就是去见赵南南，欠人家的人情总是要还的。

两年不见，赵南南还是那么精明干练，似乎在她的身上根本就用不到萎靡不振这个词语，她永远都是充满能量的南孚电池。

"你愿意来帮我，我很高兴。"看上去赵南南的确像是心情不错的样子。

可是我就奇怪了，像她家的大公司，什么样优秀的人才招揽不到啊，我能为她工作就值得她这么开心？当然，这只能限于在心底默默想想，再怎么说咱也是喝过洋墨水的人，"能够为你工作，我也很高兴。"才怪！一想到进入"项顶"就要时刻面对赵北北那张脸，甚至以后还要经常见到赵北北的未婚妻，我那个心里就像是塞进去一架轰炸机。

"昨天你见到北北了？"

赵南南看似无意的一句话，带给我的震撼委实不小："你跟踪赵北北啊？"

"瞧你，什么跟踪不跟踪的，多难听啊。你应该也知道了，北北他马上就要订婚了，我可不希望这期间出什么差错，所以只能暗地里多多关心他一下。"赵南南抿一口咖啡，优雅得像一只白天鹅。

我突然觉得赵南南对赵北北似乎不像表面上那么简单，可是又说不出哪里不对劲："可是你关心得好像也不怎么到位，就要订婚的人每天混在女人堆里好像不是很像话吧？"

"谁会在乎那个啊！订婚以后就好了，就让他再过几天逍遥的日子。"赵南南不以为意。

天呐，这些有钱人的心里到底都在想些什么啊？

"你不会还对北北念念不忘吧？"赵南南突然问我一句。

"怎么会？你可真会开玩笑。"

"那最好，我现在才发现我真的一点都不了解我这个弟弟。以前我还总怕他在你的身上用情太深，现在看来倒是我多虑了，他还真是个花心的人啊，呵呵。"

我怎么看怎么觉得赵南南有点皮笑肉不笑的意思，真是活见鬼。

"哎，对了，多多，你会参加北北的订婚宴吗？"

"当然会，既然赶上了，不讨杯喜酒喝怎么可以。"我是要参加的，我真的想看看赵北北的未婚妻到底是何方神圣。

赵南南大方得有点不像话，一听说我住在旅馆里，大手一挥，就弄了套房子给我住，据她说我的隔壁也住着一位刚来"项顶"报到的员工，我最好可以认识一下，说不定以后还要互相合作的。

房子里什么都不缺，我只要把自己的东西搬进来就 OK 了，看来跟着赵南南还真不是一件坏事，房子的问题就这么轻而易举地解决了，所以人家才说，金钱不是万能的，但是没有钱是万万不能的，这简直就是比牛顿定律还要准确的真理啊。

反正我欠赵南南已经够多的了，也不在乎再欠她这个人情，古人不是常说"虱子多了不咬人"么，我是人情多了不压人，谁怕谁呀。

怀着一颗好奇的心，我敲开了邻居的门。

帅气的邻居微笑着把我让进屋子，为我端茶倒水，热情得不得了。我看着他那张帅气的脸，好半天震惊得说不出话来。

唐朝微微一笑，露出可以给牙膏做广告的烤瓷一般的牙齿："钱多多，以后我们可就要在一个屋檐下上班了，要多多照顾才是啊。"

赵北北的未婚妻

唐朝是不赞成我去参加赵北北的订婚典礼的，想想也是，这种自找别扭自取其辱的事情有谁愿意做啊。由此可见，我这个人从某种意义上来说根本就不是个正常人，我不但想去，而且想去得不得了。

唐朝拗不过我，于是打算陪我一起去。

我斜着眼看他："唐朝，我都这么大个人了，你有什么不放心的啊。"

唐朝倒是一本正经的："我是怕你到时候想哭找不到可以让你抱着的人。"

我的心里就下起了蒙蒙细雨。

什么叫做纸醉金迷，我想在赵北北的订婚典礼上，我是真的体会到了。经过精心装扮后的"梦乐迪"美得不像是人间的存在。巨大的水晶灯洒下的光芒笼罩在每一个人的身上，他们手里拿着酒杯，笑容满面地穿梭在人群之中。

这一切看上去是多么和谐多么美好啊，可是每一个来这里的人真的都是抱着一颗祝福的心来的吗？他们虚假的人皮面具下到底隐藏着怎样的丑陋嘴脸？

可了不得，时至今日，我钱多多的思想竟然已经深邃到这个地步，我都暗暗佩服自己了。

唐朝看我老半天没什么动静还以为我在伤感呢，他从身后拍拍我的肩膀，以示安慰。

我想回过头去给他个笑脸，告诉他我没事。可是这样简单的事情我都做不到，因为我觉得如果我那样做了，那我都会厌弃自己的虚伪。

很直白地说，我很难过。原来曾经我所感动的一切不过是赵北北编织的一个巨大的谎言，他着实可恶，比陈嘉琦还要可恶。可是我怎么都想不明白，我究竟有什么地方值得赵北北在我的身上浪费那么多的时间和精力。那么多年的时间，他一直在我面前扮演痴情王子的角色，难道他不觉得累得慌？

这赵北北才是个怪咖加变态。

一想起那天在"梦乐迪"他看我时那种轻蔑的眼神，我就恨不得把自己的眼珠子挖出来，来个眼不见为净。好嘛，就算你小子决定原形毕露了，也没必要在我身上做得那么绝吧。本姑娘我当初要出去躲着那可是一心一意为了你的前途着想，你这样对我简直就是丧尽天良有没有？

我的思想还在脑海里驰骋，突然听到人群中有骚动，原来是主角到场了。

这天的赵北北打扮得确实人模狗样，那一套西服一看就知道肯定价格不菲，不过我更感兴趣的还是依偎在他身边美得不可方物的女主角。

此刻如果要找一个合适的词语来形容我真的不是那么容易的事情，要怎么描述我这时候的心情呢？这么说吧，有一天你在大街上走着走着就有一个人走过来捅你一刀，而你回过头看清楚那个人的脸，你惊愕了，捅你的人竟然是你最好的朋友，他甚至还能笑着说他有多爱你。

钱多多重生记

我知道，唐朝的震惊绝对不会比我少多少，我甚至还有多余的精力瞄了他一眼，他的面部表情绝对可以用精彩绝伦来形容。

漂亮的赵北北的未婚妻挽着赵北北的手臂款款向我们走来，那才叫一个摇曳生姿。

"多多，唐朝，这么巧啊，真高兴你们能来参加我和北北的订婚典礼。"

还没等我开口，赵北北就说话了，真是妇唱夫随，配合得天衣无缝："方可，你认识多多和唐朝啊。"

方可咯咯一笑，像出谷黄莺："当然认识了，不但认识，我们还是很好的朋友呢。唐朝先生，你现在应该是多多的男朋友了吧，你们看上去还真是般配呢。"

我只感觉一道探究的眼神往我身上匆匆一扫，我抬起头，却找不到那眼神的来源，每个人好像都很正常，除了唐朝眼睛里可以喷出火来。我突然像泄了气的皮球，我也很想满不在乎地对着方可和赵北北说些祝福的话，然后挽着唐朝的手臂甜蜜地笑笑，可是我做不到，除了像个傻瓜一样呆在原地，我什么也做不了。

不过，我做不了的事情并不代表别人都做不了，唐朝轻轻把我揽在怀里，把所有的怒气都压下，儒雅得像个英国贵族："是啊，我们在一起了，不过这说回来还是要感谢你的退出和成全。多多这个人什么都好，就是太善良了，她知道你对我情有独钟，就算心里对我有再多的感情也不肯流露出来了，所以就宁可委屈着自己。还好你选择回国了，我们当然就无所顾忌地在一起了。方可，看到你找到这么好的归宿，我和多多都由衷地替你感到高兴。"

方可的脸上有一丝阴霾闪过，不过她马上调节好，我这才知道，方可真的不是一个简单的人，我看错了她。我开始对自己的眼光产生极度怀疑。

方可笑得更甜了："这才叫有情人终成眷属嘛。多多，我现在可是对北北死心塌地对唐朝没有半点非分之想了，你应该也是一样的吧，你对北北没有什么想法了吧?"

我抬起头看了赵北北一眼，他正一脸玩味地望着我，我鼓足了勇气，以最平铺直叙的语气说："那是当然，要不我怎么会来参加你们的订婚典礼呢，我现在这么幸福，当然也希望你们和我一样幸福。"

A 面 B 面

幸亏赵北北和方可要忙着应付更多的宾客，我终于可以松一口气，要不然我真的会猝死过去。我这才发现，自己的手心竟然满是冷汗。

"我早就说过方可这个人不简单，你还因为她和我吵架，现在你知道她是个什么样的人了吧？"唐朝对我大有一副恨铁不成钢的表情。

我想我知道了。我这才恍然大悟，为什么方可向我告别的时候说了那么多令人费解的话，还反复追问我是不是依然爱着赵北北，可是我还是不明白她为什么要做这些事情来刺激我。皇天后土为证，我钱多多可没有做过一件对不起方可的事情，值得她这么牺牲自己来惩罚我吗？我看得出来，方可对赵北北根本就没有炙热的情感，她的眼里赤裸裸的满是利用，赵北北只不过是她的一件工具，而她的心明明还是扑在唐朝身上的："唐朝，你说方可这么做是为了什么？"

"你明明知道为什么，还用问我吗？"唐朝的声音湿黏黏的，像上海的梅雨季节。

我望着他，看到他的眼里有漫天的大雾。

事实证明，所有的好运气总是有用完的那一刻。

我端着香槟杯看着微笑着向我独自走来的方可，那一刻我觉得，原来这样不停冲你笑的人也可以向你喷射毒液。

"多多，咱们谈谈吧，我有好多话要对你说呢。"方可亲切地挽着我的手臂，好像我们是最好的朋友。

"方可，你可以省省了。你不就是想要打击多多嘛，你的目的都达到了，你还在这里装什么，会不会太虚伪了点？"唐朝冷冰冰的语气可以轻松把人送进万劫不复的冰窖。

方可有点讪讪的："唐朝，你不要这么对我说话啊，太令人伤心了吧。再说了，我还能吃了多多不成？"

唐朝还要说些什么，被我成功阻拦下来："唐朝，你别管了，我和方可叙叙

旧。"说完我都不敢瞅唐朝，我怕他用眼光杀死我。

走到一个无人的走廊，方可放下了脸上的武装，她脸上先前的笑容似乎只是我臆想出来的，此刻的她是一脸的寒冰。什么叫做两面人我是真的切身体会到了。"钱多多，今天看着自己最爱的人要和别人订婚，心里面很痛吧？心痛的感觉你终于体会到了吧？"

这个我在美国认识的唯一的好朋友，却成了一心一意要报复我的人，我真不知该作何感想："方可，如果你这么处心积虑只是为了让我尝一下心痛的滋味，那你就大错特错了，我这个人早就不知道心痛是什么了。你以为我真的对赵北北那么专情啊，我身边都有唐朝了，我还想赵北北做什么呢。倒是你，但愿你和赵北北在一起能幸福，误了自己的终生不会有人为你负责的。"

"你大道理倒是讲得一套一套的，可是你以为我看不出你心虚吗？你看向赵北北的眼神一下子就可以把你出卖，不承认没有关系，只要我知道自己的目的达到了就成了。"

"我真不知道你这么做有什么意思？这样会让你觉得很快乐？"我怎么觉得方可像个怪物，我真的认识她吗？

"是，我很快乐，"方可脸色一凛，"看到你痛苦我就快乐。当初你处心积虑地让我在你面前被唐朝那样侮辱的时候，你也很快乐不是吗？"

我发誓我听不懂方可在说什么，她怎么可以这样曲解我的心意。我当初明明是一心一意为她好的，我真后悔当初为了她和唐朝冷战一场，她根本不值得。"方可，你真可怜，你就是个怪物。"

"就算我是个怪物又怎么样，赵北北到最后还不是被我这个怪物抢到手了？而你这个不是怪物的正常人，只能惨兮兮地在远处观望着，你再也近不了赵北北的身了。钱多多，我发誓，我会带给你永无休止的折磨，就如同当初你带给我的折磨一样。听南南姐说你要进'项顶'了，我真不知道你是哪里来的勇气，我相信，你会后悔这个决定的，因为我也要进'项顶'的，我会狠狠把你踩在脚下，我会笑着看着你哭。"方可把她那张无懈可击的脸贴近我的脸，我能感受到她散发出的丝丝凉气。

"方可，我真的觉得你有够可笑。我哭了你又能怎么样？你会因此得到唐朝的青睐吗？难道你以为我就看不出你对唐朝贼心未死？好吧，如果你这么愿意每天看到我，我会让你如愿的，但愿你不要太难过，因为我和唐朝会很甜蜜的。"蛇蝎女人谁不会做啊。

我成功激怒了方可，她的巴掌高高地扬起来，眼看就要落在我的脸上的时候，突然间风云突变，风起云涌，方可的那一巴掌竟然狠狠地落在了她自己的脸上，那叫一个清脆，我真佩服她能对自己下这么重的手。换作是我，我肯定做不出这种自残的事情来，就算一定要做，我也只会轻轻地表示一下，不会下手这么重。

方可一下子变得可怜兮兮，那种楚楚动人的姿态真是惹人怜惜，她紧紧握住我的手："多多，我知道你怪我，可是我是真的很爱北北，我不能放弃他的……"

我正在疑惑方可这是唱的哪一出的时候，赵北北冰寒的声音响起："钱多多，你就这么欺负我的未婚妻，我可不高兴的。"

我回过头，看到了我这辈子以来看到的最残酷的一幕，那个曾经最爱我的人，眼里迸发出的是凶狠的光，恨不得把我碎尸万段，然后丢到郊外喂狗。曾经愿意守护着我的人，最终却站在了我的对立面，还真是人生如戏，戏如人生，三十年河东三十年河西啊。

"哦，你不高兴？那你要怎么办，要揍我吗？"我挑衅地瞪着赵北北，我从来都知道人善被人欺的道理，所以我不会示弱。

赵北北疾步走到面前，牢牢抓住我的手腕，连拉带扯地把我拖到方可的脸前："跟她道歉。"

"道歉？可是我为什么要对她道歉？"这出戏还真是越演越精彩了。

"为什么？她脸上的掌印难道不是你的杰作吗？钱多多，两年不见你怎么成了这样一个令人厌恶的泼妇！"

我是泼妇？如果我是泼妇，我就会在这个热闹的订婚典礼上轰轰烈烈的大闹一场，让他们脸上无光！我如此隐忍，该死的赵北北竟然还说我是泼妇，真是狗眼看人低。我斜斜看他一眼，没有说话，进行着无声的抗议。

"可是，我最喜欢的就是泼妇，"是唐朝走了过来，"下星期我和多多就要正式进入'顶顶'上班了，按道理说我应该称呼你一声赵总的。赵总，如果没什么事的话，我要把我的女朋友带走了，反正我们的祝福已经送到，再待下去也没什么意义。多多，我们走。"

"慢着，她还没有向可可道歉，所以不可以走。"赵北北不依不饶。

唐朝的脸上有着隐忍的笑容："请问赵总，她为什么要向方可道歉？"

"凭什么？你眼睛没问题吧，你没看到可可的脸上有伤痕吗，这可是拜你的

钱多多重生记

096

女朋友所赐。今天是我们的订婚典礼，你让她顶着这张受伤的脸怎么见人？"

"可是这明明是她自己打的呀，不信给你看这个。"唐朝把他的手机递给了赵北北。

赵北北看完唐朝手机上的录像，脸上红一阵白一阵的，他把手机递给唐朝，"对不起，这中间可能有点误会。可可，你怎么可以这样对自己啊，就算你觉得对不起多多，也不用这样自残的，多多她不会怪你的，是不是啊，多多？"

如果要让我找一个词语，我只能用面目可憎来形容赵北北，我甚至懒得和他说话。我牵起唐朝的手，毫不留恋地走开了。

夹缝中求生存

有赵北北和方可这两个妖孽在，我不敢奢望自己在"项项"的日子会有多好过。倒也不是因为我害怕，只是觉得以后要忙着应付他们，肯定会很累。真不知道是谁发明了"争斗"这个词语，唯恐天下不乱吗？

赵南南倒是挺善解人意的，她把我安排在她的身边做了一名助理，尽量避免我和赵北北还有方可正面接触。唐朝则成了销售部经理。也不是没有暗中抱怨过，明明都是海龟，凭什么唐朝当经理我当助理啊！虽然只有一字之差，可是这其中的天壤之别恐怕傻瓜都知道。当然这也只限于我暗地里自己想想，万万不会跟谁提起的，像我这样有个那么不光彩过去的女人，能够当上一个白领，实属咸鱼翻身，没理由不知足了。

无可避免的，我和赵北北还有方可的战争的第一枪终于打响了，并且是我惨败，我甚至连拿枪的机会都没有就被直接射杀。

事情是从一个普通的会议开始的。其实真的是一个再普通不过的例会，不知道谁念了一个"往死处诡异"的咒语，于是会议就真的诡异起来。

或许当赵北北和方可看见坐在赵南南身后的我的时候，场面就已经失去控制了。

赵北北轻描淡写地望了我一眼，很不满地向赵南南抱怨："姐，这是什么规格的会议，一个小小的助理也能参加？"

赵南南有些尴尬地咳嗽一声："是我叫多多来的，让她尽快熟悉一下公司的情况也好，以后工作起来会更加便利的。"

　　"姐，你确定要把她留在公司了？"赵北北势必要把我打击到死。

　　我坐在后面，不知道如何应对，像一个小丑，该死的赵北北，一定要让我这么难堪吗？

　　方可用胳膊轻轻碰了赵北北一下："北北，就算你现在不待见多多也不能在这个时候让她难堪啊，现在开会呢，注意点影响。"

　　方可这话还真不如不说，这只会让我的处境更尴尬，当然我知道她是故意的。

　　"我正是为了考虑公司的影响才要这么说。姐，别人不知道你难道还不知道钱多多以前是做什么的，这样一个人都能进我们'项顶，'这不是直接降低了我们公司的规格吗，这样你也觉得没有关系吗？"

　　原来这种感觉就叫做如芒在刺，那种耻辱如同附骨之蛆一般折腾得我死去活来，偏偏在这种场合下我又不能站起来反驳，那只会让我变得更加可笑而已。

　　所有人看向我的目光都带着浓厚的看好戏的成分，赵北北这句话真的很能引人深思，我抬头看了对面的唐朝一眼，看到他紧紧握起拳头，随时都有爆发的可能，我冲着他摇摇头，不想他因为我在公司里遭到排挤。

　　赵北北不满足于仅仅是把我踩在脚下，他要让我永无翻身的机会："姐，我是'项顶'未来的董事长，再怎么说你都得参考一下我的意见吧？像她这种女人，卖臭豆腐的小摊都不会雇佣她的，我不希望在公司见到她，趁早把她开除吧。"

　　说完，赵北北转身就走，留下一屋子面面相觑的人，还有更加尴尬的赵南南。

　　赵南南脸上有些挂不住，不过她有着最好的涵养，她甚至还可以腾出精力来安慰我："多多，你别介意，北北他就这臭脾气。"

　　我能说什么呀，言多必失，我还是闭嘴的好。

　　散会以后，唐朝还在生气："多多，这个赵北北他有病是不是？他为什么一定要这么对待你，我只想狠狠扇他几个耳光。"

　　说实话，我也不太明白赵北北为什么一定要这么对待我。是为报复我当初的不告而别？可是我总觉得不至于啊，再怎么说赵北北也不是个笨蛋，我为什么会离开他不会想不明白的。我离开这两年一定发生了什么我不知道的事情，

使得赵北北对我如此憎恨。可是我多无辜呀，我明明什么都没有做过，却遭受了最不公平的待遇。心里的憋屈真是一言难尽。

"唐朝，我不想在公司和他起什么正面冲突，他爱做什么就做什么，我就当一个瞎子聋子好了，你也别太在意。人在屋檐下不得不低头，这道理不用我教你吧。"

"我知道你是为了不连累我才这么说的，其实我没有关系，我之所以进这间公司就是因为你，我们随时可以离开，完全不必在这里受这种委屈。"

"唐朝，现在还不是离开的时候。我钱多多做事情从来不会半途而废，我说过要把欠赵南南的都还清就一定要还清，等到我觉得我再也不欠她的那一天，我和赵北北就不会有一丝牵连了。"

见我心意已决，唐朝也就不再说什么，只是叹了一口气。

我的不抱怨不反抗完全出乎赵北北的意料，他怎么也想不到我会这么隐忍，于是他开始改变策略，不再对我进行人身攻击，而改为人身迫害。

我明明是赵南南的助理，可是万恶的赵北北却没羞没臊地频繁指使我做这做那，而且，他吩咐的事情明明就不是正常的人可以完成的。比如说，有一天他突然吩咐我：方可在一家品牌店看中一件衣服，具体在哪里忘记了，让我务必找到那件衣服买下来；再比如说，他让我打电话取消和张总的约会，要命的是，他声称不记得是哪一个张总……诸如此类，数不胜数。

赵北北这么做无非是要我知难而退卷着铺盖滚蛋，可是我偏偏不遂他的心愿，我排除万难雷厉风行地执行他交代的每一件工作，有时候我都有些佩服自己，我简直就是个可以赤手空拳飞檐走壁的超人。

在这种时刻要在赵北北和方可的刁难中艰苦生存，我成了一棵顽固的野草，任他东西南北风，只要一吹我就生。

暴雨来临

赵北北变了很多，可是有一点他没变，那就是特爱和我死扛到底。

一计不成再生一计，对付起我来赵北北的脑袋瓜出奇的好用，当然这要归功于他身后还有一个称职的军师。

可能我这人和公司的会议是前世的冤家，我在"项顶"所有的不幸都和每一次会议有着千丝万缕的关系。

公司最近有一个并购计划，赵南南把计划书交给我让我打印几份分给董事会的人。这是多么信手拈来就可以做好的工作啊，于是下班后我稍微加了一点班就整理妥当，只等第二天开会的时候用。

前面等待着我的是什么我不知道，我心情好得甚至还和唐朝一起喝了酒，半点居安思危的意识都没有，也活该我倒霉。

当我抱着整理好的资料走进会议室的时候，赵北北看向我的眼神大有深意，只是忙乱中我没有过多地在意。

"好了，现在各位手中拿到的就是我们这一次的并购企划书，看完以后大可畅所欲言，有什么不妥的地方我们都可以修改……"说着赵南南率先打开了资料，然后顷刻间她的脸就变成了猪肝色。

每个人脸上的表情都像一出戏，精彩得不得了，尤其是方可，她脸上那怎么也掩盖不住的浓浓笑意以及看好戏的表情让我感到事情不妙。

赵北北把两只胳膊抄在胸前，似笑非笑地看着我。

这所有的一切都像是电影里的慢镜头，清晰、突兀。

赵南南怒气冲冲地把手中的资料丢到我面前："钱多多，今天不是愚人节吧？你在和我们开什么玩笑？企划书呢？"

我狐疑地打开资料，真是不看不知道一看吓一跳，昨天明明还是企划书的资料成功变身，所有的文字不翼而飞，剩下的是一张大大的笑脸，对，就是那种用最简单的三条曲线画出的笑脸。这张笑脸此刻就在我的面前，嘲笑着我讽刺着我。

"钱助理，你不觉得自己应该要向大家解释一下吗？我们的企划书在哪里？"

千刀万剐的赵北北，肯定是他搞的鬼，竟然还敢这样义正言辞地指责我，真是不要脸到一定的境界了。可是空口无凭，我没有证据，不会有人相信我的。我慌忙站起来，心里面还抱着最后一丝的希望，希望这只是一个恶作剧，企划书此刻还躺在我的办公桌上："对不起，是我搞错了，我这就回去拿。"

我奔跑速度快到连刘翔看了都会自惭形秽，我能感觉到我那不安分的小心脏随时都要来个鲤鱼跃龙门，从我的喉咙里蹦出来。

事实证明我是受老天爷唾弃的，那些资料并没有乖乖躺在办公桌上等着我

去拿，它们真的不翼而飞了。

五雷轰顶？天崩地裂？晴天霹雳？不，不，都不够，这些远远不能形容我此刻的心情。

那份企划书有多机密我不是不知道，如果外流出去会对"项项"造成怎样的影响我也很清楚。我唯一希望的就是这件事情真的是赵北北策划的，那么他只是用此来把我赶出公司，企划书不会流落到别人手中，对公司也就没有什么损失。

我不知道自己是抱着怎样的心情重新推开了会议室的门，面对着赵南南闪动着期待的光芒的双眼，我羞愧地低下了头："对不起，赵总，企划书不见了。"

"什么？"赵南南拍案而起，"钱多多，你这个玩笑开大了！"

所有的指责一字不落地落入我的耳朵，我多希望今天的会议有唐朝在场，至少我还能从他那里获得一点点的信任，可惜今天的会议他没有参加。我勉强支撑住自己沉重的身体，不让自己没出息地倒下去，我紧紧咬住嘴唇，承受唾沫横飞的洗礼。

"连这点小事都做不好，怎么能当助理呢？"

"就是啊，当初就该听北北的，把她撵出公司。"

"我看说不定她是和别的公司勾结，故意把企划案泄漏出去，最近'丰盛'和我们的竞争可不是一般的激烈……"

"是啊是啊，她肯定是'丰盛'安插在我们公司的眼线。"

这些老董事的想象力还真是有够丰富，三言两语就把我定罪，就差立刻就地正法了。

这明明就是最明显不过的栽赃陷害，可是这些聪明的人们似乎一下子失去了思考的能力，或许他们的脑子根本就没带到公司来，还留在餐桌上或是某个女人的床上呢。我身上背负着跳进黄河也洗不清的罪孽。

投降了

最先反应过来的人是赵南南："这一定是公司内部有人搞鬼，但是搞鬼的人绝对不是钱助理。这件事情我会尽快调查清楚的，不过当务之急是我们要重新拟定一份新的并购计划，一定要快，今天的会议就暂时到这里吧。等新的计划赶出来了，我会通知各位的。"

刚才还沸沸扬扬的会议室一下子变得寂静，只剩下赵南南赵北北方可还有我四个人。我立在会议室的门口，像是被抽干了所有的力气，我不知道接下来的事情要怎么面对。其实我真的很想一把揪过赵北北的衣领，问他为什么要这么陷害我。可是我没有那个魄力和勇气。

"姐，我早就说过要把她赶出去的话是不是，你当初为什么不听我的？如今闹到这个地步，我们该如何是好？"赵北北咄咄逼人。

"够了，北北，你以为我不知道是你搞的鬼吗？把并购案老老实实交出来，我可以当做什么都没发生过，爸爸那边我也不会透漏一个字。这是公司，不是你开玩笑的地方，你和多多有多大的过节啊，一定要这么整她不可？"赵南南是真的生气了，她有些头疼地扶住额头，"北北，你已经不小了，都是订婚的人了。'项顶'早晚都是要交到你的手里的。可是你这个样子让谁放心呢？"

赵北北把玩着手机，平静地问道："姐，你就这么确定这件事情是我做的？"

"不是你还能是谁？全公司只有你和多多过不去。"赵南南没好气地回应道。

"你为了一个外人就这样质疑你的弟弟啊，还真是让我伤心。"说完赵北北还特委屈地撇撇嘴。

"你别给我贫嘴，把并购案交出来，我没时间和你玩拌嘴的游戏。"

"姐，你听好，这件事不是我做的，和我无关，我没有什么并购案。你应该好好审问一下你的钱助理，那么重要的机密文件，她为什么不随时携带在身上，而是把它放在办公室里？这分明是给别人创造了窃取的机会，她才是居心不良，罪不可恕！"

"赵总，"我深吸一口气，把目光无惧地投向赵北北，"如果你就这么想把我赶出公司，那好，我可以离开，可是你不能拿着公司的事情开玩笑。把并购案交出来，我立刻就辞职。"

"钱多多，你有什么资格对我这样说话？公司是我家的，我想怎么做就怎么做，和你无关！就算我把它败光了也和你没有一丝一缕的关系！"赵北北伸出一根手指头指着我，让我闭嘴。

我和赵北北，怎么就闹到了今天这个地步，谁能告诉我到底发生了什么。

赵南南的手不轻不重地往桌子上一拍："北北，你太过分了！这是你应该说

钱多多重生记

102

的话吗？什么叫你的公司，你爱怎么做就怎么做，你这样的心态如何经营好'项顶'，你是真的想让我们的家业毁在你的手里吗？你怎么做好这个接班人真是让我怀疑。多多是我请进公司来的，没有人可以让她离开，现在你还不是董事长，无权命令我。爸爸临出国前把公司的事务交给我打理，你只是协助我工作的，别在我面前摆出未来董事长的架子，等有一天你真的成了董事长再说不迟。"

"是，我没有资格当接班人，其实我觉得你要比我合适多了，可是怎么办，爸爸非要把'项顶'交给我，这是没办法的事情。你不用逼我，我再说最后一遍，我的手里没有并购案，信不信由你。可可，我们走。"赵北北拉住方可的手扬长而去。

"南南姐，你不该为了一个外人怀疑你的弟弟。"说完，方可还别有深意地望了我一眼。

"多多，我会给你一个交代的，你先回去吧，我自己静静。"赵南南一副很疲倦的样子。和自己的弟弟这样呛上一顿，搁谁身上谁都头疼。

我点点头，走了出去。

累，真的好累，还从来都没有这么累过。想想我还真是有够不自量力的，我凭什么和赵北北斗，他是高高在上的未来董事长，而我只不过是一个低级的小助理，他想赶我走不会比赶走一只蚂蚁困难，我还不知天高地厚地要顽强抵抗，我钱多多简直就是笑话的代言人！

够了，真的够了。我待在"项顶"实在没什么意思，不但还不清欠赵南南的恩情，还会激化她和赵北北之间的矛盾，何必呢？

在没有任何犹豫，我拨通了赵北北的手机。

环境优雅的"星巴克"里，我和赵北北面对着面喝咖啡，没有怒目相对，这种感觉还真是奇妙。

赵北北可能也不是很厌烦这种感觉，他没有像每次那样对我冷言冷语，而是一直在沉默。

"我之所以找你出来是要告诉你，我要辞职了，你的目的也就达到了。虽然我不知道你为什么一定要对我赶尽杀绝，可是我觉得是时候放下了。以后你再也不会看到我这张令你厌烦的脸，就算见到了也要像对待陌生人一样视而不见，我们的恩怨到此结束。就算以前我真的亏欠了你，这些日子以来我承受你的责难，应该也够了。"事到如今，我反倒平静下来，一点都不觉得多么伤感。

赵北北张张嘴要说些什么，还是放弃了。

我们两个人竟然连个话题都已找不到，又沉默地对坐一会，我叫来服务生要结账。

赵北北抓住了我的手："钱多多，你这不是磕碜我吗，一杯咖啡我请得起。"

"是，你有的是钱嘛。"

这是赵北北曾经对我说过无数次的话，我们两个像是一起想到什么，都笑了。我这才发现，原来赵北北的笑容还是那么好看，可是这笑容再也不会属于我。

分别时，赵北北一本正经地对我说："钱多多，如果觉得恨我，就想想我曾经对你的好，这样或许能让你没那么难受。"

赵北北越来越像一个谜，这个谜底我恐怕一辈子也猜不透了。

同进共退

走出"星巴克"，我全身有说不出的轻松，真好，活在世上已经很不容易了，何苦要自己折磨自己呢？我又不是自虐狂。

赵南南收到我的辞呈时没有多说什么，她知道我主意已定，不会再更改了。赵南南站起身来握住我的手，像战友一样对我说："多多，这次对不住了，北北他……如果以后有机会我还是希望你可以来我这里上班。"

我不知道赵南南这张诚恳的脸是不是装出来的，我是真的害怕了。人心叵测，指不定哪个人会在背后突然给你一刀，你说能不让人害怕吗？

其实我在"项顶"也没有待多长时间，区区两个月而已，可是为什么我自己会觉得已经在这里待了很久呢？难怪人们都说，快乐的时间总是短暂的，换言之，难过的时候时间就会特别漫长。

我抱着自己的东西走在偌大的办公楼里，每个人都在忙着做自己的事情，不会有闲下来的时间跑过来问我为什么要辞职。在这种地方上班，人性中所有柔和善良的部分都被抹杀了，只剩下一副冷漠的躯壳。就算此刻有人晕倒在他们面前，他们只会看一眼然后说句"哦，晕倒了"，然后就各忙各的。

在我就要走出大楼的时候，一堵人墙堵住了我的去路，我刚想理论一番，抬起头看到了唐朝像黑金刚一样铁青着一张脸。

说句老实话，我有点害怕这样子的唐朝，我恨不得能把我的脑袋摁到脖子里去，我低着头，一句话都不说。

"钱多多，你什么意思啊，辞职都不跟我说一声的？"

"我是想你早晚都会知道的，告不告诉你有什么区别？"说完我都觉得底气不足，跟泄了气的皮球有一拼。

"我说你什么好呢，有时候你还真是傻得让人心疼。我们在一家公司上班，你以为你辞职能瞒我多久？我早就说过，我是为了你进'项项'的，我怕你在这里受欺负，可是后来我发现就算我在你的身边也没有办法避免你受欺负，我真恨自己的无能。多多，你觉得你离开了，我还有留下来的必要吗？我会和你一起走的，我们共进退。"唐朝扶住我的肩膀，突然变得特别温柔。

就在这个时候，响起一阵击掌的声音，然后我就听到了赵北北那特不正经的声音："哎呀，这么能患难与共还真是让人感动得不得了。唐经理，你放心，我会成全你这份心意的，你不需要跟我姐辞职了，我在这里就同意你的辞职，你收拾一下东西就可以跟你的女朋友走了。"

看着赵北北那张格外灿烂的脸，我恨不得手里能有一瓶硫酸，那么我一定会毫不犹豫地朝他泼过去，毁他丫的："赵副总（为了达到刺激他的目的，我把这个副字咬得非常重），谁告诉你说我们唐朝要辞职的，他刚才只是说气话罢了，他不会辞职，我不允许他辞职。再说了，你觉得你能决定些什么啊，连开除我你都做不到，还在这里打肿脸充胖子要解雇唐朝，真是够可笑的。其实你只不过是个什么也做不了主的可怜虫罢了，那还怕别人都不知道怎么的。"

你赵北北不仁就别怪我钱多多不义，老虎不发威你当我是病猫啊。

我这一番话像砸豆子一样噼里啪啦砸过去，赵北北的面上有些挂不住。我才不管，这年头哪有又要里子又要面子这种便宜的好事，他赵北北也该接受点教训了。

"钱多多，我认识你的年头可不短了，你以为你出国念了两年书就真的把自己武装起来我再也看不透你了？你不就是一张嘴最硬吗，除了这张利嘴，你还剩下什么？我是可怜虫对吗？那好，我就让你看看我这只可怜虫到底有没有本事把你的男朋友赶走！"

"不用你赶，我自己会走，我的脸皮还没有厚到那个地步。赵北北，看到你我真的为多多曾今对你那么真心感到不值,你根本不配得到她的爱。多多,我们走!"唐朝气极了,从我手里拿过箱子,拉着我就走。

我觉得身后赵北北的眼神像一颗颗铆钉,准确无误地钉在了我的后背上。

"唐朝,你这是何苦呢?你在'项项'很受赵南南的赏识,以后一定大有前途的,我不希望你为了我放弃自己的前途你懂吗?我再也不想欠任何人任何的人情,你一定要让我愧疚才行吗?"我甩开唐朝的手,冲着他大喊。

唐朝却没有生气,他用手微微碰碰我的脸:"多多,你生气的样子真可爱。"

我:"……"

"如果你觉得欠我的,那就把你自己还给我好了,做我的女朋友吧。"

"唐朝你又来了。"

"怎么,事到如今你还是没有对赵北北死心吗?他对你多坏都没有关系吗,都没有办法动摇你的心?"

"我不接受你已经和赵北北无关,你不要多想,我以后不想再和你讨论这个问题,成吗?"

"好,我们不讨论。那我问你,接下来你有什么打算?"唐朝果然乖乖地转移话题。

"我也不知道,我就是突然觉得厌倦了上海,但是又不知道该去哪里。"我有些茫然地望望天,我钱多多难道就找不到一个适合自己的地方?

"那么,跟我回北京怎么样?多多,你多少年没有回过北京了?你不知道自从奥运后北京变化有多大,上次回家我都不认识了。回北京吧,北京绝对不会比上海差的,那里才是我们的家。"一提起北京,唐朝的眼睛里像是集合了全宇宙的星星,闪动的光芒能把所有的霓虹灯比下去。

北京?我的家?自从爸妈死后,我哪里还有家呢?可是看到唐朝的模样,我突然也对那个生养我的城市心驰神往起来。

"怎么样,去不去?"唐朝用胳膊戳我的腰。

"好,我去北京。"我一拍大腿,作了决定。

反正我从来都没有打算过要衣锦还乡,就这样灰溜溜回去也无所谓,就算我满身的污泥也不会有人嘲笑我的。

一只氢气球引发的惨案

我和唐朝把赵南南分给我们住的房子腾出来，在外面找了一间旅馆先住下，反正马上就会离开，也就没有必要出去找房子了。

去北京怎么都得见见唐朝的父母啊，空着手总是不好的，我脸皮还没有厚到那个地步，于是我拉着唐朝上街买礼物。

正值暮春季节，阳光明媚鸟语花香微风拂面的，本姑娘的心情于是大好，在前面格外轻盈地开路。对于唐朝的龟速，我提出严重的抗议和不满："喂，唐朝，我现在拉出一只蜗牛都比你有速度，你干吗呢，扮慢羊羊啊。"

唐朝有气无力地冲我嚷："有本事你把这所有的东西拎在手里试试！多多，你到底是什么做的啊，逛了这么长时间的街怎么还这么精力无穷？我实在是累得走不动了，更要命的是你干吗跟个几百年没上过街的购物狂一样，有必要买这么多东西吗？"

我一句话竟招来唐朝这么一大堆抱怨，不过再看看他像一只浑身驮满货物的马，我心里是有那么一点点的过意不去啦："好啦好啦，我提一些总行了吧。"

掂量半天，终于从唐朝手里接过几件重量几乎可以忽略不记的东东。

"得了吧你。"谁知道唐朝根本不领情，又把东西抢了回去。

"这可是你不让我帮，怪不得我啊。"

唐朝："……"

我的好心情在见到迎面走来的赵北北和方可时一下子和我捉起迷藏，怎么也找不到了，这两个人应该在办公室里兢兢业业地工作才对，没事学人家逛什么街，逛街就逛街呗，众目睽睽之下有必要这么亲密吗，那方可整个人都要挂在赵北北的身上了。

真是冤家路窄啊，我真后悔今天出门之前没有上网看看黄历。

不过我和赵北北说过，以后见了面也要像陌生人一样，所以我没打算逃避，直接目不斜视地和他们擦肩而过就是了，李云龙不是说过，"狭路相逢勇者胜"，在这个时刻是表现我的勇气的时候了。

很显然，方可没打算把我和唐朝当做是陌生人，她格外夸张地大喊一声，好像我们刚从外太空归来："呀，是多多和唐朝啊，真是够巧的啊。"

人家这么卖力的表演我总不能无动于衷啊，那样显得我多没有素质啊，我只好皮笑肉不笑地回应一句："是啊，真是巧。"

赵北北把双手插进裤兜里，似笑非笑地看着我。

我在心里骂他，知道你长得帅，那也没必要在大街上卖弄吧，小心警察以妨碍社会治安的罪名把你抓进局子里。

"你们怎么买了这么多东西啊。"

我发誓我实在是一刻也受不了方可这种装嗲的声音，我都后悔长了这两只耳朵。

"是啊，因为我要带多多回北京见我爸妈，所以多多买了些礼物。"唐朝再自然不过地牵起我的手，"我说不让你跑那么快你非不听，你看都出汗了。"

"你们看上去还真恩爱啊。"方可语气有点酸溜溜的。

"谢谢，你们看上去也很幸福。"唐朝给我搭好了舞台，那么这出戏我就只好硬着头皮唱下去。

好像是为了验证我说的话的准确性，方可突然把手指向街对面的一个卖氢气球的小摊，"北北，我想要一个氢气球，你买给我好不好。我要那个米老鼠的。"

赵北北竟然好脾气地答应了："好，你在这里等着，我马上就回来。"

"好。"方可的笑甜得都有些腻人。

"多多，你不知道，北北对我简直太好了，我要什么他就给我买什么，咯咯。"

在我面前晒幸福是吗？可是这和本姑娘有什么关系，真是超级有病。"是啊，今天的太阳这么好，有东西是都该拿出来晒晒的，要不得发霉了。"

方可压着怒气却又不好发作的模样让我感到很过瘾。

不知道出于什么目的，我条件反射似的看看正在过马路的赵北北，不看不要紧，这一看可就糟糕透了。一辆逆向行驶的失控的车子正快速地直直朝着赵北北开过去，而那傻小子只顾着过马路，对迫在眉睫的危险毫不知情。

我的神经短路，我什么也不能想，我完全忘记了赵北北对我的坏，我只是又一次拿出了力压刘翔的速度，飞奔到赵北北身边，一把把他推开。就在那辆车眼看着要和我们擦肩而过的时候，一个高大身影重重推了我一把。我知道，

钱多多重生记

108

除了唐朝不会有别人。

唐朝已经躲之不及，那辆车就那样把唐朝高高抛了起来，然后唐朝重重摔倒在我的面前，鲜血像玫瑰花一样盛开了好大的一朵。

我怔怔地看着眼前血肉模糊的唐朝，觉得整个世界在这一瞬间爆炸开来。

短短的几十秒，对我而言却要比一个世纪都来得漫长许多。

我的耳朵里传进来的全都是唐朝粗重的呼吸声，至于那吵闹的人群，惊慌失措的方可，都仿佛已经是另一个时空的存在。

在属于我的时空里，只有唐朝和我两个人。我们这样对望着，唐朝甚至还艰难地对着我扯出一个笑脸，鲜血染红了他的牙齿和嘴唇，让他看上去像一个英俊的吸血鬼。

当你挣扎在生死边缘

我不知道我们是怎样到了医院，我不知道那个司机有没有逃逸，我不知道这件事情警察会怎样处理，我也不知道该怎么哭，我只知道紧紧握住唐朝的手，我只知道如果唐朝死了那么我肯定也没脸再活下去了。

直到医院的医生强行把我们的手分开我才知道，唐朝要进手术室接受治疗，要不然他真的会死掉。

我找了一个角落蜷缩着蹲下，看着两只手沾满了鲜血。怎么会有那么多的血呢，我这辈子都没见到过那么多的血。别说是这么多的人血，以前看别人杀只鸡我都得咋呼半天。今天我很勇敢，至少我没有在看到那么多血的时候晕过去。

跌倒在公路上的时候我的膝盖和胳膊都擦破了，也流了很多血，刚才还没觉得，现在只感觉丝丝麻麻的疼。

"钱多多，你到底有没有心啊，唐朝为了救你都那样了，你怎么还能这么平静！"方可的声音有些颤抖，好像她随时都可以哭出来。

我就知道，方可的心里还是只有唐朝一个人，她对赵北北根本就不是真心的。可是我实在没有精力去应付她。

见我如此无动于衷，方可更加暴怒，她跑过来使劲摇晃着我的肩膀冲我大声吼："钱多多，我为唐朝感到不值！你这种女人根本不配得到任何的爱！"

"方可，这里是医院，请你保持安静。还有，"我抬起头看了赵北北一眼，此时的赵北北眼里泛着的全是疼惜，怎么，觉得对不起我吗，真的没必要，这是我自找的，"里面躺着的是我的男朋友。"

我这样一说方可立刻觉出自己的失态，一时语塞，乖乖地闭嘴不言。

终于，全世界都安静了。

如果唐朝死了。每当这个念头稍稍在我的脑中闪现，我就会像踩了地雷一样，全身汗毛直立。是的，我没有办法接受唐朝可能会死这个事实。如果那样的话，我会恨死悔死，我不愿意拿唐朝的命去换赵北北的命。当时我肯定是脑子里有哪根线不对了，竟然会冲过去推开赵北北，人家的正牌女友就在现场，我算哪根葱啊。现在可好了，我的冲动把唐朝拖进了生死未卜的边缘，生平第一次，我是如此憎恨自己。

"多多，你不要太担心，我相信唐朝不会有事的。"

赵北北对我说话的时候真的好温柔，可是有什么用呢？难道他还指望在这种情况下他对我温柔一点我的心就不会难受吗？"请你带着你的未婚妻离开医院，我真的不想看到你们。如果你觉得很内疚，那么大可不必，这是我自找的，我不会怪你。"

"多多，你身上的伤也要处理一下，要不会感染。"

我抬起头，盯着赵北北，如果此刻我的眼前有一面镜子，那么我一定会看到自己的眼睛一片死寂："我再说一遍，请你们离开。"

赵北北叹了一口气："好吧，我们走，待会我会来看唐朝的。"

"不需要。"

赵北北带着方可离开了，长长的走廊里只有我一个人，大得可怕，静得吓人。我转过头看着手术室。我知道，唐朝正在里面进行一场残酷的战斗，胜利了，他会活下来，会长命百岁，可是如果失败了，这个世界上就再没有唐朝这个人。

恐慌，无边无际的恐慌织成一张密密麻麻的网，我被罩在其中，都有些透不过气来。我第一次深刻地意识到，唐朝在我的生命中已经在扮演着如此重要的角色，他是我最亲爱的朋友和家人，我不能承受失去他的痛楚，那样只会让我生不如死。

钱多多重生记

唐朝远在北京的父母还在眼巴巴盼着唐朝回家，如果他真有个好歹，那么我该如何面对他的父母，因为我，他们的儿子死在了回家的前一天，他们一定会恨死我的，会恨不得把我碎尸万段，恨不得把我抛尸荒野。

如来佛也好，观音菩萨也罢，玉皇大帝我也不计较，总之只要是天上的神灵，我求你们开开眼，看在我好歹也舍己为人的分上，保佑唐朝平安无事。

手术室的门突然打开，我慌忙站起来，却因为手忙脚乱摔倒在地，伤口处又有血流出来，可是我顾不得疼痛。

"医生，他怎么样？有没有危险？"我不顾一切地抓住医生的手，手上的血都已经凝固，让我的手看上去那么脏。

医生把口罩摘下来："现在还很难说，他还没有度过危险期，还需要观察二十四小时。"

"让一下，让一下。"

护士们推着唐朝从手术室走出来，躺在床上的唐朝那张英俊的朝气蓬勃的脸此刻是那么的苍白，他整个人看上去脆弱得连个玩偶都不如。

唐朝被安排在加护病房，他一直在昏睡，根本没有要醒过来的迹象。

医生很郑重地告诉我要做好充分的心理准备，唐朝有三种可能，一是死亡，二是活下来，三是比死亡还要糟糕的情况，那就是他会变成植物人。

好残酷好冰冷的事实，根本不会给人拒绝的机会。

大石头落了地

我一步都不敢离开唐朝，就算上个厕所心里都不踏实。我生怕他会突然醒过来，如果看不到我他会很伤心的。

从来都没有觉得原来区区二十四小时也可以漫长到这个地步，我紧紧抓住唐朝的手，连眼睛都不敢眨一下地看着他。我多么希望他那双眼睛会突然睁开，会温柔地看着我。在这期间赵北北来过一次，可我实在不愿意搭理他。赵北北的脸皮还是一如既往的厚，如果当初用他的脸皮来修长城，那么就算孟姜女哭死过去长城也不会垮棚。赵北北不言不语地强行给我包扎，任凭我怎么反抗都没有用，我骂他打他踹他踢他统统没有用，他就是块木头。在为我包扎完伤口后他还不肯罢休，跑到外面买来一大堆吃的东西，我拿眼横他，你能强行给我包扎伤口，可是你总不能逼着我吃东西。

事实证明，赵北北吃定我了，他清楚地知道我的弱点在哪里，他也知道对付我就该用四两拨千斤的办法，他只说了一句话就让我乖乖地缴械投降了。他对我说："只要你吃东西，我就离开医院。"

我一边往嘴里塞东西一边不停流下大颗大颗的泪水，泪水不停地流到我的嘴里，我还是不说话，任凭泪水不停地滴落。

我一哭，赵北北就慌得六神无主了，他从床前扯过纸巾给我擦脸："钱多多你别哭啊，你知道只要你一哭我就没有办法了。"

他这样一说我哭得更痛了，"既然不愿意让我哭，那你干嘛来招惹我？你难道不知道我因为救你把唐朝害到这个地步我已经悔得肠子都青了吗？你都有未婚妻了，你干嘛还老是跑来招惹我？我已经说过了，我不需要你觉得抱歉，一切都是我自找的，我不会怪你的，是我爱逞英雄，偏偏要帮你挡车，才把唐朝害成这样。赵北北，你说，如果唐朝就这样一睡不起，你让我该怎么活下去！我一定会被这包袱压得一辈子喘不过气来的。赵北北，我求求你，不要再出现在我面前了成吗？因为只要一看见你，我就会更加恨自己。你知道吗，唐朝的爸爸妈妈还在家里眼巴巴盼着唐朝回家呢，我都不知道该怎么向二老交代，你怎么还跑来给我添堵呢？"

赵北北苦笑一声，说道："你也希望现在躺在病床上生死未卜的人是我对吗？其实我也很希望是这样的，那么有很多事情可能就都结束了，我也不必逼自己做不愿意做的事情。"

我没有心情理会赵北北的话到底是什么意思："你不要误会，我不是那个意思。只是我现在真的很乱，我不知道该怎么办才好……"说完我特没有形象地用手背抹抹鼻子。

"你别哭了，既然你这么不愿意看到我，我走就是了。是我自作多情了，我以为你现在是需要我的关心的。多多，我知道你关心唐朝，可是你不能因此而惩罚自己，你要按时吃饭不要把身体拖垮了。我知道你心里是怪我的，我也很恨自己，真的。"

如我所愿，赵北北终于走了。

"唐朝，你怎么还不醒来啊，你看，赵北北又来欺负我了。如果你醒着他肯

定不敢这样欺负我的，就算他欺负了我你也可以帮我揍他一顿啊。你不能骗人啊，你说要带我去北京，可是你这个样子要怎么带我去呢？唐朝，如果你不活下来，我就完蛋了，那么你就白救我了。你知道吗？其实我最希望的是躺在这个病床上的人是我，你干吗那么傻非要拿你的命来换我的命啊？我真不该拖着你去逛街，那样也许我们就在回北京的路上了，是我害了你，唐朝，是我害了你。如果你死了，我就成了杀人犯了，我不想当杀人犯……"

"喂，钱多多，你很吵哎。"

"你敢说我吵？啊，唐朝，你醒了！"我激动得不知道怎么办才好，于是给唐朝一个熊抱。

唐朝咳嗽一声："多多，你真的很重。我没被车撞死却要被你压死了，那我多冤啊。"

我立马从唐朝身上起来，几乎是嚎啕大哭："唐朝，你终于醒了。你不知道，我都要被你吓死了，我真的好害怕，呜呜。"

"对不起，都是我不好，害你担心了。可是你现在是不是该帮我叫一下医生？"

唐朝又可以这样对着我说话了，真好。

"对对，我叫医生。"我这才想起摁了摁床上方的铃。

医生很快赶来，细致地为唐朝检查一番。"恭喜恭喜，病人脱离危险期，已经没有大碍了，明天就可以转入普通病房了。"

谢天谢地，唐朝终于活下来了。"唐朝，你真伟大，你活了，你真的活了！"

"是，有你这么聒噪地在我耳边讲个不停，我想死也不成了。"

男人间的谈话

看着唐朝的伤势一天比一天好，我的心情真的好得有些不真实，就算是面对赵北北我也难得露出了笑脸，让赵北北好一阵受宠若惊。

这世上就是有一种人喜欢踩着鼻子上脸，赵北北就是典型的这种不知见好就收的人。他竟然敢腆着个脸对我说："多多，你出去一下，我想和唐朝单独谈谈。"

真是开玩笑，他赵北北和唐朝有什么好谈的？他们之间的唯一交集也不过是我而已，难道他是要和唐朝谈论我？"凭什么，我不要出去，我要留在这里照顾唐朝。"

赵北北见拿我没辙，于是大有深意地看了唐朝一眼。唐朝这小子不知道是哪根线搭错了，竟然帮着赵北北欺负我："多多，我有点饿了，你出去帮我买点粥吧。"

唐朝都这么说了，那我实在没办法不给他们腾地方了，谁让人家是病人呢。

我十分不情愿地退出病房，跑出去给唐朝买吃的，天知道这小崽子是不是真的饿了。

四十分钟之后我赶回来，正好看见赵北北从病房里出来。好家伙，这两个男人还真是有话说，一谈就谈了半个多小时，真是令人汗颜啊。

"你回来了？"不知道为什么，自从唐朝发生了车祸之后，赵北北对我越发地讨好。

"废话，我不回来怎么能站在你面前啊。"我白他一眼，没好气地说。

"怎么，气还没消？"赵北北伸出手来要拉我的手。

我一把甩开他的手："男女授受不亲，你没听说过啊？小心你那厉害的未婚妻扒了你的皮。赵北北，我还真没发现你是个这么会疼女朋友的人。如果不是你那个伟大的女朋友非要那个幼稚到不行的氢气球，唐朝也不会这么惨地在医院躺这么久吧？"一提起这事我心里就窝火，那一把火能把整个亚马逊森林烧个精光。

"是，我知道这都是方可惹的祸，所以我已经和她取消婚约了。"

"什么？赵北北，你在和我开什么玩笑？"我才不相信赵北北的鬼话连篇。

"你看我的样子是像开玩笑吗？多多，我知道，我对你做的很多事情都让你受尽了委屈，心里窝火得不得了。可是，如果你还愿意相信我还是曾经那个为了你可以不顾一切的赵北北，我希望你能给我个机会让我证明，我之所以那么做都是为了你好。"赵北北一本正经的样子。

"在你对我做了那么多过分的事情之后，赵北北，你让我如何相信你做的一切都是为了我好？你当我是白痴傻瓜吗？对不起，我没有多余的时间和你在这里废话，我要把粥拿给唐朝喝。"这不是诚心欺负我脑子转得不够快吗，至少我没办法想象他赵北北在那么多人面前让我受辱到底对我有什么好处。

"你对唐朝还真是好，不知道如果躺在病床上的人是我，你会不会也对我这样好。"留下这没头没脑的一句话，赵北北就走了。

莫名其妙，真的是莫名其妙。

唐朝看我的眼神变得非常不一样，如果我没有看错的话，他在看我的时候带着深深的眷恋，就仿佛我们马上要分别了。"赵北北他和你说什么了，你好像心事重重的样子。"

"没有啊，他能和我说什么，不过是来感谢我一下然后再表达一下歉意。再说，你不要瞎说，我哪有心事重重的。"唐朝恨不得把整张脸都埋进粥里，逃避我的眼睛。

"拉倒吧唐朝，你的脸上就差用标签贴上'我有心事'这几个字了，还骗我。"对于唐朝欲盖弥彰的行为，我是表现出十分的不屑。

"好了，承认你有火眼金睛，你吃定我了。我只是想知道，多多，你的心里是不是还没有对赵北北死心。不要应付我，我要听的是实话。"唐朝似乎已经料定我会应付他一样。

"好吧，我必须承认，我确实还是没有办法完全忘记他。我知道我自己很没出息，可是唐朝，我忘不了他。赵北北好像在我心底扎了根一样，我怎么努力都没有办法将他剔除。你一定在笑话我，没关系，我的确是可笑的。"我都不知道我竟然能对着别人说出这么煽情的话，我还是不够了解自己啊。

"笑话你？我凭什么笑话你？多多，难道你感受不到，我对你的感情就像你对赵北北的感情一样吗？不管你拒绝我多少次，我就是不肯死心。所以当看到你为了救赵北北冲向那辆车的时候，我就毫不犹豫地也冲了过去，多多，我们都是可怜的人啊。不过我好像得感谢这次车祸，这一撞就撞明白好多以前想不明白的问题。我不能自私地想要霸着你，我应该给你更多选择的机会。赵北北和方可分手了，多多，或许这是你和赵北北新的缘分。不要跟我回北京了，留下来吧，给自己一个机会。"

该死的赵北北到底对唐朝说了些什么乱七八糟的话，唐朝怎么会变得这么奇怪呢？

惊天阴谋

因为赵北北的来访，唐朝老是会对我说一些前不着村后不着店的话，这让我更加讨厌透了赵北北。我这个人生平最讨厌的就是别人和我装深沉，现在连唐朝都学会了这一套把戏，没意思，没意思极了。

唐朝越是这样不正常，越是坚定了我要找赵北北的决心。唐朝中了赵北北下的蛊，我得去找解药。

来到"项顶"，赵北北美丽的助理竟然对我说赵北北现在很忙，要我等一会。真是出息了，赵北北，都在我面前摆起这种排场来了。谁让我有求于人呢，人家让我等，我也就只好等下去。

俗话说得好，人有三急。我在走廊的长椅上等得百无聊赖，被一泡尿憋得实在受不了，只好先去趟厕所解决一下生理问题。

其实我一直都想发表一下我的真知灼见，这"项顶"还真不是一般的有钱啊，连厕所都装修得这样富丽堂皇，一般人要是在里面大小便还真得有超强的心理承受能力。不过再怎么说我也是在"项顶"工作过的人，这种小事自然难为不到我。

开闸放水之后是满身的舒畅，我正要提起裤子打开隔间的小门走人，突然听到有人走了进来，并且把卫生间的大门给关上了。我正纳闷呢，不会是小情侣要在这卫生间里那什么吧，那我得先出去啊。正在我犹豫着要不要现身的时候，就听见有人说话了。"赵南南你不觉得这太可笑了吗，我和你竟然只有在卫生间里谈话的分！"

竟然是赵南南和方可。

"你能不这么大声嚷嚷吗，克制一点好不好？"是赵南南特有的千年不变的冷静克制的声音。

"我没拿把刀直接杀进来就很克制了！他赵北北什么东西，竟然敢甩我！你不是说一切都在你的掌控之中？赵北北和我悔婚也是你安排的？赵南南你让我以后怎么见人，我方可还没有被人甩过呢！"赵南南不说话还好，这一说好像

钱多多重生记

惹得方可更生气了，那嗓门几乎要把屋顶掀翻，我知道窃听别人的隐私是不对的，可是苍天后土为证，我绝对不是有意偷听，我也是受害者呀，谁让她们不好好看看厕所里还有没有别人呢。

"那个唐朝，你不是连一个被人家甩的资格都没有争取到吗？"赵南南的语气里带着淡淡的讽刺。

"你！赵南南我们现在不是在谈论我的问题！"

"好好好，我不说就是了。你急什么，你和赵北北早晚都得吹，只不过这一天来得早了些而已。你不会是对他动了什么心思，不舍得离开他了吧？"

"胡说，怎么可能！我和他在一起就是为了要毁掉他，让钱多多生不如死，我怎么会对他动心？就算要吹也应该是我和他吹，凭什么他赶在我前头和我解除了婚约？一想到这里我就满肚子的气！话说回来，你那个弟弟是不是太过狡猾了些？为了不让钱多多成为你威胁他的筹码，他竟然宁可让钱多多恨他也要让钱多多置身事外，甚至不遗余力地把她赶出公司，真是白瞎了你花在钱多多身上的心血。我们都被他骗了，他明明就是那么在乎钱多多，他做的一切都是为了保护钱多多！要不是你安排了这次车祸，说不定至今我们还被蒙在鼓里呢。不过真是可惜，躺进医院的竟然是唐朝不是赵北北。"

天啊，这到底是怎么一回事？原来赵北北之前那样对我真的是为了我好，他为了要保护我？赵南南从一开始就是有意接近我的，为的就是有朝一日拿我来威胁赵北北，而那个可恶的车祸竟然也是赵南南有意的安排。可是这是为什么，赵南南是赵北北的姐姐啊，他们是手足至亲啊，怎么会这样呢？心乱如麻根本就形容不了我心情的万分之一，我必须狠狠掐住自己的胳膊，以至于不要失控喊出声来。

"是，的确是我们小瞧了他，他还真有点心机。不过没有关系，就算他已经和我撕破脸了我也不怕，我还有杀手锏没用呢，只要时机一到，赵北北就永无翻身之日了。"

"还等什么时机啊！既然我们都知道赵北北对钱多多用情那么深，我们直接找人绑架了钱多多威胁赵北北放弃继承权岂不是更快？"

果然是最毒妇人心。

"方可，事到如今你怎么还那么小瞧我亲爱的弟弟呢？如果他没有十足的准备，他敢肆无忌惮地表现出他对钱多多的用心么？他一定早就有了护钱多多周全的准备才敢这样做。如果你想绑架钱多多，那么很好，还没等你要恐吓赵北北，警察就已经查到我们的头上了。"赵南南头头是道地分析。

"难怪赵北北他不是你的对手，南南姐，你的心思还真不是一般的缜密，我是服了。你放心，我们方氏企业永远都是你坚强的后盾，只要是为了打垮赵北北，我就一直会站在你这边。"

"那我们就这样说定了。好了时间不短了，我们再不出去就要让别人起疑心了，记住，无论什么时候都要沉住气，懂吗？"

"嗯，我懂了。"

在确定赵南南和方可已经走了之后我才敢走出来，我现在真的是四肢冰凉，连路都走不稳。稳稳神，我小跑着去找赵北北，我没有哪一刻像现在这样渴望见到他。他所有的良苦用心我都懂了，他没有变，他还是那个爱我如昔的赵北北啊！

我紧紧咬住嘴唇，因为我觉得只要我张开嘴，我那颗狂跳不止的心就会从喉咙里跳出来！

来到我刚才等他的地方，看到赵北北正好坐在那里，深深地低着头，说不出的落寞，我的心里突然装满了疼痛。我小心翼翼地叫了一声，"北北。"

冰释前嫌

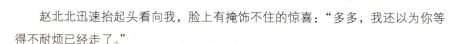
赵北北迅速抬起头看向我，脸上有掩饰不住的惊喜："多多，我还以为你等得不耐烦已经走了。"

这样的赵北北让我好心疼，我跑到他身边把他从座位上拖起来，一拳一拳打在他身上，"赵北北，我讨厌死你了！为什么你什么都不对我说，为什么你就由着我恨你！"

赵北北抓住我的手，紧张地问道："多多，你都知道了？是唐朝告诉你的？可是他答应过我不说的。"

"不是唐朝，是，是我刚才在厕所里听到了赵南南和方可的对话，我就什么都明白了。赵北北，如果不是这么巧被我听到她们的谈话，你到底准备瞒我多久？你打算就让我这么一直讨厌你下去吗？"

"这里不是谈话的地方，走，我们去我的办公室。"

赵北北递给我一杯咖啡，见我气呼呼地坐在沙发上不出声，只好讨好似的对我说："好了多多，别生气了。我之所以瞒着你那都是为了保护你啊，我姐她心狠手辣，什么事情都做得出来的。怪我自己没有能力，只能有那种笨拙的办法护你周全。"

"可是我还是不明白，你和赵南南怎么会走到这个地步？她是你的姐姐啊，为什么还要这么处心积虑地害你呢？"我心里的疑问足足可以编一本《十万个为什么》。

"人为财死，鸟为食亡，这有什么好奇怪的。其实我和姐姐是同父异母的姐弟。在娶我妈妈之前，爸爸就和别的女人生了孩子，后来他们不知道什么原因分道扬镳。在我妈妈和爸爸结婚的那天，那个女人把她的孩子抱到了婚礼上，扔下就走。多多你说，有哪个女人能受得了这么刺激的事？我妈妈是个特别善良的人，她同意抚养我爸爸和别的女人生的孩子。我妈妈对姐姐非常好，对她宠爱有加，就算以后有了我也没有改变过。我也一直把她当成亲生姐姐来看待的，只是没有想到我们会走到这一步。算了，这种事情提起来没意思极了。"

赵北北说得轻描淡写，可是我知道他的心里肯定已经难过得要死要活的，他这个人就是这样，永远都是一副无所谓的模样，不会让任何人窥探到他的内心。

"赵北北，你真是傻，天底下最傻的人就是你了。你就不怕我真的和唐朝去了北京，就这样恨你一辈子？"

"怕，我怎么不怕？订婚那天看到你和唐朝出双入对，我心里就怕极了，不瞒你说，我还真嫉妒唐朝。可是没有办法，我选择了走这条路就没有退路可言，我必须坚持下去。就算知道方可和我姐是一伙的也得装傻充愣，你被我姐送走以后我就把自己伪装成了一个花花公子。我不让任何人看到我的真面目，因为我知道我的身边有的是姐姐安插的眼线。其实我也装得很累，每天都要看到那些围绕在我身边、虚伪到让我想要吐的女人，我累得都要一命呜呼了。看到你回国我不知道有多开心，可是我又不能表现出来，我就是要让姐姐知道，她想要拿你来威胁我是没有用的，因为我对你已经没有感情了。她本来是不信的，可是自从上次我用那种卑劣的方法将你赶出公司她就深信不疑了。多多，让你受委屈了。"赵北北特温柔地摸摸我的头发。

"你才是受委屈了！你知不知道方可这个敌人是我给你招来的，她是为了要报复我才和赵南南联手对付你的。都是我爱管闲事，结果连累了你。"

"我知道我都知道，从方可看唐朝的眼神我就能明白，钱多多你不知道吧，我智商可是很高的。"赵北北又摆出了他的臭屁表情。

"说到唐朝，那天你在医院里到底和唐朝说了些什么，他怎么会变得那么奇怪。"

赵北北的脸一下子变得通红，嗫嚅着不说话。

"喂，怎么了你？说话啊，跟个娘们似的。"我不满地瞪他一眼。

"那我说出来你不准笑话我。"

"好好，我不笑话你，你倒是快说。"

"我……我是去求他的，我求他不要带你走……钱多多，你一定笑我没有出息是不是？"

傻蛋，这样一个全心为我的男人，我怎么会笑话他！"嗯，我会。"我一本正经地说。

"啊？真的会啊，我可是一片赤诚为了你呀，你怎么能笑我呢，也太没良心了吧。你这样说有没有想过我的感受啊？"

我从来不指望可以和赵北北来一次从头到尾正正经经的谈话。

"你还会和唐朝去北京吗？"

"你猜。"

"我哪里知道，我又不是你肚子里的蛔虫。"

真是无趣的人。"你都这样对我推心置腹了，我再走岂不是很对不起你？"

"太好了！"赵北北跑到办公桌前拿过一把钥匙，"听着，我知道你现在没有住的地方。还记得我带你去过的那个小公寓吗？这就是那儿的钥匙，你住进去吧。多多，你再耐心等我一个月，一个月后我会把整个'项顶'送给你。听着，这一个月我的时间会很紧张，所以没有办法和你见面，不过我会打电话给你的。你就安心住在那里，不要急着出去找工作，我会安排人保护你，如果没有什么重要的事情就别出门，不怕一万就怕万一，万一他们狗急跳墙，你就危险了。我真后悔这么早把你暴露出来，可是我看到你生不如死的模样我就实在没有办法忍下去。多多，你放心，我一定可以保护好你。"

赵北北一连串的话让我的大脑有些反应不过来，我呆呆看着他，突然像想起什么说："刚才我听到赵南南说她好像想到了对付你的主意，你可要小心。"

钱多多重生记

"你不用担心我，无论她做什么我都有办法应付，放心。"

没理由的，赵北北说的每一句话我都选择了无条件的相信。

一个月，我愿意等。赵北北等了我这么多年，而他不过只让我等这么区区一个月而已，我等得起，只是注定要辜负唐朝了。

最伤莫过离别时

唐朝出院后并没有打算再在上海待下去，他要回北京，已经拖了很长时间，不能再拖下去。幸亏车祸没有在唐朝的脸上留下什么伤痕，要不然他回家还真没有办法交待。

我为唐朝张罗了一个"欢送会"，其实就我们两个人，在赵北北送给我的房子里，我们面对面喝酒，很少说话。

还是唐朝看不下去："钱多多，我们这是怎么啦。不就是我明天要回北京嘛，这也不是什么大不了的事啊，又不是这辈子都见不到了。"

"唐朝，我欠你的恐怕这辈子都还不清了，我他妈的，一想到这些我的心里就堵得慌。"

"钱多多，作为海归一名，说脏话可是万万要不得的。至于你欠我的倒也是真的，你这条命可是我捡回来的，你得给我好好地用，要不然你这人可就太不厚道了。"唐朝嘻嘻哈哈笑道。

"唐朝，说到这里我可就不得不多说两句，你就是个傻帽，不经大脑思考的傻帽。那天就算你不跑过去推开我也不会被那车撞伤的，我都眼看着那车要和我擦肩而过了。开车的人不想要我的命，他要的只是赵北北的命。可是，唐朝，你这个宇宙无敌超级大傻帽，你竟然自己撞过来了，你说你傻不傻，还因此差点被阎王收走呢。"这个笑话实在可笑，瞧我眼泪都笑出来了。

"是，是够可笑的。可是钱多多，你懂什么呀，那个时候，你觉得我还有思考的机会？我只知道如果我不把你推开，你就会有危险，根本就想不了那么许多。难道你当时救赵北北还是经过权衡的？"唐朝抢白我。

这一番话说得我面红耳赤，无处辩驳。

"其实我对你和你对赵北北还不是一样的？那时候你并不知道真相，赵北北那样对你，你还是愿意为了他连命都不要。钱多多，就算你没有接受我，我也还是觉得为你做什么都是值得的，不会有抱怨也不会有委屈。"唐朝煽情地说。

　　"得得得，"我摆摆手，"我平生最受不了别人对我说矫情的话，我听在耳朵里就觉得瘆得慌。我这人就是个大白话文，你别给我整那些酸溜溜的话成吗？"唐朝摇头一笑，很无奈的样子，不过他倒真的不说话了。

　　我们一杯一杯喝着酒，不过害怕那次酒后失身的悲剧重演，我还是很理智地保持了几分清醒。

　　喝酒之后一觉睡得格外香甜，醒来时已是艳阳高照，忽然想起唐朝是一大早的飞机，我们不会睡过头耽误飞机了吧？

　　急急忙忙跑到客房，推开门却发现床被整理得整整齐齐，已然不见了唐朝的踪影，心里有失落在蔓延。我这个人还真是有够糟糕，竟然睡过了头没有去送唐朝，唐朝的心里肯定会很难过，他又是个心思细腻爱多想的主。不过再怎么自责也已经晚了，估计现在唐朝已经在离地几千米的高空了。

　　我呆坐在唐朝睡过的床上，却发现有一封信放在枕头边。

　　我拿过来小心翼翼打开，信很简短，只有寥寥数行，可是看得我心痛。

　　"最伤莫过离别时，我不愿意看到你悲悲切切的模样。好好照顾自己，祝你幸福。"

　　只不过是区区数言，但是我知道这里面有唐朝所有的深情，我如何负担得起啊。

　　唐朝走后很长一段时间我都是病恹恹的，做什么都提不起兴趣，似乎是失去了什么珍贵的东西一般。人本来就容易对经常接近的人和物产生依赖，仔细算算，我和唐朝一起也走过了三个年头，一下子这样两地相隔，有些不习惯也是正常的，应该不算对不起赵北北。

　　想起赵北北，我的心里才升起一点温暖的感觉。他和我的一月之约转眼已过去大半时间，再等半个月，我们就可以修成正果了。

　　我再也不想去思考那些所谓的我会羁绊住他的前程，我的身份会让他遭人耻笑这一系列的问题，我只知道，他所有的委屈我都会用我的爱带给他安慰，我要和他在一起，我不要继续躲下去。赵北北就是我一个人的赵北北，我们再也不会带给彼此折磨与煎熬。

钱多多重生记

等待熬凉了心

用句特煽情的话来说，时光如白驹过隙如流水淙淙，弹指一挥间，时间就从我们的指缝溜走了，换句通俗的话说，日子过得真他娘的快。

日子每过去一天，我心里头的失望便会增加一分，赵北北和我的那一个月的约定早就过期很久，眼看着秋天就这么堂而皇之地撵走夏天，该死的赵北北却依然踪影全无，别说是踪影，实际上，他早就音讯全无了。他口口声声所说的要和我联系不过持续了半个多月，半个多月过去后，他就如同从人间蒸发了一般。

对，没有错，如果我有勇气跑到"项顶"问个明白，那么一切都会水落石出。可是我不愿意，那样看上去我未免太可怜了些，我不想像一个深闺怨妇一样追在男人身后去讨一个承诺。

我就在家里等他，等得花都谢了，因为我根本没有闲情逸致给它浇水。除了定时到超市购买吃喝拉撒需要的日常物品，我属于那种大门不出二门不迈的大家闺秀，睡觉，上网，一天其实也不是很难熬的样子。受尽煎熬的是我那颗不怎么坚强的小心脏。

如果是以前，没有赵北北我还可以和五姐以互相羞辱的方式相依为命，或者和唐朝惺惺相惜，可是现在我孤身一人，没有任何依靠。

我不知道到底是有什么事情牵绊住赵北北，在那场波涛汹涌的商战中或输或赢他都不该对我避而不见。如果他是赢家，如果他觉得我们门不当户不对，那么他也应该找到我对我说清楚道明白，彻底断了我的念想，我保证不会怪他。如果他是输家，他觉得他的处境已经没有办法带给我幸福，所以躲起来，那么我会更气愤。我钱多多就算再爱钱，也不会是那种只能同甘却不能共苦的人，他赵北北认识我这么多年，不应该这样想我。

天凉了，我的心更凉。我已经没有精力再去等待什么结果，我精疲力竭了。

爱情是浮云，我钱多多怎么会任凭浮云遮目，我要忘掉可恶的赵北北，让他见鬼去吧！

我不想再住在这个房子里，因为如果再住下去我委实会觉得自己实在可笑。我已经做好万全的准备，我要把赵北北这个名字狠狠地丢到我记忆的仓库里，让他落满尘埃。我收拾好自己的东西，准备第二天就从这里搬走，钥匙通过快递寄到他的公司就是了。

　　像这样重要的日子自然是要纪念一下的，于是我决定去酒吧喝酒，喝他个天昏地暗！

　　要不说这人倒霉喝口凉水都要塞牙呢，我才到酒吧坐定没多久，一个喝得醉醺醺的中年男人像只苍蝇一样盯紧了我，我厌恶地甩开他毛茸茸的手："滚开，本小姐今天心情不好，你最好别惹我。"

　　中年男人打了一个嗝，口齿不清地笑道："妹妹有个性，我喜欢。今晚跟了我吧，我有的是钱。"

　　我不愿意理他，转过身喝自己的酒，给他一个冰冷的后背。

　　"哎，你这人怎么没有礼貌啊，用后脑勺和我说话啊。"中年男人不依不饶地继续把他的爪子伸向我。

　　我又一次厌恶地推开他，谁知他非但没有被我推开，反倒紧紧把我给抱住，然后，稀里哗啦吐了我满身。

　　我彻底僵化了。

　　以前被客人不知吐了多少次，可是没有人会像这位仁兄一样实诚啊，敢情是把我当成抽水马桶了？

　　我咒天骂地地回家换衣服，幸亏这酒吧离我住的地方不远，要不怎么回家还真是个值得思考的问题。估计我这副尊容没有车愿意载我，我也豁不出这张老脸啊。

　　那辆张扬醒目的红色跑车在路灯的照耀下熠熠生辉，身穿白色休闲西服的赵北北像个王子一样倚车而立。"嘿，美女，长夜漫漫无心睡眠，不知是否有幸和你共度良宵啊？"

　　我看着赵北北的笑脸就觉得无比的生气，他怎么就这么闲庭信步地又溜达进我的生活里了？他赵北北是不是太把自己当盘菜了，我的世界他凭什么来去自如，他走了我不能有怨言，他来了我还得热烈欢迎。我呸，我才没那么贱！

　　我都没拿正眼瞧他，目不斜视地往楼道里走。

　　"哎，钱多多，这几个月不见你是聋了还是瞎了还是失忆了？"

　　关于赵北北脸皮厚度的问题我已经说过很多次，这一次我不愿意发表任何

看法。"滚!"虽然我无数次对赵北北说过这句话,可是只有这一次我是真的希望他能彻底离开我的世界,再也别来折磨我,不要让我尝试失望紧跟希望之后的失落,我实在是受不起。

赵北北看出我是真的生气了,表情有点尴尬:"多多,我知道我来得晚了,可是我是真的有原因的。你别跟吃了枪药似的成吗?"

我冷笑着打开赵北北伸过来的手:"赵北北,你失踪这么久又突然出现是什么意思啊?我不是不允许你来我的世界,可是我不允许你在我的世界里来来回回!"

你的生活被风暴席卷

赵北北好脾气地笑笑:"行啊,钱多多,看来最近你没少上网啊,连网络流行语都会说。原来你这么在乎我失约呀,别说,我还真挺高兴的。可是我不是故意的,我是真的有事情耽搁了,你就别和我生气了成吗?"

"少拿这种低级借口搪塞我,你当我是傻瓜吗?"我钱多多再怎么说也是纵横在各色男人之间那么多年,岂是那么容易就能糊弄得了的,栽在陈嘉琦的手里我就够憋屈的了,他赵北北还想再让我栽一次跟头?门都没有!

我狠狠瞪赵北北一眼就开门进屋,毕竟这是人家赵北北的房子,我无论如何也没理由将人家拒之门外。如果他还有点脸的话,他应该主动放弃跟着我进房间才对。

可是赵北北依旧屁颠屁颠地跟在我身后,将不要脸进行到底。

我自顾自地进卧室换衣服,把他晾在客厅不闻不问,我晾不死他!

尽管我认识赵北北的日子实在不短了,可是我不得不承认我低估了他。赵北北完全不把我的无视当回事,他轻车熟路地走到冰箱前拿出啤酒然后在沙发上坐下来并且还很会享受地打开电视机!

换好衣服我就在他面前站着,也不说话,我要用我的目光让他感到羞愧。

赵北北抬起眼皮看看我:"我说钱多多,你挡着我看电视了。"

我:"……"

我认输，想当年连五姐都说拿他没辙，身为五姐手下败将的我和他较什么劲。我说："赵北北，你真的没骗我？到底发生了什么事情导致你对我失约如此之久？而且还音讯全无像是从人间蒸发了一样？"

　　我心里暗暗想，如果赵北北不说出个例如地震海啸之类的重大借口，我是不会原谅他的。谁知道赵北北给出的借口简直就严重到了地球爆炸般的地步！

　　"我爸死了我妈跟人跑了并且我被我的姐姐查出我不是爸爸的亲生儿子在爸爸临死前被逐出了家门，这算不算大事？"

　　我把预先准备好的冷笑收起来，因为情绪转变得太过迅速，所以我的面部表情相当诡异。我擂起拳头给了赵北北不轻不重的一拳："赵北北你在和我开什么国际玩笑，你也不怕你爸爸扒了你的皮。"

　　赵北北却笑了，那笑容已然和从前大不相同，似乎包含着很多我看不懂的东西，有着历经苦难之后的沧桑："钱多多，我多么希望这是我的玩笑。可是，你觉得谁会拿这种事情开玩笑？就算你喝了几年洋墨水还是跟以前一样不爱读报纸看新闻，如果你看看新闻或者读读报纸你就应该知道'项顶'的董事长暴病身亡而他的女儿继承了公司的消息了。"

　　我彻底僵化在那里，不知道应该说些什么。赵北北就在我呆滞的目光注视下流下大颗大颗的眼泪："养育我二十多年的爸爸突然变成了不是亲生的爸爸，一直温婉贤淑的妈妈却背着爸爸在外面偷人并且生下了我。钱多多，你告诉我，这个世界上还有比这更荒唐的事情吗？我输给姐姐了，彻底输了，因为我压根就没有资格跟她争抢什么！爸爸恨妈妈也更恨我，我甚至连他的葬礼都没有办法参加。可是钱多多，我有什么错，谁是我的亲生爸爸并不是我可以决定的事情啊！我们这么多年的父子感情竟抵不过那一张薄薄的化验单吗？我已经不在乎能不能继承他的遗产和公司了，可是他不能对我这么狠心，连最后一面都不让我见到啊！"赵北北痛苦地揪着自己的头发，泣不成声。

　　看着这样痛苦的赵北北，一时我找不到哪怕一句可以安慰他的话。我蹲在他的面前，握住他的手，希望可以给他一点力量。

　　赵北北突然很大力地把我抱在怀里，一滴滴滚烫的泪水几乎烫伤了我的肩膀。

　　赵北北哭了好久，我从来不知道一个人可以有这么多泪水的，就算我爸妈死的那一天我也没哭这么厉害。

　　直到他哭得累了，我们就这样拥抱着睡了过去。

钱多多重生记

126

当清晨的第一缕阳光透过窗户射进来，我睁开眼睛，发现自己的身上盖了一床被子，却不见了赵北北。

放弃总是有理由

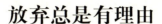

我正暗自纳闷呢就听见有人推门走了进来，赵北北笑眯眯地提着早餐对我说："为了报答你的收留我特意买了早餐。"

这才是我认识的赵北北，无论发生了什么，哪怕是他的人生被彻底颠覆，他还是可以这样若无其事地笑，似乎这个世界上没有什么事情可以把他打倒。

有一束阳光正好打在赵北北的身上，给他镀上一层毛茸茸的光圈，这时候的赵北北真美好。

见我正目不斜视地盯着他看，赵北北十分臭屁地摆一个自以为很帅的POSE："看吧，尽情地看，我不收你钱。"

我收回我认为赵北北很美好的想法，刚才我一定是神经短路才会胡思乱想。

饭桌上，赵北北少有地扭捏起来，一副夹着屁想放又不敢放的模样，我看着都替他难受。我说："赵北北，有话快说有屁就放，你一个大男人装什么名门淑媛，不嫌累得慌。"

赵北北人模狗样地叹一口气："钱多多，你这么剽悍，哪个男人敢娶你啊？你都老大不小的了，都不知道为自己的将来打算一下。"

我踢他一脚："你少在我面前装老态龙钟，前段时间你不是敢娶得很吗，忘了是谁还对着灯泡发誓非我不娶？"

"对着老天爷发誓都有不作数的时候，更何况是对着灯泡发的誓呢？灯泡灭了誓言也就破了。"赵北北正正经经说话的样子实在别扭，让我恨不得狠狠给他一拳。

赵北北的话就像一盆冷水扑面而来，我浑身上下冷得不知所谓。原来他是放弃了，失踪这么久他找到我为的是告诉我，他赵北北要放弃我了，这么残忍的事情他怎么就能做出来呢？该死的赵北北！

我沉默地收拾餐桌，赵北北伸过手要帮忙，被我挡住了。

赵北北讪讪一笑："钱多多，你生气了？"

"没有，我很开心，特别开心。赵北北，我真的希望这辈子再也别看见你这张脸。"我说得非常平静，就好像在和赵北北谈论今天的天气很好。可是我的心却裂开了一道口子，鲜血突突往外冒。

"多多，我对不起你，我……我没有办法娶你了。"赵北北完全是一副豁出去的样子。

我冷笑一声："赵北北，你已经做得很明显了不是吗？发生了那么大的事情，你宁可自己躲起来也不愿意找我，你早就对我失约了。其实昨天晚上我出去喝酒就是因为我决定要放弃等待你，我要开始过属于我的新生活，可是你又出现在我面前做什么？你是嫌我难受得还不够？还要再给我一刀你才痛快了？赵北北，你真的很可恶，这个世界上不会有人比你更可恶了。"

"多多，你听我说，我不是那个意思，我是说……"

"对不起，我什么都不想听，现在你的任务完成了，应该可以走了吧？"我恨恨地看了赵北北一眼，走进厨房洗碗。

赵北北颓然坐在客厅的沙发上，他的声音很小而且有些断断续续，我听得不是很真切："……多多……你会想我吗？"

最后一句话我可是听清楚了，我大声地说："你放心吧，你无情我也会无意的，我不会想你，一定不会。"

很久都没有再听到赵北北说话，只听到客厅的门响了一下，我走出去，已看不见赵北北的身影。

我的手上还是湿淋淋的，手上的水一滴滴滴答在地板上，我往脸上胡乱抹了一把，脸上湿漉漉的，我对自己说，我没有哭，我脸上是水。我的心里空落落的，就像是有什么东西被连根拔起，连皮带肉地疼。这一次，赵北北怕是真的走了，从此一别即天涯。

可是不对啊，他不是被爸爸驱逐出家门了吗，那么他要去哪里？哪里还会有他的容身之处？

想到这些，我疯一般地跑了出去，连围裙都顾不上脱。

赵北北的车还在，我欣喜地奔过去，可是车里面却没有人，车窗户上有一张便利贴，"车留给你了，钥匙在沙发上"。

一个穿着围裙披头散发的女人奋力奔跑应该是一道蛮吸引人的风景线，小区里的人都在用打量疯子的目光打量我，我全然不顾，只是一个劲地跑。

钱多多重生记

我站在大门口，茫然若有所失，如同脱线木偶，赵北北，你这个被宠坏的孩子，如何适应这个复杂的社会啊！

其实赵北北是什么心思我不是不懂，他是觉得现在他什么都没有了，他没有给我幸福的能力了，所以他选择离开我。我伤心的地方也恰恰在这里，最爱我的人却是把我想得如此不堪的人。在他的心里，我就是一个唯利是图的女人，没有资格跟他患难与共。这让我情何以堪！

我蹲下来抱住自己的腿嚎啕大哭，赵北北，你怎么可以就这样放弃了我，你怎么舍得我这么难过！

都是怪胎

唐朝的离开曾经让我觉得失落觉得难过，可是赵北北的离开带给我的打击却是空前的，就好像抽走了我周边的空气，我就要缺氧了要活不成了。

其实我是有些看不起自己的，我自诩是个明白人，可是瞧瞧我现在这副惨兮兮的模样，我都觉得羞愧难当恨不得找块白布结果了自己。当然这只是气话，我还是很珍惜自己这条小命的。

我知道我这副模样是见不得人的，所以我很有自知之明地选择闭门不出，把自己捂在被窝里，就算是要发酸变臭我也顾不得了，因为我现在实在是需要这个狭小的天地。

本以为终于等到了属于自己的感情，却得到这样的一个结果，这个玩笑是不是开得大了些？我不禁要再一次问，我钱多多到底是造了什么孽，何苦要这么揪着我不放啊！难道我的人生被毁得还不够彻底吗，欺负人也没这么个欺负法的啊！

我从未想过，把我拖出被窝的人竟然会是方可。

当尖锐的门铃声毫无预兆地响起来的时候，我告诉自己这只是我的幻觉，可是当我对自己说出第十次"这是幻觉"之后，门铃依然不知死活地响个不停。

我顶着千斤重（貌似是因为太长时间没有洗头导致头发超重）的头，拖着千斤重（貌似是因为长时间没有洗澡导致身体超重）的身子，像死到一半突然被拖起来的人一样起床去开门。上帝保佑希望不是那群倒霉的物业。

经过客厅的时候我非常难为情地皱起眉头，因为我看到了我脱下来的袜子正和我的泡面相依相偎大秀恩爱。上帝保佑，看在我这么伤心的分上，随它们去吧。

打开门的那一刹那，我知道了，上帝没有保佑我，他在整我，往死里整我。

方可脸上带着明媚动人的笑容，让这个开始变冷的秋天变得像春天一样温暖。是的，作为一个彻底的胜利者，她的脸上应该有这种笑容。

"赵北北把你藏得可真够严实的，我可是费了好大的功夫才找到你呢。怎么，看你的表情好像见到我这个老朋友并不怎么开心啊？"方可打量了蓬头垢面的我一眼。

你能想象此刻的场景吗？我，钱多多，顶着一头油腻的乱七八糟的头发，因为不洗澡身上隐约散发着我并不想承认的酸臭味，而我对面的方可，光鲜亮丽得像一枚熟透的苹果，让人恨不得咬上一口。抱着破罐子破摔的心理，我像一个欧巴桑一样斜斜倚在门上："请问你觉得我见到你应该很开心吗？"

"你这就没意思了，我来找你可没有什么恶意的，你都不请我进去坐坐？"和赵南南在一起待的时间长了，方可的心理素质不可同日而语。

"随便啊，如果你待得住的话。"我起身让开。

方可不出我意料地掩住鼻子："钱多多，垃圾回收站的味道都要比你家好很多。"

"是你自己要进来的，所以有话快说，说完就走，不要留在这里折磨自己。"我一脚踢开恬不知耻的袜子和泡面，把自己扔进沙发里，并没有打算帮方可倒杯水或是什么。

方可挑剔地找了半天也没有找到她认为可以坐的地方，她踩着她钉子一般纤细鞋跟的高跟鞋，毅力非凡地站着和我对话："钱多多，我真的不知道你这个人是怎么想的，唐朝为你差点连命都丢了，你就让他这么灰头土脸的一个人跑回北京了？"

"如果你来找我是为了告诉这些没有营养的话，那么我想我们的谈话可以就此结束了。"

"好吧我承认，我不会在你的嘴皮子底下讨到什么便宜。钱多多，有时候我真的怀疑，你的心到底是什么做的，你简直就是个怪胎。所有的事情你应该都清楚了吧，那么你不觉得自己应该去找赵北北吗？看看他现在过着怎么样的日子。"

"怎么，你已经把我最爱的男人从高处推了下来，你已经把他的人生彻底毁掉。看到我现在这副尊荣你应该也满意了才是，方可我真不明白你到底还要做什么？"我从沙发上站起来，忍不住发火，我没有办法像以前那样冷静地和别人吵架，因为我的心情十分不美丽。

"你这样才稍微有点像一个正常的人。钱多多有一点你好像搞错了，把赵北北毁得如此彻底的人不是我，是他的姐姐，实际上，我什么也没来得及做。"

"什么也没来得及做？你和赵南南联袂导演的那场车祸你已经忘记了？我怎么看都不觉得你是个喜欢氢气球的人呢，很明显你就是为了引赵北北过马路嘛。方可，不要低估我的智商，我不会永远都蠢下去，好吗？"

"你怎么知道？"方可明显受到了惊吓，不过她立刻意识到自己的这种表现是很不理智的，"你在胡说八道什么，我听不懂。"

"很不幸的，那次你和赵南南在厕所里的对话一字不漏地飘进了我的耳朵。方可，我浪费在你身上的口水已经够多了，我拜托你现在进入主题。"

"好，我进入主题，"方可优雅地打开她的包掏出一个信封，"这里面的东西你应该很感兴趣，我要回北京了，我觉得我们之间的恩怨是时候做个了断了。钱多多，我方可是个有始有终的人，我恨你恨够了，所以想帮你一把。其实现在想起来我的确有些幼稚，我没理由那么恨你的。我累了，真的累了，我就是把你揉进泥土里唐朝也不可能多看我一眼，我何苦呢？"

这是哪门子的逻辑？在方可眼里我是怪胎，可是在我眼里，方可才是真正的怪胎。

王子变青蛙

我终于下定决心把屋子拾掇拾掇顺便也把自己拾掇一下，照照镜子，总算还有点人样，走出门去还不至于被城管以影响市容为由给抓起来。

就冲着方可给我那封信时的神秘劲，她信里写的那个地址我还就非得去一趟不可。我就说方可是个怪胎，她神神秘秘递给我的信就是一个地址，没头没脑的我从来都没有听说过的地方。

似乎好久没有正式出过门，这段时间以来我去的最远的地方就是我们小区里的小卖部。宅女非我莫属。

出租车一直在往前开，眼看着就要出城区了。我下意识地抓紧自己的包包，弱弱地问了一句："师傅，你确定你没有走错地方？"方可没理由让我去那么偏远的地方啊。

司机师傅很不满地回应道："这位小姐，我可是有着几十年经验的老司机了，怎么会走错，我就是按照你的地址在走啊，还有十几里路就到了。"

"对不起，我不是那个意思，可是，还有十几里？"天啊，方可这是要把我引到哪里去？在那里不会有一群凶神恶煞的大汉等着我吧，然后把我做了抛尸荒野？

"是啊，看你这么个娇滴滴的姑娘，怎么会去那里啊？那里可是一水的工地，现在还都在施工呢。"司机师傅说道。

工地？我神经错乱了才会相信方可，她在和我过愚人节？

当我的思想正如同脱缰的野马在撒欢的时候，司机师傅把我带拉回了现实："到了，就是这里了。"

我脑子里装满了大大的问号，我发誓，如果方可真的在整我，那么我就是跑到北京也要找她算账。

司机师傅说得没错，这里是一大片工地，工人们正在如火如荼地干着活，我越发不懂方可让我来这里的用意，这是让我忆苦思甜来了？

突然，在一群工人中间我看到一个熟悉的身影，那个人正在用小车推沙子，在微凉的秋天他穿着单薄的衣衫却依然汗流浃背。曾经那么爱干净的他此刻却是满身的泥污，衣服也脏得看不出颜色。

我的泪水像个不肯听话的孩子爬满了我的脸，我想开口叫他，却觉得喉咙生疼，连嘴都张不开，只会像个傻瓜一样呜咽，心里像是灌进了成堆的沙子，疼得厉害。

我悄悄跟在他身后，不知道应该说些什么，或许他根本就不愿意让我看见他现在这么狼狈的模样。

感觉到有人在跟着他，他不满地回过头："喂……"

赵北北脸上的表情瞬间凝固了，呆滞片刻，他转身就跑，他果然不愿意在这个时候见到我。

"赵北北，你给我站住。"

可是赵北北还在跑，我怎么也追不上他，看来只有使用苦肉计了，我重重地跌倒在地，惨叫一声。

工地上除了沙子就是石头，我结结实实地跟地面来了个亲密接触，膝盖隐隐作痛，低头一看，流了好多血，看在我对自己下手这么狠的分上，赵北北你就别再躲我了！

赵北北果然掉转头跑了回来："你怎么这么不小心，你看流了这么多血。"

看到赵北北脏得乱七八糟的脸，我的心里就更难过了，只是两眼泪汪汪地看着他。

"走吧，我带你去包扎。"赵北北无奈地把我扶起来。

换作以前，打死我我也不会相信赵北北会委屈自己住在这种地方，他是那种格外心疼自己的人，在我住的那套房子里，他在厕所里都安装了空调！可是现在，他和很多人一起挤在一个狭小的帐篷里，空气里处处充斥着汗臭味和臭袜子的味道，如果方可来到这里，她一定会觉得那天她看到的我的家应该算是天堂。

从小没有吃过一点苦头的赵北北，现在干着最苦最累的活，住着脏乱的帐篷，我真想象不出他怎么能忍受下这一切的。

赵北北跪在地上帮我包扎，我的泪一滴滴落下来，如数落在他的后背。

这才是方可给我的最好的惩罚，让我眼睁睁看着赵北北这个骄傲的王子变成了一只青蛙，而我什么也做不了，我不是公主，不可能给他一个吻就能让他恢复原状，再说就算真的有公主那也只是童话。

我发誓，从今天开始，我讨厌童话。

第四卷：风雨同舟，携手共行

　　我什么话都没说，沉默地为赵北北收拾行李，把他的衣服一件件叠好，告诉自己不必难受，可是眼泪还是不争气地流了出来，谁能保证赵北北还真的能回到我身边？

　　赵北北察觉到我在哭，他走过来抱住了我："多多，你要相信我。我的心永远都在你这里。"

我们在一起

包扎完毕，赵北北挨着我坐在床上，"你不该来这里的。"

"赵北北，为什么？你为什么要跑到这里做这种工作，你活不下去了吗？"我完全控制不住自己的情绪，冲着赵北北大吼。

"干吗这么生气啊，生气对女人的皮肤可不好。"赵北北倒是处事不惊，他还有心情关心我的皮肤问题。

"赵北北，你怎么可以这样自暴自弃呢？你觉得这种工作适合你吗？"赵北北这种无所谓的态度更是把我惹毛了。

"这种工作有什么不好呢？至少我在这里没有人会算计我啊，我乐得自在。"赵北北轻描淡写的笑容像一根尖锐的刺狠狠刺入我的心脏，认识他这么多年，我竟然从未真正了解过他。无论他在人前如何的强颜欢笑装作若无其事，可是发生那么大的变故，他心里肯定会难过的，他把悲伤深深地藏在心底最深处，不许任何人窥探，可是暗地里这傻小子还不知道怎么折磨自己呢，他本来就够瘦的，现在更是瘦骨嶙峋。"赵北北对不起。"我扯住他的衣服，差点就哭出来。

"干吗突然这样，你这么肉麻我可受不了。"赵北北还是在笑，就好像被自己当作最亲的人背叛的人是我钱多多而不是他赵北北。

"你可以在任何人面前逞强，可是在我面前，你不需要。赵北北，我知道，你活到这么大一直都是顺风顺水的从来就没遭受过什么严重的打击，所以你心里一定很难过所以才会一个人躲到这里来。赵北北，你可以躲任何人，但是你不能躲我，你答应要给我一个交代的，现在你黑不提白不提的躲着我算什么事啊，你以为我钱多多是这么好打发的？"说到动情之处，我都要潸然泪下了，难道这还感动不了赵北北？

赵北北哪里见过我这副架势啊，果然就被我唬住了，一愣一愣的。

我趁热打铁："赵北北，我们都不躲了成吗？虽然我是挺爱钱的，但是看在你一直对我忠心耿耿的分上，我还是可以为了你牺牲一下的，我不会嫌弃你是个穷小子的。再说了，至少你现在还算得上是有车有房，也没穷得叮当响啊，你说我连个驾照都没有，你把那辆车留给我有什么用啊，所以那车还得是你的，懂吗？"

"多多，你能对我说出这些话我真的很开心。可是你不会知道和我在一起以后将要面临什么，赵南南是不会就这样放过我的，我们无论做什么都会举步维艰，就算这样你也觉得没有关系吗？"赵北北犹豫着问。

"嗯，"我郑重地点点头，"赵北北，只要可以和你在一起。"

赵北北笑着说："这世上还能找出你这么傻的人吗？我是富家少爷的时候，你拼命要躲着我，好像我是洪水猛兽，可是现在我成为穷小子了，别人都躲之不及，你倒好，自己贴上来了。"

"我傻？认识我的人谁不夸我聪明啊，你竟然会说我傻。我是看好你是潜力股，所以猛投资，以后肯定受益匪浅。"

赵北北满脸不相信地打量我："你真的觉得自己很聪明？"

"喂喂，你那是什么眼神啊，就这么不相信我吗？要不然我凭什么可以用两年的时间修完别人四年才能修完的学业呢？"我义正辞严地反驳。

"看来我真是孤陋寡闻了，原来聪明的人有时候也会比笨蛋还笨啊。"赵北北摸着下巴，正经八百地说。

被赵北北这样奚落我非但不生气反而觉得很开心，真好，我又看到以前那个赵北北了，嘴巴坏坏的赵北北。

"你怎么了，真傻了？换作是以前你早就追着打我了。"赵北北就是天生命贱，哪有追着人家讨打的。

"赵北北，我们说好了，真的不分开，能做到吗？"

赵北北收敛笑容："多多，你真的不后悔？"

"不会，不和你在一起我才会后悔。"

"那么，让我告诉你，我绝对不会在你放开我的手之前放开你的手。"

这是我听过的最动听的情话！

难于上青天

我就这样把赵北北从工地拖回来塞进了我的生活里，我们同居了。

我这人可是典型的现实主义者，我绝对不会痴迷于甜蜜的二人世界而忘记了自己此刻是怎样的处境，所以在与赵北北耳鬓厮磨了几天后，我决定拖着赵北北出去找工作。

赵北北懒洋洋地躺在床上，问我："多多，你觉得你这个人的心理承受能力怎么样？"

"那是绝对的很强啊，要不然我早在我爸妈死的那天就找根绳子把自己解决了，哪里会活到现在？你为什么突然问我这个问题，这和我们找工作有什么关系？"这明明就是风牛马各不相及的问题嘛，我们再怎么说也是都有着一张哥伦比亚大学的毕业证不是。

赵北北无所谓地耸耸肩膀："没什么，你这样有斗志是件好事，只是你可要做好心理准备。"

真是天下本无事庸人自扰之，这一点都不像赵北北。

我兴致极高地找来报纸，一条一条过滤招聘信息，最终选定了几家实力不错的公司。当我在忙碌地做着这些事情的时候，赵北北就恬不知耻地蜷着修长的腿坐在地板上看周星驰的电影，时而发出夸张的笑声，像一只乐疯了的老鼠。我真不知道是赵北北隐藏得太好，还是他真的就一点都不觉得悲伤。

"喂，"我把摘录下来的招聘信息递给赵北北，"看看我选的这几家企业怎么样？"

赵北北迅速扫了一眼："多多，你眼光还真不是一般的高。"然后又若无其事地转过头继续看他的电影去了。

"就这些，没别的意见了？"不可理喻，这个赵北北简直就是不可理喻。

"既然你费心找出来了，那我们就去试试呗，"赵北北转过身抱住我，"反正闲着也是闲着，就当是消遣时间好了。"

"赵北北你这是什么态度啊？怎么可以这么消极不进取呢？"赵北北对找工

作如此不上心的态度让我有些生气。

赵北北夸张地行了一个军礼："娘子教训的是，为夫知错了。"

赵北北这样哄我我是无论如何也气不起来的了："我知道，让你一个曾经的集团少爷放下身段去给人家打工对你来说确实是难了点，可是这也是没有办法的事情啊……"

"不要跟我提什么集团少爷了，陈芝麻烂谷子的旧事，我早就忘记了。"

这个时候我才可以确定，赵北北依旧没有从悲伤中走出来，那恐怕将会是他一辈子都打不开的心结。

我信心满满地和赵北北出了门，在我看来找工作就是手到擒来的事情，毕竟我们应聘的不是多么夸张的职位。

可是生活又一次狠狠地教训了我，它用最残酷的手段告诉我，理想和现实总是有差距的。

我们选的第一站是一家中小型的电子企业，可是别说是进行面试，负责招聘的主管一听到我和赵北北的名字就立刻下了逐客令，让我们另谋高就。

我不死心，一家一家往下试，结果却都是一样的。

走在大街上，我就像一只干瘪的被人放了气的气球，随便来一阵小风就能把我吹走。"赵北北，你早知道会是这样的结果对不对？"所以他才会对找工作的事情丝毫不上心。

"是啊，不过看你那么有热情，我怎么好意思说出来让你失望呢，再说了，你这种臭脾气，不让你试一下你会死心吗？"赵北北斜睨我。

"可是我们就要这样下去吗？没有工作我们难道去喝西北风？到了夏天可是连西北风都喝不到啊！"赵南南的心难道是不锈钢的？都已经把赵北北赶出家门了她到底还要做什么，就算不是一母同胞可怎么说也是一个爸爸而且是一起长大的姐弟，怎么会有这么大的冤仇呢？

"当然不会，"赵北北握紧拳头，脸上出现了我从没有看见过的嗜血的表情，好像是从地狱深处跑出来的复仇使者，让人看得心惊胆战，"我会寻到合适的机会，让赵南南也尝尝下地狱的滋味。"

这样子的赵北北让我心生恐惧。我有一种很不好的感觉，我越是离他近越是没有办法看透他，这种感觉真叫人抓狂。就好像我兴致昂扬地从手机店里买来一部最新款的手机，可是我却没有办法掌握它的功能，这是我没办法容忍的事情。

见我良久没有说话，赵北北笑了："怎么，被我吓着了？我在对赵南南发狠呢，你瞎紧张什么劲。"

求人不如求己

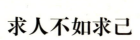

我实在分不清楚，到底哪一个才是真正的赵北北。我印象中的赵北北永远都是一副单纯到近乎白痴的笑脸，好像对任何事情都不以为意，可是在很多时候，他又心机复杂。两个完全不同的赵北北，在我的脑海里重合然后又分裂。也许这才是真正的赵北北吧，没有人可以掌握他的世界，我没来由地觉得，赵南南一定会败在赵北北手里，而且会输得很惨。

"喂，不会真的吓傻了吧。钱多多，你神游什么啊？"

我觉得自己很可笑，无论赵北北是个怎么样的人，他都会对我好，知道这些就够了，不是吗？程序再复杂的手机只要有时间研究，总会把它的功能全部掌握的。"没有啊，我在想我们接下来该怎么做。没有工作就没有收入，没有收入就要饿肚子，冬天还好，有西北风可以喝，可是到了夏天可是连西北风都喝不到。"

我的玩笑话却引得赵北北一本正经起来："多多，你我都知道，是我连累了你。赵南南要对付的只是我而已，可是你和我在一起就免不了受连累。这样你还是要和我在一起吗？"

"当然，赵北北，你什么时候见我钱多多轻易地妥协过？"我打消他的顾虑。

赵北北一把把我搂进怀里："多多，你放心，我向你保证，这样的日子我不会让你过太久的，用不了多久，我会把这个世界上最好的送到你面前。"

赵北北说过的话，我从来就没有怀疑过。

"可是，我们现在要做什么呢？"总不能就这样一直待在家里吧。

"听说过一句话吗？"赵北北突然神神秘秘的。

"你少在这里装神秘，什么话啊。"我踢他一脚。

"还是和以前一样，一点耐心也没有。求人不如求己，听说过吧？"赵北北领着我走进一家咖啡店坐下。

"当然了，这句话谁没听说过，搞得那么神秘做什么。关键是你现在对我说这个做什么？我们求自己也没有用，我们又没有自己的公司。"我还以为赵北北能想出什么好主意。

"我们可以开自己的公司啊。"

如果现在我的嘴里有咖啡的话我一定会如数喷到赵北北的脸上，所以从某种程度上讲赵北北应该感谢服务员没有及时送来咖啡。我把手伸到赵北北的额头上："没发烧啊，怎么说起胡话来了。"

"喂喂，你这是什么态度啊！你就这么质疑自己的男人的话吗？"赵北北不满地嚷嚷。

"当然不是质疑你的话，可是开公司是需要钱的。请问这位先生，我们的钱在哪里呢？在哪里呢？我怎么哪里也找不到呢？"我装出寻找的模样。

赵北北被我逗乐了："我又没有说要开很大的公司，不需要很多钱的。把那部车卖了应该就差不多。"

提到卖车的时候，我看到赵北北明显很舍不得，那部车对他来说应该很重要。"那么你想要开一家什么公司呢？"

赵北北突然变得有点不好意思，那张小白脸红彤彤的："其实严格上说来我也不是要开什么公司，只是想开一家餐馆，很小的餐馆，这可是我小时候的梦想。"

难得看到赵北北脸红的时候，真是够稀奇。在这个混乱的社会谁还能保持最初的梦想不变的，赵北北还真是个难得的人。这样我又有什么理由不帮他完成这个小小的梦想呢？

"喂，你是不是在心里偷偷地笑话我觉得我没有出息。"赵北北疑神疑鬼的。

不过也是，按照我的性格，这个时候我的确是应该嘲笑他没有出息才对。我总觉得只有一个成功的男士才会有一个男人应有的魅力，这也是曾经我处心积虑要嫁个有钱人的另一个原因。一个小餐馆的老板，无论如何也不会让人把他和成功人士联系在一起的。可是现在那些对我来说已经不重要，要不然我不可能在明知道赵北北虎落平阳的时候还义无反顾地和他在一起："告诉你一个秘密好不好？"

赵北北八卦的本质一下子暴露出来，他把脖子伸得老长，活脱脱一只长颈鹿："什么秘密？我这个人最爱听秘密了。"

"开一家餐馆也是我小时候的梦想。"

草莓田

站在门外看着即将要开业的餐馆，我的心里澎湃得全是激情。

从张罗开店到现在好像也没有多久，只有一个月而已，可是我怎么觉得像是过了漫长的一个世纪呢？

当新的主人把那部张扬的跑车开走的时候，我看到了赵北北的不舍和隐忍的痛苦。我在心里暗暗发誓，我一定会帮赵北北把那部车再买回来的。

餐馆的位置不是很好，在一条并不繁华的街上。在上海这样的街还真是少见。

街道两旁栽满了参天大树，郁郁葱葱的格外漂亮。这些即使在冬天也会翠绿的树给这条街增添了别样的风情，阳光透过树丫间的缝隙透过来，洒在斑驳的路面上。就是这样安静而又美好的地方，连公交车都不会来的地方，好像并不怎么适合开店。

可是鬼使神差的，我和赵北北一眼就被这条街给迷住了。最根本的原因是，这里离我们住的地方比较近，这点对于没有交通工具的我们来说很重要。

和我激动的心情不同，刚开始对开店满怀激情的赵北北此刻却是一脸的不情愿，郁闷的表情让人感觉他随时都有撞墙的打算。

"怎么了，不高兴？"我拍了拍他的肩膀，其实我明知道他是为了什么不高兴。人吗，有时候就是要装糊涂。

"钱多多，一定要取'草莓田'这样一个奇怪的名字吗？不知道的人还以为是卖草莓的地方呢？能告诉我是什么样的少女情怀让你非要取个名字不可吗？"赵北北很不爽地看着我，继续抒发他的不满，"多么完美的店面，怎么就毁在一个店名上了呢？"

"赵北北你可以了，现在的情况是你必须接受我的安排，因为我是这家店的老板娘。店名已经确定不可更改。"我的气势足以把女皇武则天踩在脚下，更何况是区区一个赵北北。

"那我还是老板呢，怎么连这点权利都没有吗？"赵北北并没有打算就此罢休。

"哎呀，你就别腻歪了，以后有什么大事你来做主，小事交给我就好了，什么事情都操心你不怕把心操碎啊。"

"我看以后可能没什么大事发生了。"赵北北小声嘟囔。

别说，有时候这个赵北北还真是够聪明。

我承认，草莓田并不是一个多么高明的名字，可是我就是喜欢。还在上高中的时候我就想，长大以后我要开一家属于自己的冰激凌店，名字就叫"草莓田"，这个名字一听就让人觉得神清气爽不是吗？虽然这个名字用在一家餐馆上确实有那么一点驴唇不对马嘴，可是我就是这么的固执己见。

开业的时候并不热闹，甚至有些冷清。我们只在门口贴了门联，放了电子鞭炮，没有人来为我们剪彩，没有围观的顾客，什么都没有。

生意一如我们所想象的那样冷清，大多数的时间我们就坐在并不宽敞的餐厅里四目相对，看着看着就会笑出声来。偶尔来个客人我们就会像捡了金条一样亢奋，我会使出浑身解数做出最美味的饭菜。看客人们吃得尽兴，我的心里就像是喝了一罐蜂蜜，而且是不掺一点水的蜂蜜。

不过我们的生意竟然奇迹般的慢慢好了起来，当大多数的客人都表示是被我们的店名吸引进来的时候，我斜眼看着赵北北，脸上全是得瑟的表情，心里头的得意溢于言表。

赵北北就只有缴械投降的分，再也不敢对店名提出半点质疑。

下班后我会和赵北北慢慢溜达着回家，心里有从未有过的踏实。

时至今日我才明白，原来以前的我根本不知道自己要的是什么，我只以为优越的物质条件可以带给我最大的安慰，可是我却从来没有想过，就算那个男人再有钱再英俊，如果他对我不好，那么这些有屁用。

我确定，我要的就是一个赵北北这样的男人，还有这一家小小的草莓田。只要这些，我的生活就会变得充盈而满足，即使这样庸碌到老，我应该也不会后悔。

波折

我知道，这一天总会来的，只是没有想到会来得这么快。

当那帮客人来的时候，凭直觉我就觉得他们很不对劲，可是开门做生意的总不能因为毫无根据的直觉就把客人拒之门外的道理。

赵北北也是很不情愿接待这些聒噪的男人，要不怎么说生活所迫呢，即便是再不情愿，赵北北还是耐着性子接待了他们。

饭吃到一半的时候，最俗套的情节上演了。

其中一个人拍案而起，脏话像厕所里的大便一样令人难以忍受："×××× ，这饭怎么吃啊！你们讲点卫生好不好，菜里怎么会有头发呢？真他妈恶心！"

"就是啊，就是啊，这样的卫生条件根本不配开店！"

"对不起，"我脸上带着谦和的笑容，其实我的心里早把他们枪毙了千百遍，"我做菜的时候是戴着帽子的，应该不会有头发。"

"你的意思是我们诬赖你们了？"

"你们不要太过分！"赵北北有些忍不下去了。

我及时制止他，让他把其他的客人先打发走，看来今天的事情是没那么容易得到善终的。

"喂，你们这是什么态度啊，开门做生意是这样对待客人的吗？"

"我代他向你们道歉，他脾气不好，多多见谅。"我脸上带着谦卑的笑容，没有人会知道，此刻我的心里想的是，见谅你个屁，你怎么不去死，人渣！

这世道，敬酒不吃吃罚酒的人多得是，更何况是这群故意来找茬的人。"我要刚才那个男的来向我道歉，你算什么东西，滚开。"

赵北北不知道什么时候来到我的身后："想要我的道歉？你又算什么东西！她是我老婆，我不允许任何人用粗鲁的方式对待她。"

一只骄傲的狼就算再狼狈也还是一只狼，要让它像狗一样对人摇尾乞怜，说什么它也是做不到的。我知道现在情况危急，不是应该随便感动的时候，可是赵北北一句"她是我的老婆"还是让我感动得泪眼涟涟。

"还真是恩爱的一对，让人羡慕啊！可是你们不觉得现在不是表你们恩爱的时候吗？好好想想如何让我们消气吧，否则后果会非常严重的。"为首的男人一脸奸笑，一看就不像好人。

"我老婆说得很清楚，她炒菜是戴着帽子的，如果你们的眼睛没有问题的话应该可以看见，我也是戴着帽子的。所以，这根从你们菜里发现的头发，我们没有办法解释。"

"你的意思是，我们诬赖你们？"

"我的意思是什么应该不用解释得那么清楚吧？"赵北北的脸上满是和煦的笑容，说话的声音也是懒洋洋的。

没来由的，这样子的赵北北让我痴迷不已。

"看来这件事情你是不打算善终了，那么就不要怪我们不客气！兄弟们，给我砸，给我砸到什么都不剩！"

接下来，事情的惨烈程度绝对出乎我和赵北北的预料，那群人绝对是疯子，他们发起疯来是什么都不怕的。

我绝对不能看着自己辛辛苦苦经营的草莓田毁在这群人渣的手上。

我跑过去阻止，却被他们一把推开，撞在了墙上，脑袋和墙面来了一个最亲密的接触，疼得我龇牙咧嘴。

本来就在和那群人厮打的赵北北见我受伤就更生气了，拼命和他们扭打在一起。

就算赵北北很能打，就算他是铁打的，可经不住好几个男人的轮番攻击啊！而没用的我，头痛欲裂，连想站起来都是困难的，更别说帮赵北北的忙了。

看着赵北北渐渐体力不支却还硬撑着，我的泪水哗哗地流了一脸。

现在谁可以帮我们，谁还可以帮我们！

什么叫做叫地地不应，叫天天不灵，我想今天我是真的体会到了。

突然那个为首的男人好像想起了什么，他快步走到我面前，一把把我从地上揪起来，揪得我发根都生疼。

"喂，"他大声对赵北北说，"还要打吗？你的女人可是在我的手里。"

我这个人好像永远都只能给赵北北带来困扰和麻烦，我看到赵北北的手颓然地垂下："是男子汉就不要为难一个女人！"

那些天杀的不要脸的男人一脚把赵北北踹倒在地："我们就是喜欢为难女人

钱多多重生记

的男人，你又能拿我们怎么办呢？哈哈，一只败家之犬还有精力在这里乱叫！"

"你们放开他！你们到底想怎么样？我们和你们无冤无仇井水不犯河水，你们为什么偏偏要来找我们的麻烦呢？"我知道在这群人面前哭是没有用的，可我还是忍不住哭着冲他们嘶吼。

"是，你们是和我们无冤无仇，可是你们却是我们老板的敌人，所以真的不好意思，我们也是拿人钱财与人消灾。"抓住我的男人笑道。

"你们的老板是谁？"难道是赵南南？我们都到了这个地步，她还是不肯收手吗？她对赵北北怎么会有这么多的恨呢？

"他们的老板就是我！"

意想不到的敌人

我很确定，这个声音就算是经过再复杂的包装，我也可以一下子就听得出来。这个声音的主人是我这辈子都不愿意再看到的，虽然已经有三年多没有见过面，可是一想起他，我的心里还是会起一层鸡皮疙瘩。

陈嘉琦从门口走进来，摘下了眼镜，用那种让人一见了就忍不住要挥他拳头的嘴脸说道："怎么，钱多多，还认识我这个老情人吗？"

这一刻，我的恨意铺天盖地地涌了上来，我狠狠地踹了抓住我头发的男人一脚，他吃痛放开了我。

我跑到赵北北面前把他扶起来，恨恨地望着陈嘉琦："当然，就算是你被人挫骨扬灰，我依然还认得你。"

陈嘉琦却并不介意我的态度："这么久没见，你还真是一点都没有变啊。"

"你却变了不少，变得更令人厌恶。陈嘉琦，我们的事情不是早就结束了吗，你现在来翻什么旧账啊。"

"结束了？我呸！"陈嘉琦好像被我激怒了，"谁跟你说过我们之间的事情算完了？"说完，他对着闹事的人使了个眼色。

那群人把我推到一边，齐心协力地把赵北北摁倒在地。

赵北北的眼里要喷出火来，恨恨地看着陈嘉琦。

陈嘉琦走上前来，把脚踩在赵北北的脸上。

曾经那么骄傲的赵北北，就这样被陈嘉琦这个人渣踩在脚下，我的心好像被人撕裂开一样，疼得我恨不得立刻晕死过去。我是多么想把曾经的那个自己拖出来千刀万剐，剁成肉酱扔进厕所里冲走。都是我爱慕虚荣和陈嘉琦这种小人纠缠在一起，才给赵北北带来今天的屈辱。

"赵北北，当你贵为'项顶'的接班人的时候，当你像踩死一只蚂蚁一样把我逼得无路可走的时候，你有没有想过你会有今天？离开你的老子，你算个什么东西！当年你不是照样把你自己的公司搭进去了吗？如果不是你老子出面，哪里轮到你在我面前耀武扬威，竟然让我去求这个低贱的女人！一想到这件事情，我的心里就忍不住怒火中烧，恨不得把你碎尸万段！"

"陈嘉琦，我真看不起你。"

就算赵北北已经被这样踩在脚下，可是他却仍然在笑，就好像此刻在接受这种凌辱的人不是他一样。

"你看不起我？你凭什么看不起我？赵北北，你还当自己是高高在上的'项顶'接班人呢？我告诉你，你现在什么都不是，你活得连条狗都不如，你只是一个私生子，一个永远都见不得光的私生子！所以，现在闭上你那张臭嘴，乖乖地求我放过你，说不定我就真的放过你了呢。哈哈！"

陈嘉琦太小看赵北北这只骄傲的狼了，就算让他摇尾乞怜他都做不到，更别提是要让他像狗一样去吃屎。

赵北北笑得更大声："陈嘉琦，你这样也算是个男人？"

"还说！"陈嘉琦恼羞成怒，脚上加大了力度，赵北北的脸几乎都被踩得变了形。

"陈嘉琦，你放开他！有什么火你冲着我来啊！当年是我让他那么对你的，你真正要报复的人是我！"我一拳拳打在陈嘉琦的身上，迫切地要救出赵北北。

陈嘉琦一把抓住我的拳头："是，我同样忘不了你对我做过的一切。和你之间的恩怨我也会慢慢和你清算的。钱多多，我真的很不明白，你明明就是人尽可夫的婊子，在我面前装什么忠贞烈女呢？甚至你还有脸义正言辞地指责我出卖自己，真是可笑。不过我还是得谢谢你，托你的福，我和那个老女人离婚了，我现在再也不需要依靠任何人。可是你呢，你瞧瞧，你现在过的是什么日子！都这个时候了，你还在我面前秀什么恩爱！"说完，陈嘉琦重重地把我甩开，我又一次跌倒在地上。

钱多多重生记

"陈嘉琦，如果你还承认自己是个男人，那么就冲着我来，不要对多多动手！"

"我说过不要在我面前秀恩爱的！你们两个不要着急，也没有必要争着讨打，我谁都不会放过的！兄弟们，给我打，狠狠地打，只要不出人命，有多惨就给我打多惨！"

雨点般的拳头朝我打过来，我竟然觉不出疼痛，我只是恨自己只能眼睁睁地看着赵北北被人拳打脚踢，没有丝毫的办法。

我承认，对于挨打我并没有什么经验，很快我便眼前一黑昏死过去，什么都不知道了。

来客

等我醒来的时候看到自己躺在医院里，点滴正在滴滴答答往我的身体里输送药液。艰难地转动脖子，我看到了旁边床上被打得鼻青脸肿仍然昏迷的赵北北。

我们怎么会在医院？是谁送我们来的？我可不相信陈嘉琦打完我们之后会大发慈悲地送我们来医院。

头痛，脸痛，脖子痛，肚子痛，腿痛，浑身上下好像就没有不痛的地方，赵北北伤得更重，他醒来应该会更痛吧。陈嘉琦，我永远都不会忘记今天你对我们做的一切，总有一天我会让你尝到这种滋味的。

必须承认，我是个乐观主义者，就算在这个时候，我竟然还在盘算着将来如何报复。

就在我胡思乱想之际，护士小姐走了进来："呀，你醒了，真是太好了。你们被送来的时候浑身都是伤，吓死人的，幸亏都是皮外伤没有伤到筋骨，要不然可就麻烦了。"

"麻烦你，请问是谁送我们来的？"

"哦，是你男朋友自己打电话求救的，他一直苦苦坚持到我们的车接到你们才晕过去，他真的很坚强啊！"

第四卷 风雨同舟，携手共行

是，他很坚强。我很庆幸，这个坚强的男人，是我的男人。

因为并不是什么要命的伤，所以在医院没住几天我们就出院了，我的心里可是时时都记挂着餐馆，不知道现在它变成了什么模样。

两个包得像粽子一样的人在大街上走那真是有着超高的回头率。

赵北北还有闲情逸致和我开玩笑："我说钱多多，明星上个街待遇也不过如此吧？"

"明星哪有我们风光，这么潮的打扮他们行吗？"

我们相互打量了对方一眼，笑得都要直不起腰来了。

"多多，"赵北北牵起我的手，"我再也不会让你受到这样的委屈了，这笔账我会在陈嘉琦的身上讨回来的，而且用不了多久。"

我一直都没有告诉赵北北，我痛苦的不是自己挨了打，而是他受到的那种屈辱，这件事情我无论如何也不会原谅陈嘉琦。

来到餐馆，隔着玻璃门往里看。我们两个人同时瞪大了双眼，这到底是什么情况？

草莓田被收拾得干干净净，整整齐齐，除了没有营业外，就好像什么都没有发生过一样。

会是谁这么好心帮我们收拾了烂摊子呢？

我看着赵北北，赵北北也看着我，我们都从对方的眼里看到了疑惑。

"走吧，进去看看。"赵北北牵着我的手走了进去。

"北北，你回来了？"一个高贵优雅的中年女人迎面走了过来，一把抱住赵北北，哭得一塌糊涂，"到底是谁这么狠心把你伤成这样？"

我被这突如其来的状况搞晕了头，站在原地不知所措。

赵北北却冷冷地推开了哭得楚楚可怜的中年女人："你不觉得你出现得有些晚了么？你现在出现在我面前是要做什么？对着我忏悔吗？"

我看得出赵北北心里的痛苦和失望，我想我已经知道她是谁了。

"北北，你听妈妈说，事情不是你想象的那样，我是有苦衷的。"赵北北的妈妈急切地为自己辩护。

其实赵北北不原谅她也是应该的。在那样的情况下，她竟然不理会赵北北的痛苦自己偷偷藏了起来，让赵北北独自面对尴尬的场面，这样的妈妈还真是千载难逢。

"不管你有什么苦衷，我都不想听。现在请你离开这里，我不想再看到你！"

赵北北倔强地扭过头。

"不，北北，你必须听我说，我之所以藏起来，是因为……"

"是因为你没有办法接受良心的谴责，是因为你没有办法面对爸爸的失望，是因为你和一个野男人生下了我！"赵北北发狂似的呐喊，眼里的泪水再也止不住，簌簌往下落。

赵妈妈被赵北北这番话镇住了，她愣了半天，突然不顾赵北北脸上的伤，给了他一巴掌，并且因为气愤而浑身颤抖。

"阿姨，你怎么可以打他？他身上的伤还没好啊！"这一耳光可是把我心疼坏了，心下对她的印象就更糟糕了。

"很好，你打得很好！"赵北北笑道，"被我说得恼羞成怒了是吗？你早就应该想到会有这么一天的不是吗？纸是包不住火的，所有的事情都会败露不是吗？你打我有什么用，谁让你当初做了那样的事情？"

"北北你给我住口，"好像所有的力气在打完赵北北后就用尽了，赵妈妈变得很虚弱，连连咳嗽，"咳咳，事情不是你想的那样，你不是我和野男人生的孩子，你是你爸爸的儿子，你是你爸爸亲生的儿子啊。"

这才是真相

震惊，震惊，还是震惊。

赵妈妈的话就像一句咒语，把我和赵北北钉在原地，动弹不得。亲子鉴定不是都做过了吗？难道还会出错不成？如果赵北北真的是他爸爸的亲生骨肉，那么赵妈妈又为何要躲起来不加辩解，这不是很奇怪吗？这样错综复杂的问题估计福尔摩斯遇到了都会觉得头疼。

"你这话是什么意思？我不明白，爸爸把亲子鉴定拿给我看了，白纸黑字写得很清楚，不会有假的。"还是赵北北先反应过来。

"我们坐下谈好不好？你身上还有伤呢。对不起，妈妈不应该打你的。对了，这位姑娘是？"赵妈妈终于还是看到了我的存在啊。

"阿姨，我叫钱多多，你叫我多多就成。"

"好，多多，谢谢你这段时间陪在北北的身边。我真是每时每刻都在担心他……"赵妈妈拉住我的手，语气很真诚。

我突然觉得挺不好意思的，为刚才心底对她的不喜欢。

"妈，你快给我解释清楚，这到底是怎么一回事？"

还真是难得看到赵北北这么猴急的时候。

"其实，这一切都是我和你爸爸精心布下的局。那份亲子鉴定是假的，只是为了能瞒住南南。而我之所以躲起来是因为我手上有'项项'百分之十五的股份，我若不躲，南南迟早会查到我身上，那么这百分之十五的股份可就保不住了。你爸爸委托了两个律师，一个手里有他的遗嘱，另一个手里有一份真正的亲子鉴定。这些除了我没别人知道。我也是想早点来找你啊，可是风头没有过去我不能轻易露面，要不然一切努力可就功亏一篑了。"

"妈，这种事情是不可以开玩笑的，你知道吧？"赵北北显然被这样的真相唬住了。

"到了这个时候，你觉得妈妈还有心情跟你开玩笑吗？北北，南南的野心你爸爸早就看出来了，可是毕竟有那么多年的情分，你爸爸一直在给她机会，希望有所收敛。可是谁知道，她不但不知收敛，反而勾结外人意图不轨。你爸爸忍无可忍，可是身体却每况愈下，根本对她没有办法，为了你的安全着想，你爸爸又不能和她撕破脸，所以才想到这样一个方法。他故意让人透露出你不是他亲生儿子的消息，让南南去查，这样可以把你保护起来同时又降低南南的防卫，只有这样你才有机会从她的手里夺回实权。事实上，南南才不是你爸爸的亲生女儿。有一件事爸爸妈妈从来没有和你说起过，南南的妈妈是我最好的朋友，可是她却背着我勾引你爸爸，甚至把你爸爸灌醉做出了那种苟且之事。事情败露后我不是没有恨过，可是毕竟有那么多年的情分，我还是选择了原谅她。没想到她变本加厉和别人生了个孩子送到了我的婚礼上来，自己却藏起来不见了踪影。婚礼上有那么多宾客，我能怎么办？只好先把孩子留下以后再做打算。一开始我也以为孩子是你爸爸的，可是做了鉴定才知道并不是这样，但是南南的妈妈我们怎么也找不到，那么小的孩子总不能扔掉吧，所以我和你爸爸才决定抚养她。我自认为对她不错，并不比对你差，可是她怎么就这么恨我们呢？我猜想南南的妈妈肯定早就出现了，不知道给南南灌输了什么思想……"

赵妈妈又是一阵猛烈的咳嗽，脸都涨得通红。

"妈，你这是怎么了？"赵北北的心情平复下来，开始担忧妈妈的身体。

"北北，妈妈不想骗你。妈妈的身体已经很差了，甚至我都不知道自己还能撑多久，所以我才迫切地想要快点把真相告诉你，我希望在我临死之前你可以完成你爸爸的遗愿，将'项顶'夺回来……"

"妈，你是和我开玩笑的对不对？你身体一直很好啊，怎么会死呢？你不要骗我。"赵北北哽咽道，紧紧抓住妈妈的手，像个小孩子一样撒起娇来。

"妈妈也希望这是个玩笑，可是事实上这是真的，我已经是肺癌晚期了。北北，现在你的任务就是拿着这百分之十五的股份去找那两个律师，不过有件事情比较麻烦，你爸爸不希望再让我们家爆出什么丑闻，所以不要把南南不是你爸爸女儿的事情公布出去，现在公司的实权掌握在南南的手里，所以你必须想办法再争夺'项顶'百分之十的股份，到那时你手里有百分之二十五的股份，你就是公司最大的股东，南南也就拿你没辙了。我知道这有些困难，可是北北，妈妈相信你是可以做到的。"赵妈妈拍拍赵北北的肩膀。

"妈，"赵北北抓住妈妈的手，"我发誓，我一定会让你看到我成功的那一天，这还不算，我还要让你看到我和多多结婚生子。相信我，我一定可以办到。"

又见五姐

夜已经很深了，可是我们没有一丝睡意。

躺在床上，赵北北抱着我，重重地叹着气。

"喂，你还叹什么气，你妈妈为你带来了这么好的消息，你捂着嘴偷笑还来不及呢。"我揶揄他。

"我只是突然觉得自己好像一无是处，就像陈嘉琦说的那样，没了'项顶'接班人的光环，我还剩下什么呢？我连一个像样的家都不能给你，只能委屈你住在这么个小房子里，还有我妈，她身体那么差了，我都没有办法帮她做些什么。多多，我真的好泄气。白天我在我妈面前信誓旦旦，可是只有我自己知道，我是多么没有信心。我必须要去'丰盛'工作才有可能获得帮助，可那是爸爸生前最大的竞争对手，如果爸爸还活着知道这一切指不定有多失望呢。你说我是不是很没用？"赵北北竟然流出了眼泪。

这时候的赵北北真让人心疼。我为他擦干眼泪："现在可不是泄气的时候，赵北北，你要打起精神来，要快点成功给你妈妈看。你放心，在我心里你就是最棒的男人，没有人比你好。有句话叫大丈夫能屈能伸，你去'丰盛'也是有不得已的苦衷，你爸爸在天之灵会谅解的，要不然谁还有可能帮助你在最短的时间内拿到'项顶'百分之十的股份呢？你只要记得，无论什么时候我都在你身边就好了。"

"多多，有你在我身边可真好。"赵北北抱紧我，满足地吸一口气。

"快点睡吧，胡思乱想也是没用的。我们只好走一步看一步了。"

赵北北终于睡着了，我却依然了无睡意。谁知道今后我们会面临着什么？"项顶"的前任接班人赵北北要去"丰盛"工作，这将是一件多具爆炸性的新闻。

当然我们不会这么草率地就去"丰盛"，关键是我们身上的伤实在太惹人注目，那样的回头率不要也罢。

既然有了别的路，"草莓田"是不可能再继续开下去，即便是心里有太多的不舍，我还是把店铺给退了。

把店里的东西卖掉的那一天，赵北北紧紧抓住我的手对我许下承诺："多多，你放心，总有一天我会让你拥有一个比'草莓田'大一百倍的饭店。"

我要的并不是比"草莓田"大一百倍的饭店，我只是不希望赵北北的骄傲再被任何人践踏。要想鹤立鸡群就必须有资本，无疑，夺回"项顶"就是最丰厚的资本。

尽管心情忐忑，这一天还是来到了。

在我们面前的是丝毫不比"项顶"大厦逊色的"丰盛"大厦，员工们都在急匆匆地往大厦里走，他们知道，等待着他们的是一天繁重的工作。可是我和赵北北根本就不知道等待着我们的是什么，这种感觉还真是令人不爽。"丰盛"会不会接纳我们两个还是个问题，虽然赵北北很有信心，可是我还是忍不住捏一把汗。如果赵北北凭着手中对"项顶"的了解帮着"丰盛"对付"项顶"，那么以后他是要接手"项顶"的，到那时候他如何面对他的员工们？

我知道，我的这些忧虑赵北北统统都有，可是他把这种情绪隐藏到很深的地方，如果不是对他有着足够的了解，或许我真的会认为他是很情愿来"丰盛"工作的。

钱多多重生记

"钱多多，不要紧张，又不是让你来相亲，你至于吗?"

到了这个时候真是难为赵北北还会和我开玩笑。

我咧咧嘴，对着赵北北露出一个比哭还难看的微笑，如果可以选择，我宁可进鬼门关也不愿意踏进"丰盛"的大门，我知道这一踏进去我们可就真的走了一条不能回头的路，以后更艰难的事情都等着我们呢。

就在我们流连在"丰盛"门口的时候，一辆我叫不上名字但是绝对价格不菲的车子开了过来，司机娴熟地把车子停好，殷勤地去开车门。

从车上下来两个女人，打头的那一个有着令人炫目的美貌，她的脸上张扬着与生俱来的自信与骄傲，仿佛这个世界上除了她，任何生命如同草芥，不值得她多看一眼。

而当我们看到后面的那个女人时，我敢打赌，我和赵北北的口绝对可以塞进一只鹅蛋。

"多多，"赵北北抓住我的胳膊，"你掐我一下，告诉我这不是梦。"

"这也是我想对你说的话。"我非常没有形象地猛吞一口口水，管它呢，这个时候谁还有闲心注意自己的形象啊。

当初赵北北放着好好的"项顶"少东家不做，跑到"梦乐迪"鬼混就已经够让我震惊的了，可是和现在比起来，那时候的震惊简直就不值得一提。

"梦乐迪"的金字招牌，我亲爱的五姐，此刻穿着笔挺的职业装，画着精致的妆容，和所有在写字楼里工作的金领一族一样，让人羡慕嫉妒恨得要发狂。

"五……五姐?"我还是不敢肯定，面前这个女人会是那个风情万种的五姐。

"多多? 北北? 真的是你们?"

显然，我和赵北北都没有认错，这就是我们的五姐。

五姐跑过来，给了我一个大大的熊抱："多儿，你可让我想死了，你这个没良心的，怎么突然就这么出现了呢，幸亏我没有心脏病，要不然准被你害死。"

"姐，他们是你的朋友?"那个趾高气昂如同孔雀一样的女人走过来，用不是很善意的口气问道。

凭什么啊，姑奶奶我可没欠你钱，在我面前得瑟什么! 换作是别人，我早就反唇相讥了，不过看在她管五姐叫姐，并且我心情不错的分上，暂时饶过她。

"丰盛"千金

大大的落地窗，出自意大利名家的手工办公桌和沙发（当然，我之所以认识这个是因为赵南南的办公室有一模一样的一套），整个房间收拾得一尘不染。

"五姐，你是在和我们开玩笑啊？你把我们领到这里来做什么？这是谁的办公室啊？你就敢随便进来，你不要命了？"赵北北又和五姐贫上了。

"去你的赵北北。这么久不见，你还真是一点没变，嘴还是一样的贫，"五姐坐下来，"这当然是你姐姐我的办公室了。"

必须承认，我的人生观彻底被颠覆了。

"喂，五姐，你才不要这么吓人好不好？这是你的办公室？你上坟烧报纸，忽悠鬼呢？"打死我我也不会相信五姐会在这里工作，说不定她和"丰盛"有亲戚，来这里串门呢。

"多儿，我又不是没有和你说过我的家里是有头有脸的？"五姐并不生气，只是笑着问我。

"是啊，你是说过，可是……"我突然想起了什么，"天呐，你不会是，你不会是'丰盛'老总的女儿吧？"

"的确如你所想。"

天呐天呐，这个消息也太难消化了点，怎么五姐玩起无间道比赵北北还出神入化呢，敢情我的身边才是藏龙卧虎，而我就是一只傻傻的土鳖。

"喂，你们被吓到了哦？喂，钱多多赵北北，就算是被吓死了麻烦你们回光返照一下，我还有话要问你们呢？"五姐走到我们近前，用手在我们两个面前来回挥着。

好吧，我醒过来了。

"五姐啊，你真的就是我的救世主啊！"我抓住五姐的手，真想狠狠咬她一口，我亲爱的五姐怎么可以这么可爱呢，既然她是"丰盛"的千金，那我和赵北北想要进"丰盛"还不跟玩似的。

"钱多多你是想谋财害命啊！"五姐用力把手抽出来，义愤填膺地指责我。

钱多多重生记

我讪笑着搓着手，看向五姐的眼神饱含深意。

谁知道赵北北比我还要直接："五姐，这么跟你说吧，我的事情你应该是听说过了，我现在要和多多一起进'丰盛'，你要不要我们吧？"

本来以为是水到渠成瓜熟蒂落的事情，谁知道五姐却有些难为情："这个……"

"怎么，因为我是私生子所以五姐也容不得我了？"赵北北笑着问道。

"赵北北，在你眼里我是这样的人吗？我认识你小子的时候也不知道你就是'项顶'的接班人，不照样对你好？"五姐对赵北北说出这样的话表示不满。

"那，五姐，我们进来有什么困难吗？"我是了解五姐的，她对朋友向来义气，她这样肯定是有不得已的苦衷。

"在你们面前我也没有必要装什么，实话跟你们说了吧，我在'丰盛'就是个花架子。在我离开的这些年，我爸爸早就把'丰盛'一点点交到我妹妹的手里了，就是你们刚才看见的那位，不知道的人以为我在'丰盛'有多么风光，可是事实上，我就是跟在妹妹身后一个打杂的，无权决定任何事情。这样吧，待会我带你们去见她，希望她能录用你们，我会尽力帮你们的。"五姐说这些话的时候满是无奈，如果我没有听错，还有那么一点点愤慨，虽然她掩饰得很好。

原来每个人都是有自己的苦衷的，在外人看来，现在的五姐是多么的令人羡慕，可是心里的苦也就只有她一个人知道吧。一个大集团的千金在那种地方待了那么多年，回到家以后连父母都会低看她一眼的。

谁知道五姐的无奈并不只有这些，五姐继续说道："其实我回来以后爸爸没有带我见过任何人，也没有和任何人说起过我就是多年前离家出走的女儿卓彩，在任何人眼里爸爸就只有卓颜一个女儿，他的大女儿早就不知去向，或者已经客死他乡了。公司里没有人知道我的身份，我也不允许去见任何客户，因为爸爸害怕我会在某一个场合碰到我以前的客人，那么他脸上会没有光，对'丰盛'也会带来消极的影响。现在'丰盛'的员工们对我的身份可是有诸多的猜测，最离谱的就是他们以为我是爸爸包养的情妇。因为在员工们面前，卓颜是不会叫我姐姐的。"

这么悲哀的事情，五姐却只是轻描淡写地叙述出来，没有任何情绪的变化。

可是我能感受到她内心的痛苦，就如同当年她对我讲起她和那个男人的故事时一样。

"五姐……"我实在不知道该如何安慰五姐。

"五姐，我们同是天涯沦落人啊。我明明是爸爸的亲生儿子，却被自己的姐姐逼迫成私生子，你说我们谁比较惨呢？可是就算要回归自己的家门，我还要想办法得到'项顶'百分之十的股份，这不是更可笑？"

赵北北和五姐相视而笑，那笑容慢慢变大，最后他们竟然笑出了声。

可是只有我知道，他们的笑容里包含着什么。

卓颜

"他真的是'项顶'曾经的接班人，现在被逐出家门的赵北北？"卓颜抬起高傲的下巴，像一个法官一样审问着五姐。

五姐在她妹妹面前卑躬屈膝，像个受气的小媳妇，"当然是，我怎会骗你呢。"

"这么说，他们都知道你是谁也知道你的过去？"卓颜用探究的眼神看着我们。

"是的，卓小姐，如您所想，我们什么都知道，可是我们会管好自己的嘴巴，绝对不会多嘴，这个您尽管放心，并且让我进公司对您绝对只有好处没有坏处，您要知道，我的手里可是掌握着'项顶'很多的机密，有我在，您想要打败'项顶'也是易如反掌。我只有一个要求，'丰盛'获得全胜以后，我要惨败的'项顶'。"赵北北笑眯眯地说，一点都不像有求于人的模样。

我只想狠狠剜赵北北一眼，人家都说人在屋檐下不得不低头，这都什么时候了，赵北北怎么还敢这样说话，如果惹恼了这位姑奶奶，我们的计划就不用实行了，毕竟现在能帮到我们的也就只有"丰盛"而已了。

谁知道卓颜却笑了："有点意思，我最喜欢有骨气的男人。如果你唯唯诺诺委曲求全我还不一定答应呢。不过，你凭什么和我谈条件呢，就算是惨败后的'项顶'也是瘦死的骆驼比马大，我为什么要把它交到你的手里呢？这岂不是放虎归山后患无穷吗？在你看来，我卓颜是这样笨的人吗？"

"卓小姐，有一件事情希望你可以明白，我现在并不是在求你，我们只是在做一场交易，我可以打赌，没有我的帮助，你是无论如何也没有办法撼动'项

顶'的，你们'丰盛'只能委委屈屈地居于'项顶'之后，做一辈子的老二。您敢不敢和我赌？可是如果我们达成这场交易就完全不一样了，我接手'项顶'以后绝对不会与您为敌，我甚至愿意退出电子产业另谋出路，一句话，我只要'项顶'，至于它将来要靠什么发展我是不在乎的。"赵北北看似信心满满，可是我还是看出了他的忐忑，他紧张的时候总是习惯把两只手对在一起。

"可是这是为什么呢？赵北北，你是一个私生子不是吗？就算你接手了'项顶'又怎么说服那些股东们呢？"卓颜的胃口似乎完全被赵北北吊了起来，饶有兴趣地问。

"这个就不劳您费心，您只要告诉我，您到底接不接受这场交易。"

"这样大的事情我总是要考虑一下的，你留下一个电话，作好决定我会通知你的。"看得出来，卓颜虽然高傲，可还是个很谨慎的人，有这样一个合作伙伴实在不是一件值得庆幸的事情。

出了卓颜的办公室，五姐目光闪烁满怀心事。

我以为她是在为没有帮上我们的忙感到内疚："五姐，没有关系，现在看来还是大有希望的。"

"北北，与其选择与卓颜合作，不如我们来合作如何？"五姐突然说，双眼迸发出兴奋的光。

五姐这不是在痴人说梦吗，她自己都说了，在"丰盛"她是没有实权的，那么我们怎么和她合作！

"五姐，不是我小看你，你倒是说说我们的合作要如何进行呢？"赵北北也是满腹狐疑。

"我不要你帮我打败'项顶'，我要你帮我得到'丰盛'的实权，到时候我会收购'项顶'百分之十的股份送给你，这样你得到的还是完整的'项顶'，这样对你更好不是吗？"五姐越说越兴奋，她甚至抓住了赵北北的肩膀。

五姐要得到"丰盛"的实权，她要把她自己的亲妹妹踩在脚下，这样子的五姐和赵南南又有什么区别？我突然觉得五姐已经变成了一个我不认识的人，一个恐怖的心里只有欲望的人，这样子的五姐我实在喜欢不起来。

"五姐，我们不知道你在说什么，我相信你也不知道自己在说什么，你肯定是头脑不清醒才会说出这样的话。我们先走了，你自己冷静一下。"我牵起赵北北的手抬腿就走。

"等一下，多儿，我很清楚自己在讲什么，我可以为自己的话负责。北北，你这么聪明，应该知道和谁合作对你是最有利的不是吗？"五姐急切地追问。

赵北北停住脚步，我知道五姐这么丰厚的条件成功地将他诱惑了，现在他太需要成功，不伤"项顶"丝毫的元气当然是他求之不得的事情。

"赵北北，你难道希望五姐成为第二个赵南南吗？"

我的话让赵北北有些迟疑。

"不，我和赵南南不一样，我要得到'丰盛'是因为它本来就不应该只是属于卓颜一个人的，我也是爸爸的亲生女儿，凭什么就要这样委曲求全地活着。只有成为'丰盛'的掌权人，我才有可能应对一切流言蜚语，重新过我自己的生活。我是好不容易才作出回家的决定，可是我回家不是要这样活着的。北北，多儿，我们这么多年的感情，难道你们就不愿意帮我一把吗？"

"五姐，卓颜可是你的亲妹妹啊，你怎么可以……"

"多儿，我之所以这么做就一定有非做不可的理由，你相信我行吗？"五姐几乎是在求我。

这让我没有办法再说出拒绝的话，认识她这么多年，她还从来没求过我呢。

"五姐，我答应你，"赵北北还是作出了这样的决定，"可是我的时间并不充裕，你真有信心在短时间内扳倒卓颜吗？"

无间道

卓颜毕竟是很想打败"项顶"的，所以第二天我们就接到了她的电话，让我们到"丰盛"报到。

赵北北答应五姐，和她的交易一定会神不知鬼不觉地进行，绝对不会让卓颜察觉出来，表面上还是要装作和卓颜积极合作的样子。

这是第一次，我的眼前活灵活现地上演这么一出无间道，而我自己也身不由己地陷入其中，我不可能不帮助赵北北，他的事情就是我的事情。

赵北北被卓颜分配到营销部做了总监，一个让无数人垂涎三尺的职位，看来卓颜还真是挺重视赵北北的。而我则被分配在五姐的身边做了助理。换句话说，卓颜根本就不愿让我同赵北北一起进入"丰盛"，毕竟我对她不会有什么

帮助,所以她干脆把我扔到一边,和五姐一样做个花瓶,那么大的集团并不在乎再多养一个吃闲饭的。

赵北北表面上果然勤勤恳恳为卓颜工作起来。自他进入营销部,"丰盛"的业绩增长迅猛,他也越来越受卓颜的重视,甚至卓颜还带他参加过一次商业聚会,赵北北回来告诉我说,当赵南南看见他时,那表情就像是大白天见到了鬼。说这些的时候赵北北的脸上有着扬眉吐气后的开心。

可是奇怪的是,五姐却迟迟没有行动,就好像完全忘记了她和赵北北还有一场秘密的交易。

我每天和五姐在一起百无聊赖地工作,终于知道没有用武之地的悲哀,那种不被人需要的感觉还真是让人抓狂啊,难怪五姐要掌握实权,这样一想似乎就找到了理解五姐的理由。

每当我提醒五姐那场交易时,五姐总是神秘一笑说道:"时机还未成熟,我都不着急你急什么?"

这辈子我只拿两个人没辙,一个是赵北北,一个就是五姐。

赵北北现在总是和卓颜出双入对,公司里渐渐有了他们的流言,而这流言终于渐渐传到了我的耳朵里。他们看上去的确般配,郎才女貌的。真是奇怪,我好像觉得除了我自己以外,任何女人站在赵北北的身边看上去都很般配。

当这流言越来越密集的时候,我终于慌了。

卓颜是那样优秀的一个女人,长得漂亮不说,家世背景又好,这样的女人应该是所有男人都难以拒绝的诱惑,就像一只香喷喷的烤鸭在诱惑着饥饿的流浪汉一样。赵北北的身边是需要这样一个女人的。

我开始在赵北北面前无理取闹,希望他可以多放点注意力在我身上。我催促他多腾出时间陪我,我赖着他陪我逛街吃饭,我的这种不安全感并不被赵北北理解,他只认为我是不可理喻。

终于我们之间有了第一次激烈的争吵。

当时我们刚吃完饭正准备去看一场电影,赵北北就接到了卓颜的电话,说是要带他去参加一个重要的饭局。

当时也不知道是什么心理在作祟,我缠着赵北北不让他去。

刚开始时赵北北还是很有耐心的,他苦口婆心地劝了我好久,结果我就是不为所动,刁蛮任性得连我自己都诧异。

赵北北终于发飙了,他从来都没有那样大声对我说过话:"钱多多,你到底想做什么？你明明知道我越是得到卓颜的重视才越有可能让妈妈尽早看到我夺回'项项'，也好早日让你过上好的生活，你为什么还要这么无理取闹？卓颜说了，这个饭局很重要，是'丰盛'的一个大客户，你知道我不去会有什么后果吗？"

我心里本来就委屈得要命，赵北北这样一说我就更受不了了，我索性抛弃所有的理智，将无理取闹进行到底："卓颜，卓颜，你满口都是卓颜！我不知道，我什么都不知道！我只知道你赵北北是我钱多多的男朋友，不是她卓颜的，凭什么任由她随喊随到？赵北北，今天只要你离开我半步，那么你就永远别想再见到我，我说话算数！"赵北北不舍得离开我，这是我唯一的筹码。

"钱多多，你太让我失望了，你怎么变成了今天这个样子？如果知道你是这样一个无理取闹的女人，我当初又何苦为了你做那么多！"赵北北痛心疾首的样子真的让人觉得他是后悔的。

"好啊，终于把你的心里话说出来了。你早就后悔了不是吗？我钱多多是什么货色，哪能配得上你赵北北？卓颜多好，她才是你的好帮手，你们才是天造地设的一对，是我不懂得察言观色不懂得看人眉眼高低，我早就该退出成全你们的！"

"这和卓颜有什么关系，明明是你自己无理取闹！算了，我不想和你多说，你现在已经没有理智了，什么都听不进去的，你自己回住的地方去，我要走了。"

赵北北就这样扔下我一个人走了，把我丢在大街上，像是扔掉一个破烂的布偶。

从来都不愿意在人前流泪的钱多多在熙熙攘攘的大街上哭得一把鼻涕一把泪，事后我都觉得丢死人，奇怪当时自己怎么没有找个下水道钻进去。

我当然不会自己回家，想来想去我只有找五姐。五姐向来是我的灵丹妙药，她总是有办法让我缓过神来。

五姐赶过来的时候我正蹲在路边擤鼻涕，看五姐那样子巴不得自己不认识我。

听完我的控诉，我以为五姐会和我一起把赵北北骂个狗血喷头的，谁知道她倒像是松了一口气似的笑道："多多，我苦苦等待的时机果然来到了，赵北北这小子还真有两下子。"

我用一双哭得通红的眼睛看着五姐，觉得五姐嘴里说的简直就是外星语言。

荒谬的交易

赵北北在五姐的怂恿下扭扭捏捏地和我道歉，我是有自知之明的，这次吵架最主要的原因在我，是我可笑的嫉妒心作祟，所以这事也就算翻篇了。

五姐把我和赵北北聚到一起，神神秘秘装模作样地看了赵北北许久，直到赵北北一声不吭要牵着我走她才说："你看你们怎么这么一点耐心都没有呢，我只是想烘托一下气氛。北北，说句正经的，你觉得卓颜对你怎么样？"

五姐这句没头没脑的话让赵北北很是心虚，他看了我一眼，说道："五姐，怎么你也不相信我跟着多多起哄啊，我和卓颜之间清清白白的什么都没有啊，我可以冲着太阳发誓的呀。"

五姐伸手打了赵北北一下："你别跟我贫，我不是怀疑你，你对多儿的感情还需要谁怀疑啊，"说完五姐特有深意地看了我一眼，弄得我挺不好意思的，好像我钱多多就是一个小心眼的人，"我只是问你，卓颜对你怎么样？"

赵北北松了一口气："有五姐为我做主我就什么都不怕了，五姐你多开导开导多多，别让她胡思乱想啊。卓颜嘛，说实话对我还真不错，在任何时候都挺照顾我的，所以我越来越觉得有愧于人家，你说我这么帮着你整她是不是很没良心？"

五姐挑起眼眉："怎么？你后悔了？不打算和我合作了？"

"哪有的事，五姐，我赵北北是那样的人吗？我只是和你开玩笑罢了。"赵北北讪笑道。

可是赵北北真的是在同五姐开玩笑吗？我还真不敢确定，赵北北本来就是一个很难让人琢磨透的人，在我以为终于把他看透的时候，他可能又变成了一个不一样的他。

"那好，这样我就放心了。现在我要告诉你扳倒卓颜最简单的方法，不过这件事情还必须要经过多儿的同意才行。"

我总觉得五姐的眼神让我有一种不祥的感觉："五姐，有什么话你就开门见山地说，咱们之间需要这么客气吗？"

"好，那我就说了。北北，我要你假装和卓颜谈一场恋爱。"

"不可以！"

我和赵北北几乎是异口同声。

"瞧你们紧张得，我是说假装。你们知道吧，要毁掉一个人最简单的办法就是让她在感情里迷失自己，让她欲生欲死。我是了解卓颜的，她并不是真的想当一个女强人，只要你让她死心塌地地爱上你，然后你再抛弃她，她就什么都顾不得，公司也就慢慢成为我的了。"

我看着五姐满脸笑容地说出这样的话，就像一只毒蛇吐着信子，这真的还是我认识的那个五姐吗？

赵北北的震惊并不比我少："五姐，卓颜可是你的亲妹妹，你就忍心这么对她？"

"只要可以成功，我为什么不可以那么对她？既然是我的妹妹，我曾经经历过的一切她也应该经历一遍，这样才是我的好妹妹不是吗？"五姐嘲讽地笑道。

"五姐，你太可怕了，我不知道你怎么变成了这个样子。可是我可以负责任地告诉你，我和赵北北都不会答应你做这种事情。如果你真的要和我们合作，那就只有想别的办法，否则我们就只好食言了。"这样荒谬的交易我是说什么都不会答应的。

"北北，你也这么想？"五姐把最后的希望放在了赵北北的身上。

赵北北看了我一眼，重重地点点头。

五姐颓然一笑："我以为你们是把我当朋友的，可是我好像错了，你们都不想帮我，我只有一辈子这样窝窝囊囊地活着，连一点自尊都不能有，你们可真是我的好朋友。"

此时的五姐好像又有那么一点可怜，我只好安抚她："五姐，不是我们不帮你，只是你这样太为难我们了。虽然我们不是什么大善人，可是我们也知道那样做不妥。真的，我们可以另想别的办法，总会有办法的。"

"不会有别的办法！"五姐突然歇斯底里地大喊，"你们根本就不了解卓颜，除了爱情，没有什么可以对付得了她。从她第一眼见到北北的时候我就知道她会喜欢北北的，所以我才用尽功夫让她把赵北北留在身边，可是你们不答应，我的努力就白费了。我那么多年的苦就白吃了！"

我的脑海里只有一个想法，五姐疯了，她完全疯了。

我不知道该不该怪她，但是我什么都不想计较了，我只想和赵北北马上离

钱多多重生记

开。

"五姐，你自己冷静一下吧，我们走了。"

五姐开始呜咽，那声音让人听了实在心疼，更何况这么多年，我一直把五姐当作我最好的朋友，但是我还是硬下心肠，和赵北北离开了。那样的交易绝对不可以做，绝对不可以。

人算不如天算

谁知道赵妈妈的病突然就恶化了。她躺在病床上，病恹恹的，一点生气也没有。她伸出骨瘦如柴的手紧紧抓住赵北北："北北，妈妈可能看不到你成功的那一天了。"

赵北北顿时泪如雨下："妈，你别这么说，你一定可以看到，一定可以的。"

医院的走廊里，赵北北把头深深埋在双腿之间，一句话也不肯说。

医生的话犹在耳边，赵北北的妈妈可能只有三个月时间了，区区三个月而已。

我站在一侧，心里真的不是滋味。答应五姐的条件赵北北就可以以最快的速度得到"项顶"，可是⋯⋯

我的心一揪一揪地疼，真想走过去安慰他几句，可是我能说什么？失去至亲的痛苦我不是没有尝到过，我知道就算是被千刀万剐也不会比那个更痛。

"北北，北北⋯⋯"

"嗯？"赵北北嗓音沙哑地应一句。

"要不我们答应五姐吧，如果看不到你成功，你妈是不会安心的，就当是为了让她安心，成吗？"

谁会知道我说出这样的话需要多大的勇气，我不是不知道自己把赵北北推给了一个怎样厉害的角色，说不定赵北北会真的爱上卓颜，那时候我可真就成了天底下最蠢的人，我凭什么以为赵北北到了那样一个人的身边还会记挂着我？

赵北北突然抬起头，眼神里迸发着光芒："多多，你真的愿意我这么做？"

看到赵北北的模样我就知道，他的心里已经策划了半天，只是怕我不同意才没有说出来而已，他肯为了我这样，我也该知足了。

"嗯，我愿意。"就算这句话是违心的，我说得还是特别真诚，如果错过了这一次机会，赵北北的妈妈带着遗憾走了，没准赵北北会记恨我一辈子。

我发现五姐总是有未卜先知的能耐，她似乎早早就想到我和赵北北会答应她，所以见我们两个这么快改变主意并不惊讶："北北，在做这个之前我能向你要一个承诺吗？"

赵北北说当然。

五姐深深地看了我一眼："就算你真的觉得卓颜比多儿好，也不要抛弃多儿，成吗？"

五姐这一句话就把我苦苦忍了许久的眼泪勾了出来，真是可恨，我忍了那么久，为什么不让我继续装下去？

"五姐，这么多年了，我对多多的感情你还不清楚吗？以往出现在我面前的女人不是没有比卓颜好的，我不照样对多多死心塌地？我是为了什么演这一场戏，你不明白吗？"显然，这样子的质疑让赵北北挺伤心的，他转过头来看着我继续说："多多，难道你也不相信我？"

我特傻地抹了一把眼泪："我信你，我信你。"

"北北，我这不是不信你，我只是……好吧，是我多想了。接下来就不要有任何犹豫，开始我们的计划吧。我这个妹妹我是最了解不过的，轻易得手的东西她是不会珍惜的，所以多儿，还得麻烦你在这场戏中客串一个角色。"五姐的笑带着歉意。

有什么关系，那又有什么关系，我才不会在乎："五姐，你的意思我懂，我就是要死皮赖脸地缠着赵北北不撒手，让卓颜费上些功夫。"

"多儿，看来你那趟国没白出，越来越聪明了，我就是这个意思。北北，你也是，你也不要轻易让卓颜得手，懂吗？"

"五姐，我懂。可是我的时间不多，只有三个月，你有信心兑现对我的承诺吗？"

"三个月？"五姐低头沉思一会，"没问题。我进'丰盛'这一年多可不是白来的，只要你能把卓颜给我缠住，我就有信心顺利拿下公司。"

原来五姐并不是心血来潮，她早就撒好了网，只要找到合适的诱饵，而我和赵北北恰逢其时地出现了。原来五姐是这样一个心机深沉的人。

"你们都应该知道，卓颜是个聪明人，要骗她不是那么容易的，所以这戏一

定要演得像，露出了马脚我们都得吃不了兜着走。这你们得牢牢记住，多儿，尤其是你，到时候不能沉不住气，只要你告诉自己，一切都是假的就好了。"

我像个新兵蛋子听取教官的教诲，连连点头。

这场交易就算是达成了。

可是我的心里还是有疑问："五姐，能告诉我你为什么要这么做吗？"

五姐显然没有想到我会这么问，愣了半晌才说："多儿，在你心目中我是一个为了功利不择手段的人吗？"

我把头摇得像拨浪鼓："如果我那样认为我就不会这么问你了。"

就算人都会变，我还是不愿意相信五姐会成为这样一个可怕的人，我的心里总是在想，五姐说得对，她一定有不得已的苦衷，只是这苦衷到底是什么，我很好奇。

"这就成了。现在什么都不要问，我也什么都不会说，但是总有一天你们会明白一切。"五姐站起来眺望窗外，像是在思考什么。

我知道，那一定又是一段悲凉的故事，甚至五姐和卓颜之间一定有着比赵北北和赵南南还要深的恩怨。

好戏上演

我可以负责任地说，如果进入演艺圈，赵北北一定是最敬业的演员。

为了把这场戏演得逼真，众目睽睽之下，我和赵北北在公司门口狠狠地吵了一架，反正就是把芝麻大小的事情放大到有西瓜那么大，这点本事我还是有的。我撕扯着赵北北，和大街上的泼妇没有任何两样，而且还哭得一把鼻涕一把泪的。

当然，这一切好巧不巧地全都落入五姐和卓颜的眼中，五姐暗暗冲我竖起大拇指，可是我却一点都没觉得有什么可得意的。

赵北北撂下一句"不可理喻"就急匆匆走进公司，不想再引起任何人的围观。

今天的情况和我们真正吵架的那天多么相似，想到这里，我哭得就更痛了。

经过我身边的时候，卓颜特鄙夷地看了我一眼，就像是在整洁的大街上突然看到一堆垃圾："钱多多，来我办公室一下，我有话对你说。"

要不人们都说"同性相斥，异性相吸"呢，这架明明是我和赵北北一起吵的，凭什么就只骂我一个人？

从卓颜的办公室出来，我愤愤不平地想，同时也坚定了五姐的猜测，卓颜是喜欢赵北北的，她的话还一遍遍在我耳边响起，不厌其烦地像是上了弦的闹钟，如果没有人管，它会隔一段时间就响一次："赵北北说什么也不像是喜欢你这样一个女人的样子啊，是不是你死皮赖脸缠着他让他不好意思和你分手啊？钱多多，如果真的是这样的话，那你这么做可就真的太没意思了，会让人看不起的。"

我呸，赵北北怎么就不应该喜欢我这样的女人？难道只有你那样的女人才是适合他的？看这情形，卓颜就差对我说"钱多多你快离开赵北北给我腾地吧"。

我刚一进办公室五姐就屁颠屁颠地跟在我屁股后面问我怎么样。

"这个你应该用脚趾头都能想出来吧？在公司门口做出这么有损公司形象的事情，我还有什么好果子吃吗？我说五姐，我和赵北北吵个架而已，有必要整得这么轰轰烈烈的吗？"

五姐扶住下巴装出一副深沉的模样，说实话她现在就是不装也已经够深沉的了："我要的就是这种地动山摇的效果，我要让全公司的人都知道，公司里最帅最有魅力的男人，营销部的总监赵北北和他的女朋友感情出现裂痕。你知道吧，这个爆炸性的新闻会吸引一大批的幺蛾子在赵北北面前飞来飞去，那么卓颜的情敌可不仅仅就是你一个人了。你说这样的情况是不是更能激发她的斗志，让她更珍惜赵北北呢？"

我得承认，五姐的话很有道理。

本以为这样就演得够像的了，五姐也对这效果很是满意。可是赵北北却觉得不够，他说不如趁这个机会直接搬出去，让卓颜知道他是铁了心要和我分手的。

我知道赵北北之所以这样做是为了多争取宝贵的时间，毕竟医院里他奄奄一息的妈妈已经没多少时间了。

可是我还是觉得难受，走到这一步已经是覆水难收，我要后悔也已经晚了，我不觉得此时此刻我还能阻止赵北北做这件事情。

　　我什么话都没说，沉默地为赵北北收拾行李，把他的衣服一件件叠好，告诉自己不必难受，可是眼泪还是不争气地流了出来，谁能保证赵北北还真的能回到我身边？

　　赵北北察觉到我在哭，他走过来抱住了我："多多，你要相信我。我的心永远都在你这里。"

　　赵北北温暖的拥抱彻底摧毁了我的防线，我干脆躲在他的怀里嚎啕大哭，差点把五脏六腑都给哭出来。

　　赵北北啊赵北北，你可知道，我不是不相信你，而是不相信我自己。我不相信我在你离开我到卓颜身边后还可以笃定地以为你会回来我身边，我根本就没有那种自信。不管现在的我外表多么光鲜亮丽，我都不可能忘记自己有着怎样的过去，我就是一个从风尘里走出来的女人，永远都要低人一等。一只鸡披上再美丽的羽毛也不会成为凤凰，这个道理我是懂的。像我这样的女人，本就不该奢望爱情。

　　赵北北走了，房子一下子变得空荡荡的。我记得以前自己还觉得这房子有点小，可是现在，我多么希望它可以再小一点，再小一点。

　　我把自己扔进偌大的双人床上，翻来覆去的睡不着，我鄙视失眠的自己，就像鄙视大街上四肢健全却非要出来乞讨的乞丐。

　　好不容易睡着，却是噩梦连连。梦里，赵北北亲热地搂着卓颜的肩膀，冲着我哈哈大笑，"钱多多啊钱多多，你还真是个蠢女人。"

　　卓颜也笑，笑得媚态横生："北北可不要这么说，我还得多谢她的成全呢。"

　　我从梦里惊醒过来，出了一身的冷汗。

　　我拍着胸脯安慰自己，梦都是相反的，这都是假的，是假的。说着说着，我又忍不住哭起来，这样的自己，还真是够讨厌的。

假作真时真亦假

　　当然，我不会只顾着伤春悲秋就忘记了五姐交代过的事情：扮演好属于自己的角色。

说到底不就是让我演一贴被人甩来甩去都甩不掉的狗皮膏药吗？我钱多多是什么出身，这点小事怎么可能难得到我？

五姐预料的没有错，在赵北北甩掉我这一新闻以光的速度在全公司传播开来的时候，那些以往保持着矜持的莺莺燕燕们终于耐不住性子，肆无忌惮地对着赵北北献起殷勤。

而我就如同一只见缝就钻的苍蝇，无时无刻不在骚扰着赵北北，呼天抢地地求他回心转意。多么疯狂的事情我都做得出来，比如在上班的路上对他围追堵截，比如跟踪他，甚至时不时还在他的楼下窝上一晚，忍受蚊虫的叮咬。诸如此类，数不胜数。

这一切当然也传到了所有人的耳朵里。

我也如愿以偿地获得了全公司所有人的不屑和鄙视，尤其是卓颜。

我想在卓颜的心目中我已经不单单是一堆垃圾那么简单了，我已经升级为垃圾堆里更为让人作呕的来回爬动的蛆虫。

如果不是五姐竭力保我，卓颜早就把我赶出"丰盛"了。

当所有的流言蜚语向我展开最猛烈的攻击的时候，我用余光扫视赵北北，一开始我可以从他的眼里看到疼惜，可是渐渐地，我惊讶地发现，他眼里的疼惜不再，慢慢转变成了厌恶。

是因为他演技太好，还是因为他入戏太深已然假戏真做？

这个问题我不敢往深了去想，想来想去我可能真的就疯了。我很好地把这种担忧隐藏起来，甚至连五姐都发觉不了。

转眼间，三个月的时间已经过去一半，赵北北和卓颜也越走越近。

直到有一天，他们在所有人惊讶的目光里手牵着手走进了公司。

我的任务终于完成了，随之而来的不是心痛也不是担忧，而是刻骨铭心的疲惫。

五姐以为我是在担心什么："多儿，别忘了我告诉你的。你只要告诉自己，这是假的，这一切都是假的。你再忍上一个多月，到那个时候，这一切都会结束的。赵北北他还是你的赵北北，而'丰盛'却是我的了。"

"五姐，你真的就这么有信心？"我不明白五姐的自信从何而来，她凭什么以为卓颜真的就会因为赵北北而放松对公司的管理让她有机可乘。

现在想来，五姐的计划本来就是破绽百出，而我和赵北北怎么就选择和五姐执行这样一个计划？

"多儿，这个你不用担心。我和你说过的，卓颜根本就不是那种事业心很强的女人，一旦她被感情冲昏了头脑，就什么都顾不得了。你应该可以看到我的努力，我专门请了最好的企管老师给我讲课，尤其是最近我为公司拿下来几个大的订单，爸爸妈妈对我已经有所改观了。而卓颜做了什么？她只顾着和赵北北恩恩爱爱了！就算我那不光彩的过去被人翻出来又能怎么样？经历了那么多，还有什么打击是我所不能承受的？我只知道，只要有实力，根本就不用害怕什么。与其被别人推上风口浪尖，倒不如我自己和盘托出，争取主动权。我最近正在和我爸爸商讨这件事情。只要时机成熟，我就会召开记者招待会。就算是被人指着鼻子骂也无所谓，反正都会过去的。"五姐运筹帷幄，那神情就好像在告诉我说，即便前面是刀山火海她也毫不惧怕。

这样的勇气，我学不来。虽然在外表看来，我和五姐一样，属于那种天塌下来都不会在乎的人，可事实上，我并不是这样的。我只是在残酷的生活中学会了伪装，就像是一只兔子偏偏要穿上带刺的皮袄装成刺猬，在那些刺刺痛别人的时候，我同样痛不欲生，因为从上小学的时候我们就知道，力的作用是相互的。

对于这场戏，赵北北表演得入了迷，乐此不疲。他根本不会露出哪怕一丁点的马脚，他对待我就像对待一个真正的过期女友一模一样。

没有电话，没有短信，没有问候，甚至，连一个眼神的交流都没有。

这样我还骗自己是假的吗？和真正的失恋比起来，也没觉得好受到哪里去。这种感觉就像是有一条细细的绳子拴在你的身上，而你面前是万丈深渊。如果没有那条绳子倒还罢了，大不了两眼一闭跳下去，不就是个死嘛。可关键是，你还有那么一丁点的希望活下去，可是你又不确定这希望是不是靠得住。

就是这么别扭！就是这么难受！

看不懂，猜不透

集团千金的生日会总是那么受人瞩目，举行一个盛大的派对，邀请些有头有脸的人物来参加是不可避免的。与其说是生日派对，倒不如说是商业交流论坛或者干脆就是一场相亲大会。

对了，今天就是卓颜的生日，而赵北北就是这场宴会上独一无二的男主角。

本来我是不打算参加的，我不想看到赵北北和卓颜恩恩爱爱甜甜蜜蜜幸福得要死的模样。可是五姐不肯放过我，从这方面来说，五姐就是我最大的冤家。她从来不会给我机会去当一只缩头乌龟，虽然人们都笑话乌龟，可是我总觉得做一只乌龟也没什么不好。

我懒得把自己打扮得姹紫嫣红像一支行走的花瓶，如果没有人挡在门口客客气气地告诉你，穿着牛仔裤不准入内，没准我还真就穿着牛仔裤来了。五姐看到我的时候只说了一句话："多儿，看到你我才知道，原来真的有金融危机啊。"

你们可以想象我的扮相有多糟糕吗？

我才不会在乎这个，毕竟，无论从哪方面看，这场宴会和我都没什么太大的关系。之所以不能说和我没有半毛钱的关系，只是因为，赵北北——今天的男主角，是我的前任男朋友。

在别人看来，我来参加这宴会无疑是自取其辱。

不过话说回来，这种自取其辱的事情我干得好像还蛮多的。

赵北北西装革履，还真够人模狗样的，只要他走过去，总有此起彼伏的议论声。

"哇，这男的好帅啊，他是谁啊？"

"他是谁你都不知道？你是外星来的啊？他就是卓颜的男朋友。"

"他还有一个别的身份哦，我猜你们谁都不知道。"

"拜托，谁不知道他是'项项'曾经的接班人啊，后来因为查出是私生子所以才被驱逐出家门的。消失了那么长时间之后，不但突然又跑到了'丰盛'，还俘获了'丰盛'千金的心，这个赵北北可是很不简单呐。"

……

这样的议论每隔一段时间都会在我耳边响起，听得我耳朵都生出了厚厚的老茧。

为了躲避这些蜚短流长，我一个人躲在角落里闷头大吃，那吃相应该很唬人，因为经过我身边的每一个人都用特别奇怪的眼神看我，怎么说呢，就好像在人才济济的地方看到了一个白痴。对，就是那种眼神。

切，我才不会在乎这些。

"怎么了钱多多，你这是化悲愤为食欲吗？你就是把自己撑死了，赵北北也是不可能再回到你身边的。记住，他现在是我的。"

我这个人存在于这个世界上最主要的意义就是给我身边的人带去自信，方可是这样，卓颜也是这样。

我一个素面朝天的柴火妞站在光鲜亮丽的卓颜的身边，这差距估计瞎子都能感觉得到。

我懒得看卓颜盛气凌人的模样，继续心无旁骛地吃我的美味。

"你不要和我赌气，我不是插入你们感情的第三者。我和赵北北在一起的时候你们就已经分手了不是吗？明明是自己没有能力拴住男人的心，仇视别人有什么用？真是幼稚的人，怪不得会和卓彩成为朋友，果然是物以类聚，人以群分啊。"

这个卓颜！我实在是忍无可忍了！抨击我也就算了，怎么还把五姐给扯出来了？我放下手中的刀叉，以免别人对我有所误会："卓颜，你是在挑战我的极限吗？就算我在'丰盛'工作，就算你是我的上司，你以为我就会如此容忍你吗？五姐她是你的亲姐姐，你有必要对她夹枪带棒的吗？难怪她……"糟糕，幸亏我及时刹车才没有造成不可挽回的错误，要不然五姐和赵北北会恨不得把我千刀万剐的。果然是祸从口出。

"难怪她怎么样？难怪她当年要离家出走？真是可笑！难道你以为是我逼她做出那种败坏门风的事情来的吗？是我让她没脸在家待下去的吗？那一切都是她自己造成的，和任何人都没有关系。她没有资格指责我，而钱多多你，就更加没有资格。你都泥菩萨过江自身难保了，还有闲情逸致管别人的闲事，你们的友谊真是深厚，我感动得不得了呢，呵呵。"卓颜用她那双长着可以直接成为杀人凶器的漂亮的长指甲的手捂住嘴巴，笑得那叫一个花枝乱颤。

"你这叫做贼心虚呢还是欲盖弥彰呢？我并没有过问你五姐当年离家出走的事情啊，你为什么要给我解释这么多呢？"我敢打赌，五姐当年要离家出走一定还有内幕，而且和卓颜息息相关。

虽然及时用笑容掩饰，可我还是看到卓颜有一瞬间的不自在。"算了，今天可是我的生日，我没有时间和精力浪费在你的身上。因为你在我的眼里，只是一个可怜的失败者。"卓颜转身就要走。

当时我也不知道是哪根筋不对，完全忘记了老师让我们得饶人处且饶人的谆谆教诲："是怕再和我谈下去会露出什么马脚吗？卓颜，你这样的表现还真是让我浮想联翩呐。当初你姐姐真的只是因为没有办法面对家里才要离家出走的吗？还是她的身上发生了什么让她非走不可的事情呢？"

"钱多多，你这个人真是不可理喻！卓彩的身上发生了什么她会不清楚吗？你嫉妒我是可以理解的，可是你这么千方百计地往我身上泼脏水还真是令我费解。"

"这有什么可费解的，小颜，钱多多她就是一个这么不可理喻的人啊，要不然我怎么会和她分手呢？"

赵北北的脸上带着我最熟悉的笑容，那笑容几乎可以让冰雪消融，只要他给我露出一个那样的笑容，我就可以赴汤蹈火。

可是此刻，从他的嘴里蹦出的每一个字，都像一把刀狠狠插进我的心脏，插进去了还不算，还要在里面搅和一下，直到看见我心脏的碎片被带出来才肯罢休。

赵北北，难道你不知道，就算是在演戏，听到这样的话从你的嘴里说出来，我还是会很伤心的吗？

暗渡陈仓

最近一段时间五姐特别兴奋，总是眉开眼笑就好像吃了喜鹊屎一样，好心情掩都掩不住。我知道，现在除了工作上的事情，已经没有什么可以让她这么开心了。以前的五姐就不这样，我偶尔下厨为她做顿饭就能把她乐得跟什么似的。

我果然没有猜错，五姐终于还是觉得光她一个人高兴不过瘾，于是把她的喜悦同我分享。看到她兴高采烈的模样，我实在不好意思告诉她其实我对这些并不感兴趣。我感兴趣的只是，她什么时候可以大功告成，赵北北还能不能回来我身边。

从五姐极度亢奋的表述下我终于了解到，原来最近五姐喜事连连，真是人逢喜事精神爽。她不但为公司拿下了几个大单子，她的爸爸也终于公开承认了她，并允许她接见重要的客户。这一点对五姐来说尤其重要，这就是说，五姐终于可以抬头挺胸做她的"丰盛"集团的大千金了。虽然她比任何人都明白，当这层迷雾被揭开她将要面临的是什么。

五姐就是一只被拔光了毛的孔雀，一不小心混在了鸡群里。但是突然有那么一天，她就不甘心了，想要重新做一只骄傲的孔雀。可是那要怎么办呢？因为在鸡群里混了太久，她那一身华丽的羽毛不幸遗失了，再也找不回来。于是聪明的她把目光投向了另一只孔雀，她的妹妹卓颜。只要她可以拔下卓颜的羽毛做成美丽的衣服披在自己的身上，那么她就可以得偿所愿了，就像以前一样。只是她现在要做的是如何在神不知鬼不觉的时候拔光卓颜身上的羽毛，等到卓颜发现已经晚了，她以为永远都属于她的羽毛已经不再属于她。显然，赵北北就是五姐找来麻醉卓颜的麻醉剂。现在看来，这麻醉剂好用得很。卓颜正在不痛不痒中失去她最珍视的东西。

我为自己能有这么深刻的思想感到自豪。

这场拔毛的游戏看上去好像还蛮有意思的，如果不牵扯到我和赵北北，我想我会做一个称职的观众，兴高采烈地欣赏这场游戏，或许还会提出一点建设性的建议呢。可是现在不好意思，这场游戏我连看都不想再看一眼。

听说我要辞职卓颜挺惊讶的："怎么，钱多多，你终于对赵北北死心了？其实你也没必要辞职，我不会在意的。"

我真恨不得自己此刻变成一只厉鬼，把手无限伸长，一把掐住卓颜粉嫩的脖颈。不过我还是很有素质地选择不与她这种得了便宜还卖乖的人计较，我的脸上还带着得体的笑容："对不起卓经理，因为看多了某些人甜到令人发指的大秀恩爱，我感觉再留在这公司自己可能会得视力障碍，所以不好意思，我想我得离开。"

"你……"卓颜攥紧拳头刚要发怒，突然想到我并没有指名带姓地说我嘴里的某人是指她，所以最终没有发作，"好吧，既然你都决定了，那我也就不多说什么了。只是不要和我失去联系啊，我和北北结婚的时候还希望你能来喝喜酒呢。"

喝，喝，喝，我喝你个大头鬼！

五姐对于我辞职没有对她提起这件事感到很气愤："多儿，在你眼里我还是不是你的朋友？我们的关系还像不像以前那样？"

我有点心虚地低下头："五姐，你说的是什么话呀。"

"中国话，我打赌你听得懂。多儿，我知道自从我告诉你我的计划之后你对我就有了很深的成见，再加上我把你和赵北北都拉进了这场荒谬的游戏中，你对我的芥蒂就更深了。可是多儿，我对你的心没有变啊，这件事情对你和赵北北来说都不一定是件坏事。赵北北夺回'项顶'之后你就是董事长夫人了，多儿，到那时候你会感激我的。我知道你担心的是什么。可是多儿，你和赵北北都多少年感情了呀，还害怕什么，你大可以把这当成是一场感情的考验，看看赵北北他能拿多少分。"五姐扶住我的肩膀，苦口婆心地劝导我。

听到五姐这么说，我突然感到很生气，忍不住反唇相讥道："考验？五姐，你说的还真是轻巧，果然是站着说话不腰疼啊。把你自己放在我的位置上想想看，你会愿意有这场考验吗？我凭什么相信赵北北可以通过这场考验，我的对手可是卓颜，你那了不起的妹妹卓颜！"

"钱多多，你有病是不是？这一切难道都是我造成的吗？我并没有拿把刀架在赵北北的脖子上逼他与我合作啊？再说这是一场交易啊，在商言商，如果不是因为这样，我为什么要帮赵北北？就算是赵北北他真的变了心那也不是我能控制的！"五姐彻底被我激怒了。

就算我的嘴皮子功夫已经超越五姐已经青出于蓝，可是此刻我什么话都说不出了。是的，我很清楚，这件事情根本就怪不到五姐的头上，是我找不到人发泄把五姐当成了替罪羔羊。可是有一件事情我忘记了，那就是，五姐从来都不会做替罪羔羊。

致命一击

当赵北北再次像以前那样站在我的面前倾诉着相思之苦，当我再次被赵北北拥入他温暖的怀抱，我的心里不禁生出一种恍若隔世的感觉。

可是就在我差点沉溺于这幸福当中的时候，过去一段时间赵北北带给我的委屈就像一根尖锐的刺扎进我的心尖，让我一下子醒了过来，硬生生挣脱赵北北（好吧，我必须承认我有那么一点舍不得），"你来找我做什么？你现在不是应该寸步不离地待在卓颜的身边吗？你的时间多宝贵啊，我可耽误不起。"

赵北北一副痛心疾首的模样，甚至还夸张地捂住胸口："多多，你这是在和

我生气吗？我就知道你生气了，要不然也不会突然辞职，你这个样子可是让我很伤心呐，你就忍心看我伤心?"

如果换作是以前，赵北北这几句话就足可以把我哄得服服帖帖。可是现在，本姑娘正恼得要死，他分明就是不长眼往枪口上撞，那也就怪不得我不客气了！"是啊，你猜得没有错，我就是在生气！怎么，不可以吗？还是你觉得我不应该生气？我已经委曲求全到这个地步，难道连生气的资格都没有了吗？赵北北，这场戏我看你演得挺投入啊，估计你都忘记自己的初衷，陷在卓颜的温柔乡里不知归路了吧？在卓颜的生日聚会上，你竟然可以当着她的面那样羞辱我，终于说出了自己的心里话，觉得很爽是不是?"一口气说这么多话，还真有点上气不接下气的感觉。

听完我义愤填膺的指责，我满以为赵北北会为自己辩解，可是他并没有。

赵北北只是定定地看了我好久，直到把我看得心里发毛才紧紧抱住了我，就只是抱住我，一句话都不说。

赵北北这一招以柔克刚使得还真是好，我就这样被他紧紧抱住，心里就是有再大的火也没有办法发作了。只好一下一下用拳头砸赵北北的后背，当然我不舍得用多大的力，然后自己没出息地哭了个一塌糊涂，小丑一样。

"现在气消了没有?"赵北北笑着给我递过纸巾。

我半点形象也没有地擤擤鼻涕："没有，心里还是觉得堵得慌。"

赵北北用手揉揉我的头，就像在对待一只宠物："你呀，五姐早就给你打过预防针了不是吗？难受的时候就告诉自己这一切都是假的就行了嘛。我知道你怪我对你太过分，可是你想过没有，卓颜是多聪明的人，如果我装得不像，能骗过她吗？再忍耐几天，多多，用不了多久，我们就再也不必受这种煎熬了。"

"你说的都是真的？你对卓颜真的都是假的?"我还是有些不信地追问。

"当然了，钱多多，你再这样问我可要生气了。"赵北北板起脸。

"嗯，那我就相信你。"想想也是，好像就是我自己太小心眼了，"那你说的再忍耐几天是什么意思?"

"那个，那个……"赵北北嗫嚅着不说话。

"喂，你怎么又扭捏起来了，有什么话就直接说啊。"赵北北明明知道我这个人最讨厌说话吞吞吐吐，他这样只能说明一个问题，他接下来要说的话真的难以启齿。

"那个，我说了你不准生气，不准多想。"赵北北鼓足了勇气。

第四卷 风雨同舟，携手共行

"好吧好吧，只要你说我就不生气，这样总成了吧？"还真是拿赵北北没办法，这辈子他就打算这样吃定了我。

"我要和卓颜出去旅行，为期一周。"赵北北说完迅速瞟了我一眼，把两只手夹在两腿的缝隙里，充分做好了迎接暴风雨的准备。

可是我却没有生气，虽然心里有些难受，可还是若无其事地耸耸肩，说："是吗？那很好啊。"

"多多，不要用这种语气跟我说话，我拜托你。五姐说了，这一星期尤其重要，她要争取一个很重要的股东，所以我得负责把卓颜引开。一星期之后，木已成舟，五姐会兑现对我们的承诺，那时候我们可就是守得云开见月明了。一星期的时间不算太久吧？"

看来真的是要结束了，五姐马上要完成对卓颜的致命一击，而我和赵北北也就该功成身退。可是真的会这么简单结束吗？一想到这里，还真是有些不安。

"那个，多多。我妈妈那里就拜托你了。"

一提起赵妈妈，我就再也没有心情想别的了，她剩下的日子已经屈指可数，现在的她大多数时间都是躺在病床上昏睡，情况实在令人担忧，也难怪赵北北急红了眼巴不得早一天夺回"项项"。

被拔光毛的孔雀

当五姐的电话打过来的时候我正在做一个美梦。梦里，赵北北和我的婚礼正在教堂举行，赵北北穿着白色的西装，帅得一塌糊涂。当赵北北刚要把戒指戴在我手上的时候，电话铃声就把我惊醒了。可以想象，我的心情有多么暴怒："五姐，大清早的你这是干什么呢？搅我美梦。"

电话那头传来五姐夸张的笑声："哎呀钱多多，目前来说，作为一个正常人，你的时间观念是不是应该改一改了？麻烦你看看表，都十一点了，还大清早呢！你还当自己在'梦乐迪'上班不成？"

经过五姐一番夹枪带棒的奚落，我清醒了大半，可是我的心里还惦记着那个做到一半的美梦呢："得得得，五姐，有什么话你就直说，完了我接着睡。待

钱多多重生记

会我还要去医院看赵北北的妈妈呢。"

"我看你还真把自己当成赵北北的老婆了啊，思想挺超前啊你。可是不行，你这觉怕是睡不成了。你现在赶紧起床，一个小时之内出现在我的面前。多儿，最重要的时刻要来临了，在这历史性的时刻，我无比需要你来当个见证人。"五姐是铁了心要将我祸害到底。

"什么历史性的时刻？五姐，我说你说话能不这么卖关子吗？这臭毛病你是跟谁学的啊？"

"跟你们家赵北北学的，成吗？不要废话了，让你来你就来嘛，麻利点，我等你呢。"五姐不由分说地挂了电话，根本就不给我拒绝的机会。

心里抱怨归抱怨，床还得老老实实地起。如果我没按五姐的要求做，天知道以后她会想出什么样的招对付我，五姐就是一潘多拉魔盒。

来到"丰盛"，我立刻就感觉出公司的气氛非常不一样，员工们都只顾着低头急匆匆走路，见到人连招呼都不打，就怕多说一句话，我看他们特别希望在这一刻自己是个哑巴。直觉告诉我，有什么大事要发生了，而这也就是五姐嘴里所说的历史性的时刻。

还没等我两只脚都迈出电梯，五姐就迫不及待地一把把我拉了出来，兴奋地拉着我直转圈，"多儿，成了，成了，大功告成了！爸爸说通过这几个月的观察，觉得我比卓颜更适合管理公司，所以决定在今天正式任命我为'丰盛'的新一任董事长！今天是卓颜旅行回来上班的第一天，你说我是不是送了一份很好的礼物给她？"

虽然知道五姐的成功有那么一点不光彩的成分，可是我看到了她的努力，得到这样的结果也是无可厚非的，我是真心替她高兴，但是……"但是，这个消息你爸爸不会告诉她吗？公司其他的人不会告诉她吗？你怎么就确定你会是把这个消息告诉她的第一个人呢？"

"这就要感谢赵北北了，这小子还真是有两下子。谁知道他是怎么办到的，卓颜的手机一直是24小时开着的，可是现在，整整一周，她的手机一直都是关机状态。昨天她回来也没有回家啊，应该是和赵北北在一起吧，我说多儿……喂，你没事吧，是不是又多想了？"五姐撞了我一下。

是，我多想了，我没有办法不多想。赵北北和卓颜可是孤男寡女出去的，他们在一起到底做了什么傻瓜都可以想得到。虽然我早就已经不是那种传统的女人，虽然我没有资格要求赵北北不能和别的女人有点什么，可是心里还是很难过。不管我的过去多么肮脏不堪，但自从我和赵北北在一起之后我可是本本分分一点出格的事情都没做的。我勉强冲五姐笑一笑："没事，没什么。"

"多儿，我知道你委屈了，可是今天，就在今天，一切都结束了。我的手里已经持有'项顶'百分之十的股份，把他交给赵北北后，'项顶'就是他的了。"

这一天终于等到了，真好。可是不知道为什么，我就是高兴不起来。

当我看到卓颜神采奕奕地进公司的时候，我终于知道五姐的保密工作做得有多好，卓颜完全还被蒙在鼓里呢。赵北北跟在卓颜身后，悄悄对着我打了一个 OK 的手势。

"钱多多，你怎么来了？来看我和北北有多恩爱吗？"卓颜挽起赵北北的胳膊，向我示威。

看来出去的这一周，赵北北和卓颜还真是如胶似漆，感情急速升温。不过我很好奇，当卓颜知道她失去了什么的时候，她的脸上会有怎样精彩的表情呢？就在这一刻，我突然觉得她挺可怜的，她还以为自己是那只骄傲的孔雀呢，殊不知，她那一身引以为傲的羽毛已经被五姐拔干净了。

"卓颜，多多是我叫来的，我找她有点事。"

"原来如此啊。"卓颜看了我和五姐一眼，她那眼神分明就是在说，果然是物以类聚。

看在她待会就要一败涂地的分上，我忍了。

会议开了很长时间，我坐在五姐的办公室里，等得有些百无聊赖。当听到走廊里开始热闹起来的时候，我开门走了出去。

卓颜脸上的表情我此生难忘。她就是一只斗败的鸡，脸上再也没有骄傲，有的只是不甘，是愤恨，还有不解。她不明白自己怎么就走到了这个地步。

与此相反，五姐得意洋洋，浑身上下每一个细胞都在说着同一句话："我胜利了。"

"卓彩，为什么，为什么，你为什么要这么做！"卓颜突然抓住五姐的衣领，大声喊。

五姐拿掉卓颜伸过来的手，整理一下被她弄乱的衣服："卓颜，你这是做什么呢？这是爸爸的决定，有什么不满你可以找爸爸说啊。"

"是你，是你，这一切都是因为你。你为什么要回来？你知道吗，家里没有你我有多幸福。卓彩，你当时怎么没死在外面？"卓颜恶狠狠地诅咒五姐。

在这一刻，所有的矛盾都爆发了，她们再也不需要维持表面的和平，不需要貌合神离。

听到卓颜这么恶毒的话，五姐不但没有生气，反而笑得更开心了："是啊，从小到大你应该都在盼着我快点死掉吧？可是卓颜，怎么办呢？我就是死不了。从今天开始，你照样还得被我踩在脚下，活在我的阴影里，认命吧，这就是你的命运。"

最后的底牌

赵北北终于如愿以偿地从五姐那里拿到了"项顶"百分之十的股份，再加上他妈妈手里先前就有的百分之十五的股份和他爸爸生前委托的两位律师手里拿来的遗嘱和真正的亲子鉴定，"项顶"终于成为他的囊中之物。

赵北北的妈妈苦苦撑着自己衰败的身体，终于还是等到了这一天。

"妈，我求你，你一定要快点好起来，我们的好日子要开始了。"赵北北紧紧抓住妈妈的手，哀求道。

赵妈妈艰难地点点头，泪水从干涸的眼睛里流出来。

我实在不忍心看到这一幕，明眼人都知道，她的身体能撑到现在实属不易，应该没多少日子了。

当我们以为一切都已经结束的时候，当赵北北千方百计躲着卓颜的时候，五姐却主动找到了我们："北北，在你准备找你姐姐摊牌之前，有一件事情你必须解决。"

我们都知道需要解决的是什么。赵北北有些为难地说："五姐，我知道。可是我实在不知道该如何对卓颜说，她遭受的打击已经够大了，如果我再捅她一刀，不知道她还能不能承受得了。五姐，我们到此为止好不好？"

"到此为止？北北，你心软了？还是你对卓颜动情了？这可是我们说好的，我要让她尝尝被欺骗的滋味，我要她和我一样被折磨得死去活来。还有，卓颜是多么聪明的一个人啊，你不说她就猜不到吗？"五姐有点咄咄逼人。

"五姐，我实在是……"赵北北痛苦地扶住额头。

赵北北这样的表现实在没有办法让我相信他没有对卓颜动真感情。

"多儿，你说怎么办？"五姐把这个烫手的芋头递给了我。

我明明知道这样做是残忍的是不道德的，可是当时我也不知道自己是怎么了。很久以后我都在想，为什么我会变得那么心狠手辣，如果五姐迫切要求赵北北那样做是因为她和卓颜之间有很大的恩怨，可是我又是为了什么呢？我盯着赵北北，一字一顿地对他说："赵北北，如果你想让我相信你的心，那么就照五姐说的去做，除非你的心已经在卓颜的身上收不回来了。"

赵北北不可思议地看着我，像是在看一个外星人。良久，他才痛苦地点点头："多多，我没想到你也会这么说。但是既然你说了，我就一定会做的。"

我扭过头去，不想看到赵北北的脸。虽然我说出了那样的话，可是我那未泯的良心在一遍遍对我敲着警钟，这样做是不对的，是不道德的。

"好，既然你答应了，那么明天就把卓颜约出来吧。看在你这么不忍心的分上，我可以放宽政策，你只要告诉她你不爱她了，剩下的事情就交给我做好了。"

赵北北警惕地抬起头："五姐，你不会做得太过分吧。"

五姐神秘一笑："赵北北，这可不是你应该关心的事情。"

五姐带着我鬼鬼祟祟地跟在赵北北和卓颜身后来到一家餐厅。

卓颜看上去心情很是不好，不肯老老实实在座位上坐下，非要像一条蛇一样在赵北北的身上腻来腻去。换作平时，我肯定已经妒火中烧恨不得她立刻得软骨病。可是现在，我只觉得她可怜，一下子失去了引以为傲的资本，现在她以为她还剩下爱情，还剩下这最后一根救命稻草。毕竟，无论从哪方面看，赵北北都算得上是一个完美的情人。但是如果让她知道这最后一根稻草不是来救她而是要把她拖向地狱的，她会怎么样？

我担忧地看了一眼五姐，隐隐觉得这么做说不定会造成严重的后果："五姐，我们停止好不好？你的目的已经达到了，应该可以了吧？"

"喂，钱多多，你说的这是什么话。怎么连你都泼我冷水？"五姐不满地瞪我一眼。

这样我就一句话也说不出了。

赵北北把像章鱼一样的卓颜从身上推开，有些不敢看卓颜的眼睛，几乎是抬头对着天花板在说话："卓颜，我们分手吧。"

最后的底牌，终于还是被亮出来了。

姐妹之间的战争

卓颜脸上带着不可置信的表情："赵北北，这个时候你还要和我开玩笑吗？"不是都说卓颜是一个聪明的女人吗？自从赵北北出现在她的生活里所有的事情就变得不对劲，就算是以前想不明白，难道到此刻她还想不明白吗？爱情有时候还真的是比洪水猛兽还要可怕，有多少人栽在这上面。

"没有，没有开玩笑。卓颜，你现在已经没有能力帮我得到'项项'了不是吗？所以我不想再在你的身上浪费时间，所以分手吧，就这么简单。""不，不可能，这不是真的，你在骗我对不对？赵北北，这不是真的，告诉我这不是真相！"卓颜抓住赵北北的胳膊，拼命摇晃。

其实她已经相信了，只是在自欺欺人。

"的确，这不是真相。北北，都到这个时候了，你干嘛不把真相告诉卓颜呢。"五姐拉着我走到卓颜面前。

我心虚地藏在五姐身后，活脱脱一个见不得人的小媳妇。

五姐恨铁不成钢地狠狠掐我一下，我硬生生忍了下去，一声都没吭，照样还是躲在五姐身后。

"是你们？你们怎么会来？"看见我们出现，卓颜立刻调整好表情，好像刚才那个摇着赵北北胳膊大喊的人不是她。

这变脸的功夫真是令人叹为观止。

"用脚趾头想也知道，我们是来看你笑话的。怎么，妹妹，你的智商因为受到打击竟然下降了这么多吗？"五姐笑道。

该如何形容五姐此刻的语气呢，反正如果有人这么对我说话，我会恨不得把她的头狠狠踩进牛屎里。

"看我的笑话？卓彩，我觉得你应该关心一下自己的问题该怎么解决吧？就算你继承了'丰盛'，以你的身份该怎么接受外界的舆论呢？真不知道你给爸爸灌了什么迷魂汤，爸爸竟然会糊涂到把'丰盛'交到你的手里，如果你不堪回首的过去被挖出来，一切又该如何收场呢？"

五姐的脸上并没有出现被人戳中痛楚处的难堪："这个不需要你操心。其实今天我来主要是要告诉你一个真相，也算是做一件好事吧，看在你是我妹妹的分上。"

　　"真相，什么真相?"

　　"五姐，拜托你，不要说。"赵北北突然跑过来，紧紧抓住五姐的手哀求道。

　　"赵北北，你清楚自己在做什么吗? 放开我!"五姐挣脱赵北北，目光锐利地盯着卓颜，"卓颜，你给我听好了。你深爱的这个男人，并不是你所想的那样也深深爱着你。这只是一场交易，他替我清除你这个障碍，我就帮他夺回'项顶'。我这样说你听得够明白吗?"

　　五姐就这样笑着对卓颜公布出残忍的真相。

　　我和赵北北几乎同时把头扭到一边，不敢看卓颜。

　　好久卓颜都没有说话，我以为她是受到太大的刺激昏厥过去，忍不住看了她一眼。她的脸上没有任何表情，只是有泪水从眼眶里不断涌出，她就像一只呆滞的木偶，任凭泪水爬满她的脸。

　　静悄悄的，没有人说话。

　　"赵北北，只要你告诉我这是假的，我就相信。"卓颜泪眼朦胧地看着赵北北。

　　"对不起。"赵北北深深低下头。

　　最后一个希望就此破灭，卓颜终于还是爆发了。她走到五姐面前，拽住五姐的衣领，大声喊："卓彩，为什么，这是为什么?"

　　五姐打掉卓颜的手，冷酷地笑道："为什么? 卓颜，我这只不过是以其人之道还治其人之身，难道我做的有多么过分吗? 干嘛装出一副这么惨兮兮的模样?"

　　我知道，所有的恩怨要浮出水面了。

　　卓颜不敢置信地望着五姐："你说什么? 难道你都知道了?"

　　"是，我都知道了。要不然你以为我为什么要回到这个家? 亲爱的妹妹，你曾经亲手策划把我拖进地狱，我怎么着也该报答你的。"

被掩盖的往事

"不可能，你怎么会知道？难道是？"卓颜好像仍然有点不能接受这个事实，企图做最后的挣扎。

"没有错，的确是蔺冬生告诉我的。妹妹，我必须告诉你，你那招卸磨杀驴用得真不怎么样。在杀死那头驴之后，你至少要确定一下它还有没有气呀，怎么可以这么疏忽呢？蔺冬生对你死心塌地那么多年，你却一直对他不冷不热，你以为他心里就不怨吗？不对他好也就罢了，你竟然会因为厌烦他的纠缠对他痛下杀手。不错，你派出的那些人是把他揍得奄奄一息，可惜他还是凭着仅有的一口气活了下来。卓颜，就算再听话的驴子在遭到主人那样的对待之后也不会忠心了。多儿，我从来没有和你说起过吧，"五姐突然看着我，笑眯眯地说，"我最亲爱的妹妹，就是把我拖到地狱的使者。我用尽全身力气爱的那个男人，其实是爱慕她的男人，所以我的人生就成了她的游戏，为的只是把我赶出家门。我说的对不对，我亲爱的妹妹？"

卓颜的脸有一瞬间的抽搐，不过还是很快恢复了正常："北北，你不要相信她，她在胡说八道。我是清白的，是她自己把自己搞得那样不堪没脸在家里待下去，和我没关系。"

赵北北应该没有想到卓颜是这样的女人，也理解了五姐为什么非要他亮出这样的底牌："你是不是清白的和我没有任何关系，卓颜，很遗憾，时隔这么多年，五姐找了我这样一颗棋子对付你。"

赵北北的这句话就仿佛是压死骆驼的最后一根稻草，卓颜被抽去了最后一丝力气，颓然坐在座位上。忽然间，卓颜好像醒了过来，她又一次抓住五姐的衣领："你以为我为什么要那么做？你以为我当年为什么要那么对待你！卓彩，有你在的日子，全家上下有一个人真正关注过我的存在吗？你是一棵大树，我就只能做一棵小草，永远活在你的阴影里面，卓彩，我受够了，真的受够了！论家世，我们都是爸妈的女儿，论相貌，我也并不比你差，凭什么我就要被你的光环笼罩？我不要这样的日子！只是因为你比我早出生一年，只是一年而已，你就夺去了我的一切，就连在学校里，你都要比我受欢迎。蔺冬生是第一个不喜欢你喜欢我的男生，而你恰恰又那么喜欢他，你说这样的资源我为什么不利用呢？"

"够了，不要说了，不要说了！"被戳中痛苦的回忆，就算五姐平时再怎么冷静克制也没有办法保持一贯的平静了。

看到五姐受到打击，卓颜放声大笑："哈哈哈哈，卓彩，你不觉得自己真的很可笑吗？你的人生简直就是一个笑话！还有一件事情，是连蔺冬生都不知道的，今天我就告诉你，当做是祝贺你继承'丰盛'的礼物好了。你应该还记得那场失败的人流手术吧？不错，那也是我的杰作！那个诊所的医生收了我的钱自然是要替我办事的。"

五姐和卓颜都疯了，所以才会对自己的亲姐妹做出这样的事情，正常人应该想都不会想吧。

五姐怎么也没有想到连那场差点要了她命的手术也是拜卓颜所赐，为此，她永远失去了成为一个母亲的资格。五姐控制住要夺眶而出的泪水："卓颜，如果蔺冬生的事情我还可以考虑原谅你，但是这一件事，我绝不原谅。"

"原谅？卓彩，你也太高看自己了，你以为事到如今我还会在意你是否原谅我吗？真是可笑！卓彩，不论怎么样，至少你还活着对不对？"

还没等我们搞懂卓颜的意思，只见她疯一般跑了出去。

意识到不对劲，我和五姐、赵北北追了出去。

结果，我见到了这辈子也没有办法忘怀的惨烈的一幕，在以后的日子里，这一幕总是会出现在我的梦里，从梦中惊醒就再也没有办法睡着，这种感觉时刻在提醒我，我是一个罪人。

我看见，卓颜被一辆车狠狠地撞到半空中，然后又重重地着地，那钝重的声音敲打着我的耳膜。全世界一下子静了下来，静得我似乎都可以听到赵北北的心跳声。

赵北北踉跄地跑到卓颜面前把她抱起来："卓颜，卓颜，你不要吓我，对不起，对不起，我不应该那么对待你的。"

看到赵北北因为卓颜而如此痛心疾首，我的心像是被丢进绞肉机里拼命地搅拌着。

卓颜躺在赵北北的怀里虚弱地笑了，可是刚一张口，血就从嘴里涌了出来，她艰难地举起手，缓缓抚摸赵北北的脸："北北，不论我是个多么坏的女人，可

钱多多重生记

是，可是，我是真的爱你的呀。"

"我知道，我知道，你不要说话了。钱多多，你在做什么！救护车，救护车，快叫救护车！"

赵北北好像从来没有这样撕心裂肺地对我吼过。我的手有些不听使唤，哆嗦着掏出手机打电话。

自始至终，和我们一起跑出来的五姐却没有一点动静，我回过头看看她，只见五姐拼命咬着嘴唇，泪水像不竭的泉水一样不断往外涌。

亲爱的五姐，面临这样的结局，你的心里又在想些什么呢？

裂痕

卓颜死了，不管有多么难接受，可这就是事实。

那样鲜活的生命，就在我眼前消失了。无论她以前做过些什么，可是那毕竟是一条人命。我实在没有办法接受她已经不在的事实，尤其是她的死还和我有着莫大的关联。如果当初不是我推波助澜，赵北北可能就真的能说服五姐不让卓颜知道残忍的事实，那么她就不会死了。

比起我，赵北北受到的打击好像更重。

距离卓颜去世已经有段时间，五姐也已经从悲痛中缓过神来，积极运作着公司，接受着外界各种舆论的打击，而我虽然被内疚折磨着，却也可以勉强打起精神生活。只有赵北北，那么长时间，那招牌似的笑容在他的脸上消失了，他的脸上只有一种表情，就是近乎冰冷的麻木。他一直沉默着，不和我说一句话，就连在医院照顾妈妈，他也是一言不发，像一个哑巴一样。赵北北的妈妈昏睡的时间越来越长，很少有清醒的时候。所以大多数的时间就是我们两个人沉默地坐在病房里发呆。

每当我想和他说一句话的时候，他总是会听而不闻地离开，把尴尬的我留在原地。

我知道，他在怪我，他没有办法面对我这么一个间接的杀人凶手。可是，我多想亲口告诉他，这不是我想要的结果，只是因为太在乎他所以才想要更清楚地看到他对卓颜的态度，但可恶的赵北北，连辩解的机会都不给我，就彻底把我判了死刑。

我钱多多是经历过风风雨雨的人，我可以忍受很多常人不能忍受的折磨，可唯有有苦不能说我无法忍受。再说赵北北也不能继续这样消沉下去，他现在要做的是赶快接手"项顶"好让他妈妈安心。

"赵北北，跟我谈一谈，给我五分钟，好不好？"我就差跪地哀求了。

赵北北冷淡地看了我一眼，转身就要走。

我死死抓住他的衣袖，像革命战士一样不屈不挠，"拜托你，好不好？"虽然有些不情愿，不过赵北北最后还是答应了我的请求。

坐在医院公园的椅子上，享受着冬日难得一见的温暖的阳光，如果不是因为旁边坐着一位黑脸金刚，我一定会觉得很幸福。

"有什么话就快说吧。我没多少时间。"赵北北冷冷开口。

"没时间？赵北北，我问你，你的时间都用到哪里去了？比起每日这样伤春悲秋，你是不是应该考虑一下大局，尽快接手公司？"

听我这么说，赵北北却轻蔑地看了我一眼："果然是钱多多啊。"

"嗯？你这话是什么意思？"赵北北吃错药了不成？

"要嫁一个有钱的人的梦想应该一刻都没有忘记吧？和我过了那么长时间的苦日子还真是难为你了。这个时候，我妈妈挣扎在生死之间，被我们害死的卓颜尸骨未寒，你却开始惦记做'项顶'的董事长夫人了吗？钱多多，你真的不觉得这样做很过分吗？"

我诧异地望着赵北北，不相信这样的话是从他嘴里说出来的，这个全世界最爱我的男人，这个曾经为我付出那么多的男人，此刻却可以对我说出这样的话。我以为就算全世界的人都恨不得把我踩进尘埃里，至少还有赵北北珍视我，不会嫌弃我。可是现在是什么情况？我钱多多还真不是一般的笨啊，怎么可以相信赵北北会一直钟情于我这样的女人呢。

赵北北被我看得有些不自在，不耐烦地转过头："不要用这种眼神看着我，我说的是实话。"

我仰起脸大笑一声："是啊，赵北北，果然是你最了解我。怎么，现在就厌烦了吗？那么你要怎么和我共度一生呢？怎么办？我真的替你担心。"

"钱多多，你一定要这样做不可吗？一次又一次挑战我的耐心，对你有什么好处！如果真的想做董事长夫人，至少也要有点耐心。"说完这句话，赵北北转

身就走。

望着赵北北颀长的身影，我的鼻尖骤然一酸，第一次感觉到赵北北的背影竟然会如此冰冷，没有一丝温度。

赵北北，这就是你能给我的全部的爱吗？

那么好吧，既然这样，我会成全你这一份了不起的爱情的。

第五卷：相爱容易，相守太难

　　我没有想到的事情有很多，我最没有想到的是，我最爱的男人会在某一天猝不及防地成为一个植物人。我的眼前一片黑暗，不要说什么光明了，就连手电筒照出的那么一丁点光亮我都看不到。未来的日子究竟要怎么走下去，我不知道。

最后的告别

一听说我要离开赵北北，五姐差点拍案而起："钱多多，你脑袋生锈了还是怎么样？赵北北说几句言不由衷的话你就要走？也是，赵北北是过分了些，我替你骂他一顿好不好？你等着，我这就打电话给他。"五姐拿起电话就要打。

我的动作急如雨迅如风，稳准狠地抓住五姐的手："五姐，不要打电话，拜托你不要。"

五姐看我这么紧张，重重地叹一口气，说："多儿，你为什么总是把自己搞得这么狼狈呢？他赵北北算什么东西？你为他付出的难道他都忘了吗？是谁在他一无所有的时候对他不离不弃的？这个忘恩负义的东西。怎么可以因为卓颜的死就把所有的一切迁怒到你的身上！"

我低着头，一句话都不说，眼泪却啪嗒啪嗒滴在五姐的办公桌上。如果不是打算离开上海，我是不会因为生活上有什么不顺心就来找五姐哭诉的。因为我知道，五姐的压力比任何人都要大。报纸上铺天盖地的报道几乎要把五姐埋起来了。"五姐，我不想对你不告而别所以才会来找你，你什么话都不要说，我已经下定决心了。"

"既然这样，我就只好支持你了。多儿，无论走到哪里都不要忘记，在上海你有一个五姐，我永远都是你最坚强的后盾。"五姐拍拍我的肩膀，语重心长地说。

其实这样慈祥的角色实在不适合五姐，有点不伦不类的，可我还是很感动："嗯，我记住了。五姐，你最近压力很大吧？"

"嗨，"五姐无所谓地摆摆手，坐在办公桌上，"有什么压力不压力的，不就是那些无聊的报道嘛，我现在没工夫在乎那些，全企业上下有十几万人等着我养活呢。你没发现啊，那些报道越来越少了，从报纸头条掉到了末尾，等到这些报道沦落到报纸夹缝中的时候，就没有人会这么关注我了。其实这些都是次要的，最关键的是卓颜的死对我的冲击。你和赵北北都是从犯就已经那么内疚了，更何况是我这个主谋呢？我跟你说实话，卓颜死的那段时间，我几乎每天都会在噩梦中惊醒，卓颜披头散发血肉模糊地向我索命。我吓得没有办法，一个人躲在被子里发抖。多儿，那种感觉真的糟糕透顶。就像她所说的，不管我经历过什么，可至少我还好好地活在这个世界上，她是用那种方式向我宣战呐，告诉我她不会认输。我们是亲姐妹，却闹到了这步田地……多儿，我不想的，如果知道她会死，我说什么也不会那么做的，你相信吗？"

我一把抱住五姐："五姐，我信我信。"

就这样，我和五姐拥抱着像傻瓜一样哭了个天昏地暗。

在准备离开的前一天，我还是找到了赵北北，就算是要分开，我也要潇洒地走。

赵北北见到我还是那副要死不活的样子，根本不关心为什么我这几天没有来找他。很好，只有这样我才能硬下心肠离开。赵北北，你还真是会成全我啊。

"你来找我有什么事吗？"赵北北的语气冷得都能掉冰渣子。

真好，我和赵北北在一起这么久，到头来得到的只是一个没有事就不能来找他的结局，这个世界上应该很难再找到像我这样的冤大头了。我觉得这个时候我应该矫情地洒下热泪才算应景，可是我却根本哭不出来："没有事啊，就是想来看看你。怎么，不可以吗？还没有当上董事长就把谱摆出来了？"

"你够了钱多多，不要老是在我面前提董事长这三个字！你放心，我忘不了自己对你的承诺，一定会让你当上董事长夫人的，可是现在，如果没有是可不可以拜托你不要来烦我，你应该看得出我很忙。"

是，你很忙，你忙得每天趴在医院的病床上睡觉："嗯，你记得住我就放心了。那我不打扰你，先走了。"

赵北北，你放心吧，我钱多多这辈子也不会再来打扰你了。

这真是一次完美的告别，告别就应该是这样子的，断了彼此所有的念想。

故乡遇故人

如果不是仔细想一想，如果别人问我是哪里人的话，我可能张口就回答自

己是上海人。而北京，这个货真价实的我的故乡，已经被我抛诸脑后很久了。

坐在北上的列车上，我感觉自己的心随时都有可能突破重围从我的喉咙里跳出来。明明知道在北京已经没有什么可以牵挂的亲人，真不知道我这份紧张从何而来。

当我的双脚踏在北京的土地上，看着这个我已经辨认不得的陌生的大都市，我觉得自己好像是在梦游。

如果有人知道自从爸妈死后，他们唯一的女儿我竟然连一次墓都没有为他们扫过，一定会跳起脚骂我没有良心。

谢天谢地，我总算还能凭着印象找到爸妈的坟墓，如果找不到自己爸妈的墓地，应该会遭天打雷劈吧！

我以为爸妈的墓地一定会是杂草丛生不堪入目的，可是事实却并非如此。墓地不仅被打扫得干干净净，甚至还有几束没有完全枯萎的花束。

我特傻地站在墓碑前，反复确认了好几次，才敢确定是我爸妈的坟墓，没有错。

可是会有谁这么好心来给我爸妈扫墓呢？我可不认为那些连多看我一眼都觉得碍眼的亲戚们会有这份好心。

"多多，是你吗？多多？"

正当我陷入云里雾里的时候，一个熟悉的声音从我背后响起。我转过身，看到了唐朝惊喜的脸。

"唐朝，你怎么会到这里来？"不过当我看到唐朝手里的鲜花和脸上的笑容，我那还算聪明的脑袋迅速反应过来，"是你一直为我爸妈扫墓？"

唐朝走过来把花放下："是啊，反正我有时间就来看看嘛。"

"唐朝，为什么？"我一本正经地看着唐朝问。

我在唐朝面前很少这么正经这么严肃地说话，所以乍一听我这语气，唐朝的心里有点发毛，像个做错事的小学生一样挠挠头发："多多，什么为什么啊？"

看到唐朝这样小心翼翼的模样更让我难受，如果赵北北对我有唐朝一半这么温柔该多好："为什么要对我这么好？"

"嘁，"唐朝长长松了一口气，"我还以为什么事呢你那么严肃。我们是朋友啊，我对你好有什么不应该的。倒是你，你遇到什么事情了吗，怎么会突然回北京？你准备什么时候回上海？"

"哦，我不会回去了。"我漫不经心地回答，背靠着爸妈的墓碑坐下来。说实话，我有点没脸面对我死去的爸妈。

"什么？多多，这是为什么啊？难道是赵北北对你不好？早知道这样，那次就算是他跪在我面前求我我也不会离开你的！"唐朝像机关枪一样一顿扫射。

"你误会了，不关他的事。是我觉得没有办法和他生活在一起，特不自在。"

"你骗我。你对赵北北的感情我清清楚楚，怎么会因为这种原因离开他？多多，你以为我是这么好骗的？到底是怎么回事？"唐朝非要追根究底，比那个推石头上山的西西弗斯都执着。

"哎呀唐朝，什么骗不骗的，我那么说你就那么信呗。你没听说过啊，难得糊涂。唐朝，我估计再这样下去你的脑细胞可能就真的不够用了。"我开始对着唐朝打起太极。

"我是无论如何也说不过你的，"唐朝苦笑一声，"那么你是决定留在北京了？"

"不，我不打算留在北京，我就是顺道来看看我爸妈。我想去一个陌生的地方，一个没有一个人认得我的地方。"

"多多，你怎么就这么不让人省心呢？你说你一个女孩子家瞎跑什么？再说，你还真不打算跟赵北北了？你这样瞎跑他可真的就找不到你了。"

"我就是为了不让他找到才走的，你以为我在和他玩过家家？唐朝，我拿定主意了，你就不要劝我了。"其实我是真的害怕赵北北不会找我，如果他有心一定会来北京找我，可是如果我留在北京他却没有找来呢，那我多悲催啊！所以我宁可躲得远远的，那么我就可以骗自己说，不是他没有找我，而是他找不到我。女人或许都是这样虚伪的动物。

"就算要走也不急于这一时吧，最起码也要过了明天再走。"唐朝知道再劝我也是白搭，索性不再浪费口舌。

"为什么呀？难不成你还打算带我畅游北京城啊？"

"明天是我的婚礼，你总得参加吧。"唐朝的脸上波澜不惊的，并没有准新郎该有的欣喜。

唐朝可真是语不惊人死不休，他怎么就神不知鬼不觉把自己的终身大事定下了呢，以前通电话的时候他可是半点都没有对我提起过："唐朝，你是开玩笑的吧？"

"当然不是。我和你开这样的玩笑有什么意思啊，我是真的要结婚。而且钱多多，我可是很能追随潮流的，我们是闪婚，从认识到现在还不到一个月。"唐

钱多多重生记

朝笑着说。

可是我却笑不出来，也说不出唐朝如此草率结婚的话，只能说一句恭喜。

"好了，为了纪念我单身的最后一天，我们去喝酒怎么样？"唐朝对我发出邀请。

其实我对于和唐朝在一起喝酒还是有一定的心理阴影的，不过谁让我现在心情很不美丽呢，所以也就没有多么理智地去想什么，痛快地答应了唐朝的邀请。

明争暗斗

唐朝的新娘子很漂亮，甜蜜地依偎在唐朝身边，就好像他们已经被胶水黏在了一起，任谁都没有办法把他们分开。没错，在我看来，唐朝就是应该找这样一个女人做老婆，一心一意依附于他，把他当做是自己的天。

唐朝的脸上带着得体的笑容，牵着新娘子在宾客间耐心周旋。我这才发现，原来唐朝是一个魅力根本不输给赵北北的男人。

其实我真挺佩服唐朝的，同时又觉得很纠结，赵北北和唐朝这两个和我关系最紧密的男人，我好像都不了解。看着现在这个幸福得乱七八糟的唐朝，我开始怀疑昨天那个喝多酒在我面前哭得稀里哗啦，拉着我的手对我说只要我一句话他就可以取消婚礼然后被我臭骂一顿的男人究竟是不是唐朝。我不得不再重申一次，我的身边真是卧虎藏龙啊，演技一个比一个好，都是奥斯卡最佳演员级别的。和他们比起来，我连个群众演员都算不上。

唐朝带着新娘子过来的时候，我的大脑还在漫游之中，根本没有注意到他们。唐朝咳嗽一声："小静，这是钱多多，是我高中的同学。多多，这是我的妻子李静。"

我回过神来，有点不好意思地握住李静的手："幸会幸会，你真漂亮。"

"在你面前我哪敢说自己漂亮啊！你就是钱多多吧，你的名字对我而言可是如雷贯耳，我早就想一睹你的芳容了，今天终于见到了，果然不同凡响。难怪唐朝对你一往情深的呢。"李静笑语盈盈地说道。

我明显感觉得到，李静的眼里正往外射着一根根毒针，恨不得把我射成一只刺猬才肯罢休。可是我只能遗憾地说，她太不了解我，我钱多多是个怎样的人，在惹我之前她应该好好打听一下的："瞧你说的，我这人脸皮薄，都有些不好意思了。就是啊，你说这唐朝怎么回事啊，干吗就对我念念不忘的呢，不过唐朝，娶了媳妇以后可不能这样了。在你心里胡乱扒个窝埋了我算了。"

　　唐朝有些尴尬地笑笑："多多。瞧你……"

　　李静的脸上就有些不好看了，她指定想不到我会在她的婚礼上让她这么难堪，脸上一阵红一阵白的。

　　小姑娘，想和我斗，你的道行未免太浅了些。我故意附在唐朝耳边说："喂，你老婆好像生气了。"

　　我看见李静恨恨地跺一下脚，愤然离去。

　　我的小把戏还是被唐朝看穿了，不过他却没有生气，只是有些无奈地用手敲敲我的额头："多多，你这个人啊，真是……"

　　我知道，我这个人真的够邪恶。其实按常理来说，在这样的日子里，尤其是唐朝依然对我念念不忘的前提下，我忍让李静一下也没什么大不了的。可是我就是做不来，根本没有办法压制自己的情绪。如果我可以做到，或许在受到赵北北那样的侮辱之后，我还是可以像个傻瓜一样死心塌地留在他身边："你就直说了吧，是不是觉得我这个人特别坏。唐朝，我怀疑你的眼睛有问题，其实说实话，我从老早就怀疑这个问题了。大概是我见到方可的那一刻就开始了。"

　　"我从来不指望你能在我面前正经说话。"唐朝一副拿我没办法的表情。

　　"喂，你还愣在这里做什么？你的新娘子要着急了。"我瞄了李静一眼，如果一个人的眼神可以杀人的话，我应该死了一千遍不止。

　　"那你自己好好照顾自己，我先去忙了。"

　　"知道知道，婆婆妈妈的。"

　　唐朝走后我就开始后悔，我刚才都做了什么，为什么一定要在人家的婚礼上惹是生非？和李静那样针锋相对明争暗斗又有什么意思呢？唐朝又不是我喜欢的那个人。这样想着我就越来越生自己的气，当然一生气喝酒也就不受自己控制了，于是，我在唐朝的婚礼上喝了个七荤八素，醉得不省人事。

新的生活，从现在开始

以前这个城市对于我而言只是地图上一个不显眼的小点，我只知道这是个北方的沿海城市，风景优美，适合人类居住。可是我从来没有想过，我会踏入这片土地，甚至会在这里开始我崭新的人生。有句话怎么说来着，人生如梦，就是这种感觉。

来到威海自然是不能不去海边转转的，因为还不是旅游旺季，所以海边的人不是很多，只有稀稀拉拉的几对情侣在旁若无人地搞浪漫，身单影只的我也就特别显眼。我分明从他们的眼里看到了鄙视，而我格外有勇气地一个个鄙视回去。装什么装，有男朋友很了不起吗，有谁规定只有情侣才能来海边吗？

我找了个没人的地方坐下，海风夹带着沙子朝我吹过来，一不留神沙子就进了我的眼睛里，眼泪哗哗地往外流。我突然想起有人说过之所以流眼泪是因为脑子里进了水，我都流了这么多眼泪那我脑子里得进了多少水啊！一想起这些我就更加觉得自己悲惨万分，所以我索性就放开来大哭。

我凄厉的哭声被风卷到远处，远处的人们纷纷把目光投向我，我才不管这些，只是一个劲地哭。

等我哭到再也流不出眼泪的时候，我就开始从心底里鄙视自己。钱多多，你为什么要哭呢？离开了赵北北有什么大不了的，你马上要在这个美丽的城市里开始你新的人生。那些肮脏的不堪回首的往事即将从你的人生里彻底被抹去，在这个没有一个熟悉的人的城市里，谁会知道你有着怎样的过去，所以应该开开心心地迎接新的生活嘛。

我发誓，从今天开始，我钱多多再也不会为赵北北流哪怕一次眼泪，我要习惯没有赵北北的日子，我相信，我一样可以过得很好。

曾经的那个钱多多被海浪拍死在了这片沙滩上，一个崭新的钱多多勇敢地站起来了！

当我的钱包越来越显示出它骨感的一面的时候，我知道，找一份可以养活自己的工作是迫在眉睫的事情了。

这里不是上海也不是北京，托赵南南的福，以我的学历在这里找个像样的工作也不算是一件难事。

找了工作，在离公司不远的地方租了房子，这样就算是安定下来了。

并不是多大的公司，也就是只有十几个人的小公司而已，同事之间并没有什么大的竞争，彼此之间也算融洽。这也正是我为什么要选择小公司的原因，我已经厌倦了尔虞我诈，看了那么多明争暗夺的戏码，我是真的累了。

在同事们看来，我一定是一个很神秘的人，不爱说话，不合群，轻易不参加聚会，不苟言笑，是个一心扑在工作上的工作狂。

所以我必须要说，我这个人的可塑性不是一般的强，什么样的角色我都可以胜任。我可以是以前那个在"梦乐迪"左右逢源的小姐，也可以是在陈嘉琦面前谨小慎微的小媳妇，还可以像现在这样做一个神秘的经理。

我也不知道为什么自己要扮演这样一个角色，只是由衷地觉得，除了客户，不想和任何人产生交集，不想站在舆论的中心，也不想成为被人议论的对象，所以我知趣地选择远离人群。这样生活着真的挺不错，平静得像一潭死水，半点波澜也不会有，和赵北北在一起的日子遥远得像发生在上辈子一样。

不过有一个习惯我还是没有改，那就是不看报纸不看新闻，尤其是财经新闻。以前不看是因为忙于生计没有时间，现在是因为害怕看到关于赵北北的消息。偶尔会听到办公室的同事们拿着报纸议论纷纷，他们议论的对象分明就是赵北北。他们不知道，距离他们如此之近的我竟然曾经那么鲜活地在赵北北的世界里存在过。

唐朝会时不时来这里看我，他毕竟是结了婚的人，我可不想做破坏别人家庭安定团结的第三者，所以能避而不见我就尽量避而不见。

我万万没有想到，即使我做到这个地步，还是为自己引来了祸端。

一举成名

那天是很平常的早晨，我吃过早饭步行去公司上班，没有心慌意乱，右眼皮也没有跳，一切都很正常。

就在我要踏进办公大楼的那一刻，一个女人飞快地冲过来扯住了我的头发，我一个趔趄差点就要跌倒。

我们中华民族是有着优良传统的民族，看热闹也是其中一个。几乎所有人都停下了脚步，好像他们不是来上班，而是为了来看这场热闹。我甚至看到了公司里的几个同事，他们的眼睛闪着兴奋的光芒，对接下来要发生的事情满是期待。

我有点庆幸在不久前剪了短发，所以很轻易就挣脱开了，不过头皮还是被扯得生疼。

我整理一下发型，回过头看到了李静那张因为气愤而扭曲变形的脸。很显然，我的反应让任何人都觉得失望，我既没有恼羞成怒也没有唯唯诺诺，甚至还很有礼貌地对着李静笑了笑："李静，好久不见，你送给我的见面礼倒是够别开生面，让我吃惊不小呢。"

我这种无所谓的态度更加激怒了李静："钱多多，你这个贱人！你这个勾引人家老公的第三者！你凭什么还可以理直气壮和我说话！你现在要做的应该是跪在我面前虔诚地道歉，看看我是不是要原谅你！"

我开始觉得李静还真是可怜，所以我准备把从五姐那里得到的真传尽可能收起来，不要对她说出太过难堪的话，当然，前提是她知趣："李静，我想你误会了。我和唐朝之间清清白白的什么都没有发生，所以我不是什么第三者。如果你和唐朝之间出现了什么问题，你们就应该坐下来好好沟通，而不是大老远跑到这里找我麻烦。"

我能说出这样一番话也算是苦口婆心了，如果李静了解我的话，她就应该见好就收，趁我的毒舌还没有完全苏醒。

事实证明，这个世上敬酒不吃吃罚酒的人遍地都是，而李静绝对可以拿出来当典型："钱多多，你算什么东西，你凭什么教训我？在你没有出现之前，我和唐朝之间好好的，什么问题都没有。你到底是安的什么心啊，你和你的男朋友分手就得找唐朝做替补吗？唐朝他已经结婚了，你该放过他了吧？钱多多，你觉得这样做很有意思是不是？把别人害得凄惨是你的兴趣吗？"

"我都说过了，你们之间的问题与我无关。怎么办呢？我并不是很闲呢，马上就要上班了，对不起。"

谁知道我刚一转身，李静就一把把我拉住，然后狠狠地给了我一巴掌。那一巴掌真的够狠，我的耳朵嗡嗡作响，鼻子和嘴角都流血了。李静这招出其不意真的是玩得够出神入化的，我根本就连反应的余地都没有，就生生接了她这一巴掌。

就算我再能忍也是有限度的，很显然，李静突破了我的承受极限，踏入了雷区，那么她就得做好被炸得粉身碎骨的准备。

我把流出来的血擦去，对着李静微微一笑，然后以迅雷不及掩耳之势扬起手回了她一巴掌。

李静捂住被我打的脸，满脸的震惊："钱多多，你！"

"怎么？我做得很过分吗？这只不过是以其人之道还治其人之身啊。李静，如果我真的对你做错了什么，或许我愿意白白受你一巴掌也不一定，可关键是，我并没有做错任何事情。你抓不住唐朝的心完全是你自己的问题，他就是喜欢我我有什么办法？我能管住自己，可是我可没那么大能耐去管住唐朝的心。你找我闹有什么用？有这个时间还不如好好想想如何抓住唐朝的心！现在，马上从我眼前消失，看在你这么可怜的分上，我会考虑看看要不要原谅你到我公司门前无理取闹。你也是读过书的人，应该知道这样骚扰别人的生活是很不妥当的。好自为之吧，再见。"

我实在不愿意再在李静身上浪费什么时间，反正该说的我都说了。我知道，今天我算是一举成名了，接下来别说是我的公司，恐怕这一整座办公楼里都会被流言蜚语覆盖，就像闹蝗灾一样，所到之处颗粒无收。

我是知道流言的厉害的，就算只是一只蚂蚁，恐怕也会被人说成是巨型的食人兽。所以我已经做好了充分的心理准备，如果以后有人在我背后指指点点窃窃私语，我一定不会觉得奇怪。

闪电侠

唐朝来找我时我还在风口浪尖上没有得到解脱，所有的人正化身为正义天使，同仇敌忾地仇视我这个破坏人家家庭的第三者，所谓团结在这种情况下得到了完美的诠释。所以可以想象，当我看到唐朝就那样子出现在我的面前时我有多么火大，所以我完全没有给唐朝好脸色看，我的小宇宙在瞬间爆发了："唐

朝，你到底想怎么样！你到底要把我害成什么样才肯罢休啊！我再也不希望你的老婆跑到我面前闹了，所以求求你放过我，成吗？"说着说着，我竟然矫情地哭了出来。

我一哭，唐朝就慌了，完全手足无措："对不起对不起，都是因为我才给你带来这么大的麻烦，真的很抱歉……"

我扯过唐朝的衣袖擦擦鼻涕："既然知道对不起我，那么以后就不要来找我了。"

唐朝有点介意我在他的衣服上擤鼻涕，索性把衣服脱下来扔给我："拿去擦吧。不过我可以保证，以后李静再也不会来找你了。"

我接过唐朝的衣服毫不客气地把它当成手帕用："你怎么这么肯定？"

"因为她已经不是我的老婆了，我们离婚了。"唐朝格外淡定地说。

我可没有唐朝这么淡定从容啊，我的心脏承压能力没那么强，我顺手把沾满我眼泪鼻涕的衣服甩给唐朝："你丫脑子进水了是不是？你闪婚又闪离的，你以为你是闪电侠啊！"

唐朝手足无措地拿着我扔回给他的衣服，拿也不是丢也不是，然后他做了一件我死也做不出的事情，他很是从容地把衣服穿在了身上："多多，我只是离个婚而已，你至于这么激动吗？再说我也不是和你离婚啊。"

"那你敢说你离婚和我一点关系都没有吗？唐朝，你可知道婚姻对女人来说意味着什么？你怎么能这么随便就和李静离婚了呢？娶了人家就要对人家负责到底，你做的这事可不真像个男人，我发自内心地对你表示鄙视。"我现在把唐朝剁粒喂狗的心都有。

"我不想骗你，我离婚和你是有关系的，可以说李静来找你这件事情是导致我们离婚的导火索。可是多多，关键是那炸药它不是你放的。我为什么要和她结婚？就是因为她答应我不会干涉我的生活，我们的心里都可以装着自己没办法忘记的人。我能容忍她三天两头去安慰她的前男友，她凭什么来找你的麻烦呢？所以我们离婚是势在必行，我跟她根本就没有办法沟通，她在乎的只是我能挣多少钱给她买多少奢侈品！多多，我是个人，不是银行卡也不是提款机！"唐朝终于丢掉了不合时宜的淡定。

"在你草率地决定和她结婚的时候你就应该好好考虑这些问题的。现在这叫什么事？唐朝，你以为婚姻是过家家啊，不高兴就可以散伙？婚姻可是一件无比神圣的事情！"

听到我讲出这样感人肺腑的大道理，唐朝却没心没肺地笑了："我怀疑你是不是我认识的钱多多，这样的话实在不像是你会说出来的。"

"我没心情和你开玩笑。唐朝，我生气是因为我害怕你把我当做你离婚的借口，不过听你这么一说，好像这事和我关系不大，所以我也就不那么关心了。不过有一件事情我希望你可以答应，那就是以后不要再来公司找我，人言可畏。就算我脸皮再厚，也经不住那么多人在背后戳我脊梁骨啊！"

"多多，你一定要做得这么绝吗？当初是赵北北信誓旦旦向我保证一定会给你幸福我才放了手，现在你都和赵北北分手了，为什么就不能给我一个机会呢？多多，我们之间已经不存在任何障碍了。"唐朝急切地抓住我的手。

"唐朝，如果我想和你在一起，我早就答应你了！唐朝，如果你再不想和我做朋友，那么你就纠缠好了。"

"钱多多，你的心到底是什么做的？"唐朝毫不顾忌别人投向他的目光，冲我大喊。

"如果挖出心我死不了的话，我一定会挖出来给你看，我的心一定比铁还要硬。所以唐朝，不要在我身上浪费时间和精力，因为无论你做什么，我都不会心软的。"

我知道，我的这番话无疑是一把胡乱捅向唐朝心脏的刀，可是我没有办法对着唐朝说出让他开心却违背我心意的话，可能我骨子里还不算是个虚伪的人，这样的认知让我有点沾沾自喜。

死缠烂打

我以为我对唐朝说出了那么过分的话，他应该一生气不再搭理我才是，如果换作是脾气不好的人很可能连杀了我的心都有。

唐朝绝对是个怪胎，说不定他是从火星来的。我说的那些话对他几乎没有起到任何作用，不对，不应该这样说，应该是起到了相反的作用。我的本意是把他彻底从我身边推开，没想到却把他刺激成了牛皮糖，黏在我身边甩都甩不掉。

上班时间拦下班时间堵，他简直就是比可恶的苍蝇还要无孔不入。就算我当着他的面把他殷勤买来的便当扔进垃圾桶他也会面不改色地重新再给我买一份回来，在这一点上，他和当年那个死皮赖脸的赵北北真的有一拼。

唐朝以出众的外貌赢得了办公室所有女性的青睐，不用听我都可以想到她们在背后是如何议论我的，她们一定说我不知好歹，竟然会放着这么优秀的男人不要。

我也有过疯狂地迷恋偶像剧的时候，每当我看到剧中出现女主角放着一点都不比男一号逊色的男二号不要，非要选择在一棵树上吊死的情节时，我都恨不得把那女主角从电视上拖出来痛打一顿。那时候，我真的不明白她为什么要这么做，为什么就非得那个人不可。

可是现在，这狗血的情节在我的生活里活灵活现地上演着，我终于可以体会那种非你不可的感觉了。就算他赵北北对我做出再过分的事情，我再伤心再难过，可我却没有办法恨他，更没有办法接受别人。我可以强迫自己不去想赵北北，但我没有办法强迫自己接受唐朝，我说服不了自己的心。

我只当唐朝只是一时兴起，坚持不了多久，毕竟他属于北京，他的工作在那里，他总不能把所有的时间都耗在我这吧。

谁知道我的如意算盘打错了，已经整整一个月，唐朝每天都会出现在我面前至少三次，风雨无阻，比闹钟都准时。

我不能这样眼睁睁看着唐朝为了我把自己的生活给毁了呀，他在北京的事业发展得很好，如果再这样下去谁知道会发生什么。所以一个月以来，我第一次主动开口对唐朝说了话："唐朝，你演戏上瘾了是不是？你到底想怎么样？难道我说得还不够清楚，需要再说一遍吗？"

"多多，你觉得我是在演戏？你真的看不到我真心？还是故意装作看不到？难道我的真心在你那里就真的那么一文不值吗？"

"是，你说得很对。唐朝，你可能还是不够了解我。我这人从来都不相信真心，所以你明白得还不算晚。回你的北京吧，你就算在这里待上一辈子也得不到你想要的结果，我的心意不会改变，绝对不会。"我说得格外斩钉截铁。

"不相信真心？那么你那样对赵北北算什么？到现在还不能接受我不也是因为赵北北吗？你可以对我说再过分的话，可是你不必骗我。我知道现在无论我做什么都是没用，说不定你还会因此讨厌我，连看见我都觉得倒胃口。可是我就是管不住我自己，我实在不知道该怎么办。多多，我本来是打算和李静好好过日子的，可是你突然又出现在了我的面前，你让我怎么办？"唐朝痛苦地揪着自己的头发。

就算我的心是铁是钢，可也架不住唐朝这持续的高温煅烧啊，说心里话，一点都不感动那是骗人的："唐朝，对不起。"

"你还不明白吗？我对你说这些不是要听你对我说对不起！如果你真的觉得很对不起我，那么就给我一个机会，试着接受一下我的感情，成吗？"唐朝几乎是在苦苦哀求。

"唐朝，你有想过你为什么那么喜欢我吗？不要对我说喜欢一个人没有理由那样的废话，我不会相信。我早就已经不是当初那个把你救到医务室的钱多多了，你只是从我口中听说我经历了什么，可是你毕竟没有亲眼目睹过。如果你看到我是怎样从男人的手里捞钱，我是怎么样因为贪慕虚荣频繁去相亲，最终还和一个人面兽心的家伙生活在一起整整一年。如果你看到我和不同的男人上床就像吃饭那样随意，你还能保证你的心意吗？"

"就算不想接受我，你也用不着这样糟蹋自己。就算你真的那样活过，那也只是生活所迫，我可以理解。"唐朝还真是不撞南墙不回头。

"糟蹋自己？我这哪里是糟蹋自己，我分明是实话实说。好，就算我承认一开始进入'梦乐迪'是生活所迫，因为我当时的确是身无分文，可是后来我有很多机会离开的，为什么我没有那么做呢？因为我骨子里都心甘情愿接受了那种生活，我就是这样一个肮脏的女人一个虚荣的女人，连赵北北都看清了我的真面目，你这又是何苦？"是啊，那个曾经恨不得把全世界最好的东西都捧到我面前的赵北北都可以对着我说出那样残忍的话，这个世界上我还可以相信什么？

"如果只凭你说这几句话就可以动摇我的决心，那你也太小看我了。不要拿我和赵北北比，我和他不一样。还有，我没办法回北京，因为我已经调到这里工作了。"

我看着唐朝格外坚定的背影，心里酸酸的特别不是滋味，为什么这个无论如何都不肯放开我的人不是赵北北啊！

那么，就试一下

唐朝对我的好还是一如既往，真的没有因为我的几句话就改变心意。有时候看到他那执着的模样，我真想大嘴巴抽自己。这么好的一个男人，我为什么就不能接受，一定要对该千刀万剐的赵北北耿耿于怀。

海边城市的夏天就像小孩子用的尿不湿，永远都是湿淋淋的，下场雨比人撒尿还要寻常。

我也不知道自己是哪根神经搭错了线，竟然会想到让自己痛痛快快淋一场雨。那些在路上奔跑的人看到我手里明明拿着雨伞却要和他们一样在雨里狂奔，纷纷向我投来看神经病的眼神，对于这些，我选择视而不见。

很显然，我高估了自己的体质。第二天我就发起高烧，连班都没办法上，只好打电话请了假，一个人孤苦无依地在床上窝着。

以前只要我感冒，五姐和赵北北就会鞍前马后地伺候我。喝一碗五姐熬好的姜糖水，再吃掉赵北北买来的退烧药，用不了一天我就又生龙活虎比任何人都精神了。

可是现在，我一个人发着高烧，躺在距离他们千里之外的床上，心里头有说不出的委屈。当然，我知道，只要我一个电话，唐朝一定会快马加鞭地赶过来，可是我不愿意那么做。想到这些，我就越发恨死了赵北北，如果没有他，我的人生怎么会如此凄惨。

家里没有退烧药，我这个样子也不敢出门，说不定会被人当成甲流患者把我隔离起来。所以我挣扎着起身想熬碗姜糖水，可是因为高烧我的脑子一直处于混沌状态，所以我格外英勇地把手伸进了滚开的水中。

钻心的疼痛让我一下子清醒过来，看看自己的手，已经起了一片大大的水泡。

看着被自己烫得惨不忍睹的手，我止不住失声痛哭，鼻涕眼泪流了一脸，我就想现在自己该有多丑啊，钟无艳见到我应该都会萌发出自信。

我只好放弃煮糖水，忍着痛爬到床上准备睡一觉，希望醒来烧就退了。

可是我又不是铁打的，全身上下说不出的疼痛在折磨我，我又怎么能睡得着呢，我又不是猪八戒，再说了就算是猪八戒也不一定就能睡着。

我捧着烫伤的手伤春悲秋，自怨自艾。

就在这个时候，门铃响了，用脚趾头想我都知道，来的人一定是唐朝。可是我不愿意开门，不愿意让唐朝看到我这副鬼样子。所以我用枕头把头捂住，权当听不到。唐朝见敲门不行就改打电话，我干脆关了机。

唐朝在门外大喊："多多，我知道你在里面，如果你再不开门，我可要破门而入了。"

开玩笑，我家可是防盗门，岂是这么容易就能让你破的？

我这一想法还没有落地，就听到"砰"一声，唐朝果然破门而入。如果不是我现在身上实在没有力气，我一定跳起脚来骂黑心的房东，记得我刚来租的时候，房东吹嘘这门比长城都要牢固，可事实上它连个木头门都不如。

唐朝看到躺在床上凄凄惨惨的我的时候，他是真的生气了："钱多多，你是想把自己折腾死吗？你以为自己是十七岁的花季少女啊，还学人家雨中漫步！"

我连说话的力气都没有，只好用眼神表达了我的疑惑。

"是，昨天我一直跟着你来着。早知道是这样的结果，我当时就应该强行把你塞进车里。"唐朝没好气地说，然后他走过来摸摸我的额头，"你的额头都能烫鸡蛋了，又环保又节约能源，多好。"

我眨了眨眼，没有说话，眼泪却流了出来。

唐朝叹了一口气，不再数落我，二话没说就走了。

我很疑惑，不知道唐朝这是唱的哪出戏。

不一会唐朝又回来了，手里拿着买来的药："我知道你害怕打针，"说完唐朝走到厨房端来了水，"喏，先吃药，待会我给你包扎一下手，要不然会感染的，到时候你的手就别要了。"

唐朝忙活着为我煮了姜糖水让我喝下，又温柔地为我盖好被子："睡一觉吧，醒了就什么事都没有了。"

我终于如愿以偿地睡着了。

这一觉睡得可是真长，当我醒来时天都黑了，一扭头见唐朝正用手支着头瞌睡。我的心就暖了，唐朝这样为我忙前忙后，如果我还不感动，那我就太没良心了。

唐朝好像感受得到我在看他，一下子睁开了眼，走过来摸我的额头："不

错，烧已经退了。多多，我可不止救过你一次了，这样的恩情你该怎么报答？"
我笑道："要不要以身相许啊？"

"你愿意吗？"唐朝认真地问。

"唐朝，要不，我们试一下吧！"

我们约会吧

等我身体慢慢好了之后，我就开始恨自己的鲁莽，恨不得把那天那个躺在床上装柔弱的自己拖出来重打五十大板。明明说好咬定青山不放松的，怎么就能因为一时感动变节？如果在抗战时期，我真怀疑自己会不会成为一个出色的汉奸。

当我看到笑眯眯的唐朝时，我真恨不得自己立刻变成一只耗子，从下水道溜走。可是我能变成耗子吗？答案显然是否定的，所以我必须勇敢面对这个被自己搞得一塌糊涂的局面。

唐朝走过来再自然不过地接过我手中的包："走吧，多多，为了庆祝你痊愈，我请你吃好吃的。"

如果只是这句话倒也罢了，谁知唐朝又补了一句："就当是我们第一次正式约会吧。吃完晚饭我们就去看电影，好不好？"

看到唐朝如此兴致高昂，我实在不好意思说出拒绝的话，毕竟人家还是我的救命恩人。我只好有点尴尬地点点头。

我第一次觉得和唐朝在一起会如此不自在，好像身上密密麻麻爬满了虫子。我完全不知道要和他说些什么，在这样的情况下好像也不适合对唐朝说"我们还是做朋友吧"这种话，否则说不定会换来一个车毁人亡的结局，虽然我命运坎坷，可是我也不想那么早就死。

看上去唐朝也很不自在，一直在假装咳嗽。"要不我们听音乐吧。"说着唐朝打开了车上的音乐。

车上传来男歌手撕心裂肺的呐喊"我得到你的人却得不到你的心⋯⋯"

在这样尴尬的情况下听到这样的歌词，我偷偷看了一眼唐朝，哆嗦着手关掉了音乐。

然后就又陷入了死一般的寂静。

不应该是这个样子的，我和赵北北在一起的时候，每时每刻好像都有聊不完的话题，就算是不说话也不会觉得不自在。这样下去可不行，我会别扭出病来的："唐朝，那个……"

唐朝够聪明，他敏感地捕捉到我接下来要说出什么样的话，所以他立刻截住了我："多多，我们是吃西餐还是日本料理，又或者你想吃中国菜？"

这样我还能说什么呢："你定吧，我吃什么都行。"

"那我们去吃川菜吧，你不是也很喜欢吃辣吗？"

"好啊。"我随口答应。

该怎么形容我此刻的感觉呢，就好像有人在我的肚子埋了一颗定时炸弹，说不定什么时候就会爆炸，我死不足惜，可关键是我害怕殃及到无辜的唐朝，这种感觉实在糟糕透顶。

终于到了分别的时候，我的心情第一次得到放松。

"多多，和我在一起很不开心吗？我们以前相处得很好啊，就按照那样的模式相处不好吗？"

拜托啊大哥，现在我们是情侣，怎么可能按照朋友之间的模式来相处呢？"要不我们……"

唐朝又一次阻止了我："或许我们都还不太习惯全新的关系，以后会越来越好的。快上楼吧，我要回去了。"

聪明如唐朝，怎么就在这件事情上犯起糊涂，掩耳盗铃自欺欺人了呢？

该死的赵北北

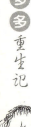

我和唐朝之间的关系并没有像他所说的那样，习惯了就会好，我们之间的尴尬一直存在着，可以说是没有最尴尬只有更尴尬。唐朝根本就不给我机会说出任何想要和他一拍两散的话，哪怕是我有那么一点小苗头他也会用消防栓给我灭了。

这天唐朝又来接我下班，说是要带我去吃饭。我们之间的约会除了吃饭看电影好像就没有别的内容了。

我突然心血来潮想去小餐馆吃饭，所以让唐朝推掉了预订好的饭店。

唐朝的好脾气得到充分的体现，"只要你愿意，就算是去吃地摊我都会欣然陪你。"

的确是一家很小的饭店，大厅里只能勉强摆开六张桌子，而且没有包间，不过收拾得倒还算干净。

有句话怎么说来着，无巧不成书，我们屁股还没坐热呢，我公司里的几个同事就走了进来。

经过一番寒暄，自然就坐在了一起。

其实不知道从什么时候开始，我讨厌一群人在一起叽叽喳喳地吃饭，闹得人胃口疼。不过现在我需要这几个聒噪的同事，这样可以让我和唐朝都自在些。

上了满满一桌子的菜，一群人吃得兴高采烈。唐朝和我的同事们看上去比我和他们都熟悉，侃侃而谈，而我就端着水杯咻溜咻溜喝水。

因为店里并不是很忙，所以老板坐下来悠闲地调台看电视。

同事小琴忽然气沉丹田冲老板大喊："哥，就看这个台，不要换了。"

我被小琴的分贝震得一哆嗦，水都险些洒出来。

其他同事就笑小琴，"小琴，你这是又迷上什么偶像剧了？怎么，这次迷上的又是谁？"

小琴对此嗤之以鼻："具俊表再出色再优秀那也是电视里的人物，不真实。可是这一个却是活生生的真人啊，无论是外貌身材还是家世背景，他一点都不比具俊表逊色。所以我已经把他定位为我的偶像 number one 了。"

我忍不住抬头看看电视，想知道小琴的偶像究竟是怎么样的人物。这一看，我的目光就呆滞了，忘记自己嘴里还有一口水，险些呛到自己。

电视上，赵北北意气风发地在接受采访，他的脸上有着得体的笑容，随意坐在沙发上，笔挺的西装更显得他身材修长。其实我和他也就半年不见而已，可是再次看到他的脸，我却觉得像是过了漫长的一个世纪。

对于主持人提出的各种问题，他都回答得游刃有余……

这个在电视上谈笑风生的赵北北真的还是我以前所认识的那个只会咧着嘴笑的痞子赵北北吗？

"那么，"主持人不打算轻易放过赵北北，"我们都知道，'项项'旗下涉及到电子、汽车制造、旅游、医院、超市、学校等十几项产业，可是之前却从来没有涉猎过餐饮业。观众们都很想知道是什么原因促使你进军餐饮业，并在短时间内成立了规模巨大的酒店呢？是不是真的如外界传言那样，你是因为一个女人才这么做的？"

听到主持人问这个问题，我的心头不由一紧，好像在期待着什么。

赵北北低头一笑，说："我看是你个人比较感兴趣吧？没错，外界的传言不假，我就是为了我深爱的女人才这么做的。虽然她现在暂时不在我身边，可是我相信总有一天她会回来。到时候，这酒店就是我送给她的礼物。"

我能感觉到自己的心正在一寸寸裂开，那种深入骨髓的疼痛超出了我的承受范围，可是我必须装作若无其事。

同事们开始纷纷议论："天哪，这个男人就是'项顶'的董事长啊，真没想到他这么年轻这么英俊呢！"

小琴骄傲地说："当然，我喜欢的男人能差得了吗？"

……

如果他们知道他们此刻热烈讨论着的男人曾经是我的男朋友，不知道他们会不会往我的咖啡里放毒药。

桌子底下，唐朝的手不知什么时候紧紧握住了我的手，我能感觉到他的担忧和恐惧，我想对他笑，可是这么简单的动作我却没办法做到。

该死的赵北北，他用这样的方式不费吹灰之力就打乱了我的生活。

赵北北来了

这段时间，除了和唐朝的关系带给我困扰之外，我并没有觉得自己有多么操劳，更何况这几天唐朝还出差去了。我总觉得他是在躲避着什么，因为那天从小饭馆出来后我又做了一件冲动的事情，为了安抚唐朝的情绪，我竟然脑缺氧般向他提出了结婚的建议。幸亏唐朝没有陪我一起发疯，他还保留着最后的理智，他对我说的话直到现在还历历在耳，他说："多多，你太小看我了。我不会乘人之危在这种情况下和你结婚的，就算要结婚我也要你心甘情愿地嫁给我，而不是像现在这样让你因为内疚而嫁给我。"

这一天，在没有过度劳累的情况下我却出现了幻觉。当我站在窗户前喝水的时候竟然看见赵北北在楼下，脸上还是带着欠揍的笑容。

难道是大白天见到了鬼？我用力揉揉自己的眼睛，再往下看，不是幻觉，赵北北那小蹄子真的就在楼下！甚至还恬不知耻地冲我挥舞着他的胳膊，好像完全忘记他对我做过多么过分的事情。

如果不是害怕引起不必要的骚动，我一定会把他晾在楼下不管不问。

我三步并作两步跑下去，冷脸看着赵北北，一句话也不说。

赵北北不会看人眉眼高低的缺点并没有在我离开的这半年当中得到任何改进，他腆着脸笑得格外灿烂："钱多多，好久不见啊！"

我冷哼一声，并没有理他。

赵北北好像没有一丝不自在，他继续自言自语道："就算是生气，这么长时间过去也该消了吧？好了，是我不对，我不该说那样的混账话。别闹了，你跟我回去，成吗？"

"赵北北，你昨天晚上做面膜了吗？"我冷冷地问。

赵北北被我这么冷不丁一问，大脑有些死机："啊？多多，你为什么这么问呢？"

"你应该是昨晚上的面膜忘记从脸上撕下来了，所以脸皮才会厚得这么离谱。赵北北，你当我是什么人，可以让你呼之即来挥之即去的？对不起，我没有和你回去的打算。况且我都是要结婚的人了。"管它是不是弥天大谎，先撒下再说。

听到我这么说，赵北北却哈哈大笑起来，仿佛听到了最好笑的笑话："钱多多，你说你要结婚了？你是和谁结婚啊？你不会告诉我你要和唐朝结婚吧？"

在他心里我就这么不值钱？除了他就没有人娶我了吗？这太伤我自尊心了："是，我就是要和唐朝结婚，怎样？"

赵北北笑得更加夸张："钱多多，你这瞎话编得也太差劲了。你难道不奇怪我怎么会找到你吗？"

看赵北北这副模样我就知道一定是唐朝找了他，原来唐朝是打着出差的幌子去找赵北北了。"我知道是唐朝找的你，可那是我让他这么做的。他以为我心里还有你，有些不放心，所以我就告诉他不如把你找来，让我当面和你说清楚好让他放心，没想到他真的就把你找来了。"

赵北北这才正经起来："多多，你这话是真的？"

"当然，唐朝因为我都离婚了，这还能有假吗？"

"我不相信，我不相信你能忘了我！"赵北北捏住我的肩膀，眼里几乎能喷出火来。

"你以为你是谁？我为什么不能忘了你？赵北北，在你把我羞辱得体无完肤的那一刻你就应该想到这样的结果。"我从赵北北的手中挣脱开。

"那时我的心情不好，说的话你怎么能当真呢？我是没法逃开对卓颜死的内疚才没有办法面对你的，你不能因为我在情绪失控的情况下对你说几句重话就这样对我。多多，我们这么多年的感情不是闹着玩的，怎么连这点打击都扛不住吗？"赵北北痛心疾首。

可是你现在跑来对我说这些又有什么用呢？赵北北，我的心已经死了，就算我想原谅你都没有办法做到。"看来你是太高估我们之间的感情了，对不起，让你失望了。你最好快点离开，如果你不想被别人当成是珍稀动物参观的话。"说完我转身就走。

"我真的让你厌烦了吗？"赵北北不死心地追问。

我顿一顿，并没有回头："是，准确地说，不是厌烦，是恶心。赵北北，就算现在扔一条在男厕所里扑腾了两天又被腌制的咸鱼在我面前我都不见得会这么恶心。"

"我明白了，"赵北北微微停顿一下，"可是我不会放弃的。钱多多，你刚才说的话我一句都不相信，我一定会让你回心转意的，你就等着做赵太太吧！"

唐朝的妥协

唐朝再见到我的时候，眼神里分明有着躲闪。看到这样子的唐朝，我的心里直泛酸水，明明就放不下，非要学人家做什么成人之美的勾当，真不知道他的脑袋里装了什么。我像以往那样奚落他，想让他羞愧难当面红耳赤，我说："唐朝，你真的是本事见长啊，都学会对我撒谎了。你明明是去找赵北北的，为什么骗我说去出差？过愚人节也没到时间啊。怎么着，你是不是觉得我惹你厌烦了，所以急着脱手又找不到合适的对象于是想到了赵北北？唐朝，你觉得这样做特带劲，特像英雄是不是？我实话告诉你，如果你觉得厌烦就直接告诉我，我绝对会跑到你看都看不到的天边，你实在是没有必要把我推给赵北北。"说完我斜眼看着唐朝，希望看到他脸上欲言又止的精彩表情。

可是令我吃惊的是，唐朝并没有因为我的搪塞不自在，事实上，他正常得让我觉得有些不正常，他没有躲闪我的眼睛，而是格外认真地对我说："多多，事情不是你想的那样，并且你清楚我不是因为要摆脱你才要把你推到赵北北身边。那天从电视上看到赵北北的采访，我知道令他念念不忘的那个女人就是你。而你的神情分明就在告诉我，你同样忘不了赵北北。我试图拼命说服自己我可以不在乎你心里想着别的男人。直到你告诉我你要和我结婚，我才犹豫了，我就是在那一刻才认识到，我根本就没有自己想的那么伟大，我不能娶一个心里压根就没我的女人。多多，我已经有过一次失败的婚姻，我不想在同一个地方再摔倒一次。或许你以前对我说的都对，我根本就没有自己想象的那么爱你，令我深深着迷的只是自己的回忆。所以对不起，多多，我没有办法再坚持下去了，这样牵强地在一起实在没什么意思，你累我也累，所以放开你的手才是我最好的选择。还有，我并没有欺骗你，这次我真的是去出差，只是顺便找到了赵北北。你明明还那么爱他，为什么就不肯给他一个重新来过的机会？"

唐朝的良苦用心没有带给我一丝感动，相反让我更加生气："唐朝，如果这些话都是你出自真心的，那么我很为你感到高兴，可是如果你仅仅是为了能让我和赵北北破镜重圆才这么说，那么我很遗憾地告诉你，你这是白费力气。我并没有拜托你做这种事，我恨别人随意插手我的人生，我自己该怎么生活只能由我自己来安排。你的好意我不会接受，也不会心领，以后不要再做这种没有意义白白浪费时间的事了。不过话说回来，你的意思是要和我分手吗？"

我不觉得这个问题有多么难回答，可是却把唐朝难为得抓耳挠腮的："多多……"

"唐朝，你真该好好学习一下怎么做一个真正的男人。这有什么好犹豫的，你不是说得很清楚了吗？就像是你已经写了一篇立意清楚的作文，现在就只差最后的总结，有这么困难吗？"

唐朝这才重重地点点头，说："没错，我是要和你分手。多多，我妥协了。"说完，唐朝如释重负地松一口气。

我不知道这个时候我应该有怎样的表情才算是合乎常理，应该觉得失落心痛吗？很奇怪，我有的仅仅是不合时宜的轻松，就像我的肚子里藏着的一颗定时炸弹被人拆出来了。我和唐朝果然还是比较适合做朋友。

可是就算没有唐朝，我还是不会接受赵北北，毕竟我和赵北北之间的问题从来就不是唐朝造成的。唐朝可以在天意面前妥协，可是我绝不妥协。就算赵北北在我面前把自己的心挖出来我也会视而不见，说不定还会丢在地上胡乱踩上几脚，反正这样的事情我做过不止一两次了。

赵北北的杀手锏

我成功地说服自己丢掉了对唐朝的负罪感，如果再没有了赵北北的胡搅蛮缠，我想我的生活十分美好。可是天公不作美。赵北北又一次发挥了大无畏的无与伦比的螺丝钉精神，像烂头苍蝇一样死死盯住了我。

无论我怎么用恶毒的话辱骂他，对他怎么置之不理，他就像瞎子聋子一样，一如既往贴上来，比牛皮膏药都牛皮膏药。他这样频繁地出入我工作的场所，终于还是被对他情有独钟的小琴发现了。

于是，你们闭上眼睛应该都能想象出现了怎样难以控制的局面。无辜的我又一次被推到了风口浪尖上。

明里暗里我听到不少闲言碎语，主要就是以我脚踏两只船为中心展开。我心里那叫一个怨呐，这和我有什么关系呀！

面对赵北北无休止的纠缠，我终于决定要火力全开，无所保留地向他开战，就算他是空气我也要把他打散了。

下班后，赵北北讪笑着贴上来："多多，走，我带你吃大餐去。"

我看了看满眼闪着小星星恨不得把赵北北吞到肚子里的同事们，觉得自己有必要选个合适的谈话场所，所以就答应了赵北北。

赵北北没料到我这么痛快就答应，老半天没醒过神。

"怎么，不是说吃饭吗？走啊。"我白了赵北北一眼。

赵北北这才反应过来，一脸欣喜地上了车。

我可真期待待会听完我的话以后他的脸上会出现怎样精彩的表情。

来到餐厅，我只点了一杯咖啡。赵北北有点费解地看着我。我深吸一口气，准备好了所需的弹药："你不用装傻，你应该很清楚我不是来和你吃饭的。赵北北，该说的我都说了，你还是这样死皮赖脸你觉得有意思吗？你的自我感觉竟然良好到这个地步真是令人望尘莫及。你真的以为我还爱着你？我不是小孩子了，不存在离了爱情就活不下去的情况。趁现在我还没有彻底讨厌你，尽早放手。我们之间的爱情已经死了，不要期待死灰复燃的奇迹会发生，从现实的角度来说，这有悖常理。"

"你离开我可以活，可是我不行。钱多多，没有你，我活不下去。"赵北北一脸严肃，还真像个多情种子。

对此，我是嗤之以鼻："赵北北，你当我是三岁的孩子啊？再说了，就算你活不下去，那也和我没有任何关系，我不在乎！"

"钱多多，我发誓，如果我们的爱情死了，那么不但是我，整个'项顶'都会是陪葬品，这样你也觉得无所谓吗？"

"赵北北，耍人也要有个度的，我没你想的那么笨。"

"你以为我是在骗你吗？你以为我不会把'项顶'亲手毁掉？明天下午三点，'项顶'最大的客户将到公司来洽谈新的合同，如果我缺席，合同就没办法谈成。那么，'项顶'就会蒙受难以估算的损失，至少会失去半个肩膀。然后我还可以让它失去胳膊失去大腿，到最后什么都不剩。在天上看着我的爸爸妈妈该会是怎样的心情呢？"赵北北依然笑着说。

原来赵北北的妈妈已经去世了，我的心里有点难过，毕竟阿姨对我真的挺好。想到这些，再看看赵北北欠揍的笑脸，我终于全面爆发了："赵北北，你疯了吗？你怎么可以用'项顶'来做借口逼我回到你身边？这样做你对得起谁？"

"我为了你钱多多发疯已经不是一两次了，我不在乎再多这一次。这是我订好的机票，现在交给你保管，我会在机场等你。如果你不来，我也不会回上海的。"赵北北把两张机票塞给我，然后招呼服务员埋单起身离开了。

我手里拿着机票，呆若木鸡。本来是准备把赵北北打个落花流水片甲不留的，到头来输得一塌糊涂的人竟然是我。赵北北你真的够狠，你竟然就这样把几十万人的命运交到了我的手中。

重回上海

我对上海说得上是爱恨交织。这里是我自甘堕落的地方，是我人生噩梦开始的地方，可是它又带给我真挚的友情也给过我深刻的爱情。我不止一次想一辈子远离这个城市，可是到最后还是要回到它身边。对我来说，上海就好像是怎么也摆脱不掉的肿瘤。

从在机场看到我到登上飞机一直到现在飞机马上要起飞，赵北北的脸上都带着奸计得逞后的笑容，这让我非常之郁闷。

"喂，"我现在连叫他的名字都不愿意，"我跟你回上海可以，但是我不会回到你身边。我会自己一个人生活，希望你不要像在这里一样跑来打扰我。"

"钱多多你开什么玩笑，如果只是这样的话，那你跟我回去有什么意思。我开出的条件可是你要回到我身边，如果那样我们还是不要回去了。"说完，赵北北拉起我的手就要下飞机。他是真的吃定了我："赵北北你不要得寸进尺！我只能答应你不躲着你，至于其他的，我什么也做不到。这样的条件你爱满意不满意，不满意拉倒，不回去就不回去，反正那不是我的公司。我也是看在你妈妈的分上才答应你的，如果你执意这样，我可就不顾及什么了。"赵北北人模狗样地沉思一番："好吧，我可以接受这个条件。不过你放心，钱多多，我一定会让你回心转意的。"

我不愿意再搭理他，扭过头去戴上眼罩准备睡觉。赵北北倒也知趣地不再吭声。

赵北北把我摇醒时我正做梦梦到唐朝，唐朝的脸上带着一如既往的温柔和化不开笑容，所以当我睁开眼看到赵北北格外灿烂的笑脸时，还真是有一种庄周梦蝶的感觉。

赵北北趁机占我便宜，用手刮了刮我的鼻子："钱多多，我发现你睡着的时候还是很可爱的嘛。"

我不想和他计较，一个正常人怎么会和一个脸皮厚得连长城都自叹不如的人计较呢。

"我们就在这里分开吧。"出了闸口，我淡淡地向赵北北打了一个招呼。

"你这是想去找五姐？"赵北北问。

不得不承认，赵北北这人还算得上聪明。

"明知故问，除了五姐我还能找谁去？"我丢给赵北北一个大大的卫生眼，从他手中拿过行李箱就要走。

"我就这么让你讨厌啊，你宁可去找五姐也不愿意和我回家？"赵北北在我背后追问了一句。我顿一顿，还是什么都没有说，连头都没有回。

五姐这个非正常人类在久别重逢之后并没有表达对我的想念之情，而是抢白了我一顿："钱多多，我就知道你没这志气。怎么着，赵北北一去找你你还不是屁颠屁颠跟着回来了。你这就是典型的好了伤疤忘了疼！我警告你，这次回来你最好能好好的，别再像受气包一样只知道躲起来了，否则我可饶不了你。"

我早就习惯了五姐用语言对我进行狂轰滥炸，所以我假装什么都没有听到："我去浴室里洗个澡然后就要睡觉了，想说什么等我醒了再说。"

"慢着，多儿，你的意思是，你要住在我这里？"

"回答正确！"我冲五姐打了一个响指。

"你神经病啊！你都跟赵北北回来了，你住我这里算怎么回事？"

我感觉现在五姐拿刀砍我的心都有。

"我这样做自然有这样做的道理。你放心，我不会打扰你很久的，我会尽快找房子搬出去。""滚！"五姐扔过来一个沙发靠垫，"你知道我不是这个意思。"

见五姐真的生气了，我慌忙跑过来抱住她，赔着笑脸说："好好，五姐，是我错了，我知道你是这个世界上最好最好的人。"说完我还特亲热地搂搂五姐细长的脖子。"钱多多如果你想谋财害命也拜托你不要做得这么明显。"五姐被我勒得直翻白眼。我讪讪地松开了五姐。真好，在上海我还有五姐这么一个瓷实的朋友，让我觉得这个硬邦邦的石头森林还有那么一丝温暖。

死皮赖脸

虽然我很清楚，就算我在五姐的家一直住下去她也不会有任何不满。可是我还是决定搬出去住，用五姐的话说，我终于拥有了作为一个人应有的脸皮。

我租的是一个有点破旧的公寓，可是环境还算不错，挺幽静的。搬进去的那天，赵北北也来了，买来一大堆食材，说是要庆祝我乔迁之喜，分明是打着庆祝的噱头来吃我做的菜。不过看在五姐也帮我忙活了半天的分上，我还是系上围裙下了厨。

饭桌上赵北北狼吞虎咽像是从非洲过来的难民，把我和五姐看得一愣一愣的。

在赵北北的世界里好像压根就没有不好意思这回事，等他吃得肠满肚圆时他才抬头看着我和五姐，天真地闪着无辜的眼神问："怎么，你们都不吃吗？"

五姐冷笑一声："赵北北，麻烦你看一下盘子里的残羹剩菜，我们是想吃，可我们再怎么强悍也比不过你一个大老爷们吧？"

赵北北无所谓地挠挠头发："实在是不好意思，不过这样不能怪我，要怪就怪多多做的饭菜太好吃了。"

这就是赵北北的本事，无论什么事情只要他愿意就可以把责任推得一干二净。

我没想到赵北北真的得寸进尺到了这样的地步，简直就是登峰造极出神入化了。他开始频繁出入我家，更可恨的是每一次来还都喝得醉醺醺的，来到二话不说倒头就睡，一点都不在意我的态度。好像我的家就是他家的厕所，他想什么时候来就什么时候来，根本不必征求我的意见。

每次他来我都不会给他好脸色，如果说我是一座万年冰山，那么赵北北就凭着连我都叹为观止的超强适应力成功进化成了北极熊。

我想不通会有什么样的应酬可以令堂堂的"项顶"董事长喝得烂醉如泥，所以我认定他是出去风花雪月被那些貌美如花的美女们灌醉的，他是罪有应得，不值得同情。所以每次他来我都不理他，反正他在沙发上睡醒后就会自觉地离开。

这天他还是一如既往闯到我家里来，不过看上去醉得没那么厉害，至少走起路来没有东倒西歪。

"多多，你准备去哪里工作？"他为自己倒了一杯水，坐在我身边问我。

"这好像和你没什么关系吧？"我斜眼看他。

"别这样嘛！要不你来公司帮我吧。你不是很喜欢经营酒店吗，我就把新开的酒店交给你管理，那可真的是比'草莓田'大一百倍的酒店，我兑现了自己

的承诺。"

"我没兴趣，我已经答应五姐要到她公司去了，所以你不用为我做任何安排，何况我是不会接受的。"面对赵北北如火的热情，我回应他的是一盆冷水。

"去五姐那里？多多，虽然私下我和五姐是很好的朋友，可是毕竟我们是生意场上的对手，你这样做真的不好。"

"赵北北，你怎么就不能认清自己的位置呢？就算我成了五姐公司的总经理和你又有什么关系？不过话说回来，你以前不是答应过卓颜如果她帮你得到'项顶'你就会退出电子产业的吗？虽然你是和五姐合作才得到了'项顶'，可是这里面也有卓颜大半的功劳，你这样对一个死去的人失信不好吧？"我继续讽刺他。

"这……"赵北北终于无话可说。

我能把死皮赖脸的赵北北逼到这种地步可不是一般的有能耐："怎么，没有借口了？"

"多多，我在你心里就一点好的印象都没有了？"赵北北很聪明地转移了话题。

"是，没有，现在的你彻底让我倒胃口。特别是你最近喝得烂醉来打扰我更是让我没办法忍受！赵北北，你就是让我恶心透顶！"我盯着他，一字一顿地说。

天知道，我说的并不是真心话。其实我的心好像并没有起初那么坚定了。有时候偷偷看着赵北北熟睡的脸，我的心里总会莫名其妙地感到一阵潮湿。我不是没有恨过自己的没出息，可我就是没有办法控制自己，所以我只能用恶毒的话刺激赵北北，希望他远离我，因为我实在受够了做傻瓜的滋味。

意外的来访者

当看到赵南南笑眯眯站在门口时，我真的有种要跳起脚大骂老天爷神经短路的冲动。我上辈子到底是造了什么孽，怎么老天爷就这么不放过我，往我身边丢起核炸弹来连眼睛都不带眨一下的。

"多多，再怎么说我们也是旧识了，就不打算请我进屋坐坐？"

赵南南和赵北北真的不是亲姐弟吗？那在某些方面他们的相似度也太高了些，比如这举世无双的厚脸皮。

"请进。"

赵南南进屋后一直没有说话，只是一个劲地抚摸自己的手指，比水仙花都自恋。本来我是打算和她比一下耐力的，可是半小时后我终于放弃了这一想法，并且觉得自己真的非常愚蠢，我怎么会是赵南南的对手呢，估计五姐都拿她没办法，她就是个无敌女金刚，我都怀疑金刚葫芦娃和她有着什么样的关系。

"你来找我就是为了让我和你一起欣赏你的手吗？"

赵南南的脸上就有了胜利者的微笑，那副神情分明就是在嘲笑我不自量力："多多，你还是那么沉不住气。"

我可没兴趣和赵南南玩语言游戏，所以我以平铺直叙的方式打击赵南南："有话就直说，我不想浪费时间和精力，有这多余的时间我还不如多睡会觉呢。"

"多多，你的耐性还真不是一般的差。好吧，我就开门见山。我是为了北北来的。"说完赵南南抬头看着我，好像在期待我脸上会有怎样的表情。

我果然不负她所望，脸上满是震惊。虽然我没有从赵北北那里打听过赵南南的任何消息，可是用正常人的思维来想他们怎么着也算是水火不容的敌人了，可是听赵南南的语气并没有多么恨赵北北入骨，好像她真的把赵北北当成了亲生弟弟一般，这就让我纳闷了。

"我知道你的心里一定充满了疑惑，我为什么会为了北北来找你呢？有一件事你肯定不知道，我和北北并没有成为敌对的仇人，相反，我们成了真正亲密的姐弟，可以说我从来没有如此和他亲近过。你不想知道这是怎么回事吗？"

如果说不想知道那是假的，可是我偏偏嘴硬："那是你和赵北北之间的事情，和我无关。我这才算听出来你这是来当说客来了。但是怎么办呢，赵南南，就算你说破天我也不打算和赵北北重归于好的，所以很遗憾，你白来了。省点口水就当是为节约用水做贡献了。"

听到我这样说，赵南南却笑了："我白来不白来倒是其次，关键是白瞎了北北对你的一片心！"

我冷哼一声："他对我什么心我都不敢确定，你倒是清楚得很。"

"你这么说我更得为北北叫怨了。你是真的不明白呢还是故意装糊涂？北北他为你做过什么你就真的不知道？在他刚上任的时候就提出了要'项项'退出电子产业的荒唐决定，遭到了所有董事激烈的反对，因为谁都知道，电子产业几乎算得上是'项项'的支柱，如果失去这一产业，'项项'将会蒙受不可估量的损失。我曾问过北北他为什么要这么做，他的回答竟然是怕你看不起他。虽然我不知道这其中有什么故事，可至少我知道他是为了你才要这么做的。他发了疯似的派人到处找你，前段时间他更是为了找你置'项项'于不顾。为了经营好为你而开的酒店，他丢弃了所有的架子，几乎每天都陪客户喝得烂醉，把身体都喝垮了。你不知道吧，北北他前几天因为胃出血都住进医院了。他为你做了这么多，你就真的一点都不感动？"

赵南南的咄咄逼问实在让我无言以对，于是我在她面前节节败退溃不成军。

赵南南成功地补上了最后一击："北北是什么样的人你应该比谁都清楚，虽然表面上看起来他总是一副什么都不在乎的样子，其实他比任何人都心思细腻，又重感情。你应该记得北北那辆红跑车吧？那是爸爸送给他的生日礼物，那好像是爸爸第一次送礼物给他，所以他格外珍惜。当他被逐出家门时，他唯一的请求就是要那辆车，甚至卑躬屈膝地求我。也是因为重感情，所以即使我对他做过那么多过分的事，他还是可以选择原谅我。多多，这样一个优秀的男人摆在你面前对你又一往情深，你到底还在别扭什么？"

赵南南问我还在别扭什么，我却没有办法回答。是啊，我在别扭什么？就是因为赵北北在失落的情况下对我说出了一些过分的话，所以我就可以抹杀他对我所有的好了吗？

冰消雪融

如果说我之前对赵北北已经有些动摇，那么赵南南的一席话就等于彻底摧毁了我最后的心理防线。

赵北北还是像往常一样喝得醉醺醺敲开了我家的门，门一开他二话不说躺在沙发上就睡。

这一次我动了恻隐之心，走过去把他扶进了卧室。他身材修长我扶着他很是费劲，所以在准备把他放到床上的时候，我摔在了他的身上。

这一摔，赵北北仿佛清醒了一般，睁着大眼睛看着我。我看到他以往纯净的眸子里满是血丝，总是带着笑容的脸上此刻竟是委屈的神情。看到他这样，我的火气腾一下就升上来了。一把把他薅了起来，大声对他嚷嚷："赵北北，你简直就是笨蛋傻瓜加白痴！你的脑子里到底装了些什么东西？'项项'交到你手里至今都没破产还真是个奇迹。你为我做了那么多为什么什么都不说？你什么都不说我怎么会知道？如果不是你姐来找我，你准备一辈子都忍受我那样对你？"

　　面对我噼里啪啦一顿指责，赵北北只是轻描淡写说了一句话就把我驳得哑口无言，他说："明明是你没有给我机会让我说。"

　　我："……"

　　也许是因为酒精麻痹了大脑的原因，赵北北的反应有些迟钝，好半天他才小心翼翼地问我："你的意思是要和我和好吗？"

　　我狠狠白他一眼："你说呢？"

　　赵北北激动地抱住我："多多，你知道我等你这句话等得花儿都谢了吗？不过这也充分说明了事在人为的正确性！我早就说过吧，我一定会让你回心转意的。"赵北北就是有能耐把挺感动人的场面瞬间变成他的口技秀场。

　　"赵北北，你一天不贫会死啊！"

　　赵北北正儿八经地说："多多，只有失去你我才会死，其他再大的痛苦我都能忍受。"

　　正常人还真是难以接受赵北北这亦真亦假的说话风格，我能和他相处这么久还真是不容易，我都挺佩服自己。我说："赵北北，我和你说实话，如果以后你还敢让我生气，我可真的真的不会原谅你了。"为了表明自己的决心，我把两个"真的"说得特别重。

　　赵北北直勾勾看着我，神情有些异样："我……"

　　因为我太没有居安思危的意识，所以接下来就发生了不可避免的惨烈的一幕，赵北北准确无误地吐了我一身！闻着令人作呕的味道，感受着赵北北的呕吐物透过我的衣服污染着我的皮肤，我杀了他的心都有。可是赵北北却像个没事人一样倒头就睡，弄得我满腔怒火无处发泄。

　　这充分证明赵北北这个人是小肚鸡肠，我敢打赌他一定是对当年我在他面前呕吐的事情耿耿于怀，所以今天是特意伺机报复。

　　本着艰苦朴素的原则，洗完澡以后，我决定把身上的衣服洗了。

钱多多重生记

在我洗衣服时，我心里刚刚淡了一点的怒火又一次熊熊燃烧起来。赵北北还真不是一般的有本事，屡屡都把我逼到崩溃的边缘。

洗完衣服，我又大发慈悲地为他熬了一锅粥。我觉得自己真是伟大，可以不计前嫌为吐了我一身的人做这样的事。

赵北北醒来之后竟然装失忆："呀，钱多多，真的对不起，我怎么在你家睡到这么晚啊！哎呀！我睡的怎么还是你的床？"

明眼人一看就知道他在装傻充愣，他却还沉醉在自己的演技当中，以为自己是奥斯卡影帝。我倒也不急于戳穿他，演戏谁不会呀，我保证演得比他好："嗯，是啊，你还真是够死皮赖脸的，我怎么赶都赶不走。现在既然你醒了，那就快走吧。"

赵北北果然被我精湛的演技唬住了："钱多多，你怎么可以瞎说呢！昨天晚上你可不是这么说的！"

鱼儿终于上钩了，我冷笑一声："赵北北，你记得挺清楚啊，那你刚才给我装什么失忆！"赵北北又开始耍无赖："钱多多，作为一个女人，太爱计较了不好，老得会比较快。我可不想到时候被人误会我和一个阿姨结了婚。不就是昨天我不小心吐到你身上那么一丁点，也至于你记恨一晚上？当年我那么真挚的表白换来的是你的呕吐物，我不什么也没说？好了好了，就算我们扯平吧。"

我真后悔没在家里喂一条狗，像赵北北这样的无赖，就应该剁巴剁巴喂狗。

忘记有多久没如此轻松愉快地和赵北北在一起相处了，自从他假装和卓颜谈恋爱开始，我们之间的关系就像一根扯紧的皮筋，这根皮筋在卓颜死后终于断掉了。

为了我们以后可以相安无事地相处，我们都会努力的，好不容易迎来的春天可不能轻易送走。

我们结婚了

赵北北神神秘秘地把我从家里叫出来，一副特务相。

"赵北北，你就直说吧，你是不是想去抢银行啊？那我也没那心理素质给你当副手啊!"赵北北斜睨我一眼,笑道:"我去抢银行?银行不来抢我就不错了。"

我:"……"

"我找你是有正经事,我们得去北京一趟。"

我的脑子里盛满了问号,如果把它们一一列举出来,应该可以编一部完整的《十万个为什么》。"去北京做什么?"

"给你开个证明我们好结婚啊。"赵北北一本正经。

我的心里就一阵翻江倒海,虽然赵北北这么轻描淡写地说要和我结婚,可是我能感受到他沉甸甸的心意,这份心意足够让我受用一辈子。

我终于见识到了赵北北雷厉风行的一面,他带着我就像一台装甲车一样从上海杀到北京,然后又以迅雷不及掩耳之势杀了回来。那些琐碎的小事赵北北简直就是信手拈来,半点都没有不耐烦的模样。从民政局走出来,赵北北一手一本结婚证笑得很开心:"哎呀,钱多多,你现在可是我的老婆了,以后你想逃都不行了,法律会制裁你的。"

"赵北北,你真的这么开心?娶了我这么个乱七八糟的女人你至于这么开心吗?"没办法,自取其辱一直都是我的优点。

赵北北板起脸来,义正词严地教训我说:"钱多多,从今天开始,你必须端正自己的态度。什么叫乱七八糟的女人?我赵北北的女人怎么会和乱七八糟扯上半毛钱的关系?不管你以前有过多么荒唐的生活,不管你有过几个男人,从这一刻开始,统统都不要想。你只要记得你老公是赵北北就行了。"说到最后,赵北北一股子得瑟劲。赵北北这一番话把我感动得稀里哗啦热泪盈眶,赵北北满意地看着我,可是当我对着他打了一个气震山河的喷嚏之后,他的表情一下子僵住,好像要原地坐化升天了。我有点不好意思地低下头,灰溜溜地跑到前面去了。

赵北北追上我,拉住我的手说:"钱多多,我们还有一件大事没有做呢。"

我不纯洁的思想促使我不得不往那方面想,我抬起腿给他一脚:"在大街上你能正经一点吗?"

赵北北委屈地捂住被我踹的部位:"拜托,明明是你自己多想了好吧?我的意思是我们要举行一个盛大的结婚典礼,我要让钱多多你成为最幸福的新娘。你这脑袋里呀,到底装了些什么?"赵北北一副老夫子的模样,对着我这个不争气的学生摇头叹息。

钱多多重生记

误会了赵北北的本意又一次让我有点不好意思，可是他的提议我不能接受，"不可以！"我说得格外斩钉截铁，就像当年的狼牙山五壮士。

赵北北拧起好看的眉毛，问："为什么？拥有一个浪漫的婚礼不是每一个女孩子的心愿吗，你怎么不愿意呢？"

"不想就是不想，哪有那么多为什么。"我有点不耐烦地说。

赵北北好脾气地哄我，"好好好，你乐意怎么做我们就怎么做吧！你说我们要做些什么来纪念一下结婚？"

我知道，赵北北一定明白我为什么那么坚定地反对举行结婚典礼，只是他不愿意说出来，就像我不愿意告诉他我不是不想要浪漫的婚礼，而是我害怕在婚礼上遇到知道我过去的人。我皮粗肉糙的倒无所谓，我是害怕赵北北失了面子，毕竟现在他是十字塔尖上的人物，不知道有多少人等着看他的笑话呢。我不能为他做什么，但是我至少可以避免为他制造混乱。我不要浪漫的婚礼，我不要那些连名字都不知道的人送来的虚假的祝福。只要我嫁的人是赵北北，我就可以什么都不要。

明枪易躲，暗箭难防

屈指算算，大大小小的宴会我也参加过不少，从这方面看，我钱多多实在不能算是没见过世面的人，可是现在我没出息的模样明摆着就在推翻这个论证。

赵北北有些无奈地苦笑："钱多多，你完全可以表演得再夸张一点，然后就去冲击一下奥斯卡最佳女主角，应该大有希望获奖。不过是陪我参加一场商业宴会而已，你至于这么紧张吗？再说来都来了，你这么缩在车里不肯下去算怎么回事？退一万步讲，这宴会五姐也参加了，有她陪你你还紧张个什么劲！"

就算赵北北的话再有道理，我还是紧张得心跳加速："赵北北，要不你让司机送我回去吧，我害怕。"

"那么你的意思是，"赵北北笑得格外奸诈，他把嘴巴无限靠近我的耳朵，"要让我找另外的女人作为女伴，然后让别人误认为她是我的妻子？"

我把头摇得跟个拨浪鼓似的："我当然不是这个意思！"

"如果不是，那就快点下车，宴会马上就要开始了，如果你想要格外引人瞩目的话，那就等所有人到齐后再进去吧。"赵北北开始要挟我。

　　事实证明，赵北北真的是吃定了我。我深深吸一口气，用力拍打着自己的胸口，确定自己的心没有跳出来，然后像英勇就义的刘胡兰一样大义凛然地对赵北北说："走。"

　　这群上流社会的人总是用尽吃奶的力气炫富，所以这样的宴会才会层出不穷。我挽着赵北北的胳膊，穿梭在纸醉金迷的宴会上，听着别人对我的奉承和赞美，不管他们是不是出自真心，我都觉得虚伪，鸡皮疙瘩起了一层又一层。

　　老远就看到五姐摇曳生姿地走了过来，脚底下踩着十几厘米的高跟鞋依然如履平地，这样看上去她还真有几分女强人的气势。"多儿，你怎么回事啊？你干脆等宴会结束再来好了！"

　　"你和五姐聊聊吧，我还有很多应酬呢。"赵北北低声对我说。

　　"瞧你那没出息的样子，"如果哪次见面五姐没有损我，那我才会觉得奇怪，"你干脆把赵北北拴在你的裤腰带上得了，人都走远了，你还看什么看，每天都见面你还看不够啊！"

　　我不准备和五姐过多地讨论这样的问题，否则吃亏的肯定是我："五姐，你们这些有钱人是不是有病，闲着没事搞什么宴会，真是没意思。"我在左顾右盼一番之后下了这样一个结论。

　　"钱多多女士，你现在好像也在有钱人的行列里面吧？"

　　如果指望五姐改掉尖酸刻薄的毛病，还不如指望猪八戒能戒色来得实际，所以我只是小小地白她一眼："谢谢你的提醒。不过五姐，你都不担心在这种宴会上碰到以前的客人吗？"我贼眉鼠眼地偷偷问五姐。

　　"这有什么好担心的，我的来历早就已经不是秘密了。再说事情都过去那么久了，谁还会抓住不放啊？这么说来，你是害怕所以才迟迟不来？"五姐的眼珠乱转，看上去格外像一只狡猾的狐狸。

　　我老老实实地点点头。

　　五姐的脸色少见地凝重起来："其实你的担心也不是完全没有道理的，我可是尝过站在风口浪尖上的滋味。那滋味怎么说呢，算是刻骨铭心吧，我都怀疑以你的承受能力能不能扛过去。所以听我的，如果真的不幸遇见那种情况，你就只管装傻充愣，千万不能承认，听到了吗？要不然不但你，就连你的老公和他的公司都会受到连累的。"

钱多多重生记

我本来就害怕，被五姐这么一吓唬就更加提心吊胆恨不得找个面具戴上。我深深低下头，亦步亦趋地跟在五姐身后，看上去特别像一个受气的小媳妇。

事实证明我的运气还真不是一般的坏，就在宴会要进入尾声，我以为可以把心踏实地放到肚子里高枕无忧时，一个我以前非常熟悉的客人突然就看到了我，他并没有走过来，只是有点疑惑意味深长地盯着我看。我刚刚安稳的心又一次超负荷运转起来，我慌忙低下头，手心里满满的全是汗。

俗话说，没有最乱只有更乱。就在这千钧一发时，赵北北大摇大摆地走了过来，我再怎么冲他挤眉弄眼都不管用，更要命的是，他还格外亲热地搂住了我的肩膀："老婆，玩得开心吗？"

我听到一旁的五姐重重地叹了一口气，我恨不得两眼一闭，就此长眠不醒。

那个男人临走时露出的笑容像一根尖锐的刺狠狠扎进我的心里，我的直觉告诉我，最坏的事情还在后面！

风口浪尖

或许是我太多心所以才会胡思乱想，距离那次宴会已经有一段时间了，可是却什么都没有发生，我的生活并没有因此变得不同。我还是像以前一样，每天睡到自然醒，把所有的时间几乎都花在网络上，然后等赵北北下班。

直到有一天，我发现餐桌上没有新的报纸，家里每一个人看我的眼神都很怪异，除了赵北北和赵南南。

我知道，一定有什么事情发生了，只不过赵北北在掩饰着不让我知道。

所以吃饭的时候我轻描淡写地对赵北北说："吃完饭我想约五姐去逛街，不知道她有没有时间。"

赵北北就激动地把牛奶喝进了鼻子里，"她没有时间！你还是好好呆在家里吧。"

"你怎么知道？"我饶有兴致地盯着赵北北问。

"这个？我猜的。你想啊，五姐她一个人支撑着那么大的公司，哪里会有多余的时间？你说是吧，姐？"赵北北把烫手的山芋扔给了赵南南。

这下换赵南南用鼻子喝牛奶了："是啊，是啊，北北说得很有道理。"

我在这对姐弟眼里就这么像傻瓜吗？"你们还是不准备告诉我到底发生了什么事情？"

赵北北佯装生气地说："多多，你胡思乱想什么呢，什么事情都没发生，你想让我告诉你什么？"

"可是那些报纸上可不是这么写的。'项顶'董事长夫人曾经是妓女这个大大的标题可是很引人注目的，你们都没看见啊？"我擦擦嘴巴，很认真地问。

赵北北的表情看上去像是喝了一杯榴莲汁："你都知道了？"

是的，我都知道了，在后花园的垃圾桶里我找到了不翼而飞的报纸，当我看到那些铺天盖地的报道时，有一种被雷狠狠劈了一下的感觉，也终于明白为什么今天电脑断网电视忽然没有了信号。赵北北为我围起了一道坚固的城墙，可是他自己却没有办法躲起来，只能势单力薄地接受暴风雨的洗礼。这仅仅是个开始，谁知道接下来会发生什么，"项顶"究竟会为此蒙受什么损失。我突然觉得或许我不应该嫁给赵北北。

事到如今，赵南南反而镇定了："北北，我就说纸包不住火，多多早晚都会知道的，瞒得了一时瞒不了一世。现在我们就开诚布公地谈一谈到底应该怎么办，刚才我接到电话，'项顶'的股票已经开始跌了，我们必须采取措施！"

"姐，"赵北北的音调提高了许多，"我们不要在家里谈论工作，这些事情和多多没有关系，所以不必为她增加什么思想包袱，我会解决的。"

"你的解决方式就是去收购那些报社杂志社么？可是北北，几乎大大小小的报社都在刊登这个消息，你收购得过来么？"赵南南逼问道。

"我说过，我会解决，你们都不需要操心。多多，"赵北北转过头来看着我，"你相信我吗？"

"赵北北，我……"

"告诉我，你相信。"赵北北紧紧握住我的手。

"嗯，我相信你。"我只好点点头。

赵北北如释重负地笑了笑："这就够了。多多，我向你保证，明天的报纸一定不会有任何碍眼的报道。"

"北北……"赵南南还想说什么。

"好了，这件事情就讨论到这里，我要去上班了。"赵北北没有给赵南南继续说下去的机会。

"多多，我相信你和北北之间的感情，也很感动你们可以为彼此付出一切的心。可是，如果让整个'项顶'因为你们的爱情而蒙受损失，你觉得应该吗？"赵南南问道。

面对赵南南这样的提问，我羞愧地低下了头。在这样的情况下，我没有办法厚着脸皮说话："可是，我能怎么办？我没有办法改变过去的事情，也没有能力让所有人来个集体失忆。难道要我和赵北北离婚吗？"

"如果你们离婚，北北面临的压力只怕会更大。你们没有举办结婚典礼都能成为媒体攻击北北的重磅武器，什么难听的话和匪夷所思的想象都出来了，如果真的离了婚，那岂不是往燃烧着的柴火里倒汽油？"

"那还能有什么办法？"

"办法我倒是有一个，不过就是太委屈你了，不知道你愿不愿意做。"看得出来，赵南南是考虑了很久才想出这个办法的，"虽然不是什么绝好的办法，可至少能稍微减少一下对'项顶'的冲击。"

"我愿意做。"

只要能帮赵北北，上刀山下火海我都认了。

帮凶

台下无数镁光灯冲着我不停地闪烁，我坐在台上，局促得都不知道该用哪只手拿话筒。赵南南体贴地把话筒递到我手里，当摸到我冰凉刺骨的手时，她有些心疼："多多，难为你了，可是事到如今我们没有更好的办法了。就算北北再有能力，也不可能堵得住悠悠众口。"我没有说话，只是对她笑了笑。

没错，这就是赵南南的办法，我召开一场记者招待会，把自己凄惨的身世，以及与赵北北之间感人肺腑的爱情添油加醋地在所有媒体面前讲出来，争取他们的同情和谅解。当然，这一切都是瞒着赵北北准备的，否则赵北北一定会反对。

虽然事前我做了充足的准备，对于记者有可能提出的各种刁钻的问题也想好了得体的回答，可是真到了那一刻，我还是紧张得要死，并且非常不理解那些明星们为什么会如此享受镁光灯下的生活。记者们的问题都在我的预料之中，比如我为什么要当妓女，比如我和赵北北是如何认识，比如我后来经历了什么，比如我如何帮助赵北北重回"项顶"，我声泪俱下地一一给予回答，总之就是要给人比小白菜都要凄惨，比王宝钏都要痴情的感觉。

很多记者都被我的故事感动了，甚至有人悄悄地抹眼泪。这样的场景显然在赵南南的预料之中，她满意地点点头，冲着我伸出了大拇指。

可是总会有出人意料的事情发生，要不然我们的生活怎么会如此精彩。"钱小姐，你这是在欺骗我们大家的感情。"一个阴冷的声音从角落里传过来，我抬起头，看见一个面色阴郁的中年男人，"天下的孤儿有很多，为什么他们可以凭借自己的双手自食其力，而你却自甘堕落出卖自己的身体呢？这摆明了是你贪慕虚荣，受不了苦！"

"我……"这个超出我预料的问题让我无言以对，能支撑到现在已经是我的极限了。

"你说的都是屁话！"一个熟悉的声音响起，我循着声音望过去，看到了门口处的五姐以及她身后沉着脸的赵北北。就像正被欺负的小孩子忽然见到了可以依靠的人，看到他们俩，我有一种想要号啕大哭的感觉。可是毕竟我面前有那么多镜头，所以我还是忍住了。

五姐走上台，把我手中的话筒抢过来："如果你是一个只有十七岁的女孩子，身上仅有的钱被小偷偷走，天渐渐暗了下去，你又冷又饿，蜷缩在路边。那么多人从你身边急匆匆走过，却没有人会在意你的处境。这时候有一个人带你填饱了肚子，为你找到了住处，告诉你只要你听她的话，就会有吃有住。这位记者，我请问你，如果是你，你会怎么做？"

刚才还气焰嚣张的记者一下子哑口无言，思量半天才开口说："这一定是你杜撰出来的故事，谁不知道你和钱多多一样也是从'梦乐迪'出来的！"

"你的嘴巴最好给我放干净一点！"赵北北指着那个记者说，"否则，我保证你一定会后悔！"

赵北北一定是气疯了，竟然在这种场合威胁记者。

"赵总，你这是赤裸裸的威胁，我可以去告你的！我的话虽然难听，却是事实。她们两个串通起来编个故事就以为能骗过我们，可是至少我不会相信。"赵北北的一席话倒像是给那位记者打了鸡血。

"这并不是我编造的故事，今天，站在这里，有一件事情我想要公布，"说

到这里，五姐深深望了我一眼，那眼神里有我看不懂的情绪，"钱多多之所以会成为妓女，完全是我一手策划的。"

台下一片哗然，所有人都不解地看着五姐，期待她接下来要讲的故事。而我的大脑瞬间停止了运作。

"当年那个小偷是我安排的，我把只有十七岁的钱多多逼到了山穷水尽的地步。然后我又充当好人，引诱她走进了我挖的陷阱里……"

我的脑子一片混乱，我不记得接下来发生的所有事情，不记得记者会是怎样结束的。

我只是隐约记得赵北北指责我不该瞒着他开记者会五姐追着我说道歉的话，然后我的眼前突然一黑，就什么都不知道了。

醒来之后发现自己躺在家里的床上，赵北北紧紧抓住我的手，我知道他担心我，可是现在我什么都不想说，我只是觉得恶心。

一直以来我都觉得自己的人生是被老天爷泼了一杯超浓度硫酸，可是今天我才知道这硫酸是五姐帮老天爷泼的，更可恨的是我还一直把她当最好的朋友。我最好的朋友是毁掉我人生的老天爷的帮凶！这一点，我没有办法接受！

朋友，就是这样的人

接下来的很多天我都不说一句话，赵北北递水给我我就喝水，递饭菜给我我就吃饭，感觉连个机器人都不如，至少机器人还能制造点动作发出点声音逗人开心呢，可是我什么都做不了。

赵北北发挥了超乎寻常的耐心，他几乎推掉了所有的工作，专心在家里陪我，想尽办法想让我心情好起来，可是没有用，现在的我基本上等同于木头人。

我不知道自己是不是恨五姐，我只是一想到以前的姐妹情深就有种想咬舌自尽的冲动。过去的一切都在嘲笑着我的愚蠢和无知，我一直都感激于五姐对我的好，却从没想过她是因为心中有愧才会那样对我。这么多年，她瞒得我好苦。

我也终于明白当年她离开"梦乐迪"时为什么要让谢志坤替她对我说一句

对不起。这样看来，所有的一切就都有了合理的解释，可是我是多么不想要这样的解释。既然都骗了我那么久就继续骗下去好了，为什么要把真相告诉我，我宁可被那些记者的口水淹死也不想面对这样的真相。

赵北北的耐心终于还是被我磨光了，他抓住我的肩膀大声质问我："钱多多，你到底想我怎么样？难道你要把我逼疯才肯罢休吗？"我不想怎么样，我就是不知道该怎么样所以才这样虐待自己。我抬起眼皮懒懒地看了赵北北一眼，没有说话，我也不知道为什么突然间对赵北北也产生了腻烦心理。

"多多，你总是这样，"我的不理睬并没有阻止他的自言自语，"只要别人对你有一点不好，你就把别人所有的好都忘得一干二净。对我是这样，对五姐也是这样。你就没有想过或许五姐也有她的苦衷吗？你是不是觉得整个世界都要围着你转才是正常的？"

赵北北这是在替五姐叫屈呢还是借此抒发自己的怨言呢？不管他的初衷是什么，他这几句话成功地戳中了我的心尖，我眼里含着泪水倔强地看着他，依然不说话。

我的眼泪永远是对付赵北北最好的武器，他就在我热泪盈眶的注视下缴械投降了，语气立刻软了下来："对不起，我知道你心情不好，我不该那么吼你。可是多多，你这样子真的让我很担心。就算五姐当初害了你，可是她对你所有的好还不能弥补吗？再说，如果没有五姐也就没有我们的现在啊！"

赵北北一次一次这样不知进退地挑战我的极限，我终于还是忍不住了，虽然我现在比林黛玉强壮不了多少，可我还是使出吃奶的劲儿对赵北北吼道："赵北北！我不可能因为遇见了你就对毁掉我人生的五姐感恩戴德！就像一个死人不会感激杀死他的凶手买给他一口棺材！"喊完之后我的眼前一黑险些晕倒，不过我还是凭着超强的耐力挺了过来。

赵北北被我强大的气势镇住了，好半天没说一句话，末了才开口说："多多，我会帮你找答案的。"然后他就头也不回地走了出去。

赵北北走后我就再也忍不住了，趴在床上哭了个天昏地暗，恨不得把肠子都哭出来。

当天晚上赵北北没有回来，只是打电话告诉我他在忙，让我不要等他。我在心里冷笑，什么在忙，都是借口而已，他只是不想面对歇斯底里的我，不愿意相信他的女人心胸如此狭窄。

第二天中午，赵北北回来了，并且看上去真是一副很累的样子，不过脸

上却有着难掩的兴奋："多多，"他激动地扶着我的肩膀，"我找到了当年偷你钱的小偷，他根本就不是五姐安排的！我们都误会五姐了！"

我听得一头雾水，疑惑地盯了赵北北半天："就算你想要为五姐开脱，也不必找这样烂的借口。事情过了那么多年，你怎么可能找到那个小偷？"

"进来吧！"赵北北冲门外喊了一声，一个衣着邋遢的中年男子出现在了房间里，"也许你已经没有印象了，他就是当初偷你钱的贼。我之所以能这么容易找到他，要归功于五姐，因为五姐一直掌握着他的行踪，并且把他搞得这样凄惨，为的只是为你出一口气！当年他偷你钱时五姐正好瞧见，如果五姐真的有错，那也只是错在她没有见义勇为，你人生的悲剧并不是她策划的！就算是带你进入'梦乐迪'，她也给过你选择的机会，不是么？五姐为你做的不仅仅只有这些……"

"你不用说了！"我明白了，统统都明白了，五姐之所以在记者招待会上说出那样的话引火烧身，只是为了尽自己最大的努力来保护我，而我不但信以为真，还别扭了这么久。五姐的心里该有多失望。我现在只想快速奔到她面前，紧紧搂住她，然后劈头盖脸骂她一顿！

换种活法

经过上次的波折，我和五姐的友情号列车理所当然更加平稳地轰隆隆前进。

赵北北还是抓住机会告诉了我五姐瞒着我为我做的事。原来当年我去美国之后五姐见赵北北半点伤心的样子都没有而是沉醉在温柔乡里时，她曾跑去"项顶"大闹，结果被保安揍了个半死；我和赵北北都深深憎恨着的陈嘉琦也被五姐收拾得一文不值；记者招待会后当我在心里默默怨恨着她的时候，她出面找到了那个较真的记者，不知用什么办法让他乖乖闭了嘴甚至还在报纸上登了道歉信；她联合赵北北收购了很多报社杂志社，把我平安地从风口浪尖上解救出来……当从赵北北嘴里听到这一切的时候，我羞愧得想要撞墙自尽，像我这样忘恩负义恩将仇报的人根本就没脸活着。幸亏我的脸皮够厚，我不但有脸活着，还有脸三天两头屁颠屁颠跑去五姐家。

当然，和我这个吃饱了就等下一顿的无业游民不一样，五姐可是忙得很，所以每次我想要安静地和她说十几分钟的话都是奢望。我看着五姐忙得像陀螺一样乱转，把咖啡当白开水一样喝，饭桌都被搬到了书房里。再想想家里的赵北北，早餐急匆匆吃几口就要赶到公司，晚上回家也只是简单和我打个招呼就钻进书房，出来时我早已和周公下了无数盘棋。

看到这样的他们，再看看庸庸碌碌往黄泉路上溜达的自己，我很难得地生出了羞愧的心。难道我真的就要这样生活一辈子？或许用不了一辈子，过几年赵北北就会厌烦了我一抬手招呼我走，到那个时候我可真的是连哭都找不到地方。

仔细想想，这是多么可怕的事情，我到底在干什么，竟然没有意识到这一点！

让我没想到的是，五姐也替我考虑到了这一点。所以在她难得有时间和我清静地吃顿饭时，她随意问了我一句："多儿，你准备继续这样过日子？"

我的心里咯噔一下，这个问题在最近一段时间可是搅得我茶不思饭不想夜不能寐忧心忡忡啊。可是我这个人可是出了名的嘴硬如冻豆腐，"我这样过日子有什么不好吗？每天有大把大把的时间做自己想做的事情，有穿不完的新衣服吃不腻的山珍海味，十指不沾洋葱水，衣来伸手，饭来张口。不知道有多少女人做梦都想过这样的日子呢！"

五姐攥着叉子的手多用了几分力道，我都怀疑她想把叉子插进我的脖子里。"居安思危居安思危你知不知道！你就没想过你现在拥有的一切不过是仗着赵北北对你的喜欢？长此下去，你就会变得和那些每天需要用打麻将来消遣时间，拼命花钱买衣服用来攀比的豪门怨妇们一模一样！那时你还敢确定赵北北的心吗？如果你失去了他的心，那你还能拥有什么？多儿，一个女人最重要的就是要独立，不能躲在男人身后依附着他存在。为什么现在我不害怕那些记者而你却怕得要命？多儿，你真应该认真考虑一下这个问题了。"

被五姐这样准确无误地说中心事，我有点恼羞成怒："是，你是'丰盛'的董事长，你的实力有目共睹，我拿什么和你比？你倒是说说我该怎么做？"

看到我张牙舞爪一副斗鸡模样，五姐笑得挺开心："多儿，我就是欣赏你这种劲头！你脑子是不是生锈了？难道你不记得赵北北说过他开的酒店是送给你的礼物么？现在是时候接受这份礼物了。"一语惊醒梦中人！不过……"五姐，那酒店的规模你是知道的，我一个一点管理经验都没有的人怎么能管理那么大

的酒店?"

"谁生来就是管理者?不会就学,怕什么!多儿,趁现在赵北北还对你百依百顺你就该使劲折腾,我相信以你的聪明一定能折腾一番事业。"

五姐说得慷慨激昂,我听得热血沸腾,心里头跃跃欲试。五姐说得对,我必须改变一下自己的生活方式,就算是为了留住赵北北的心我也该这么做,我不能一辈子蜷缩在他身后,我得站在他身边和他一起抵挡一切,这才是真正的夫妻。

回到家我趁热打铁向赵北北提起了这件事情。"多多,这酒店本来就是打算送给你的,让你经营也是理所应当的事。不过经营一家酒店不是你想象中那么容易的,我是不愿意你受这份罪,要不你再考虑一下?"

虽然底气不足,但我还是拍着胸脯向赵北北保证:"我一定能行!北北,你就给我一次展现的机会,如果真的不行,那我立马就撤回来,好不好?"我摇着赵北北的胳膊,千年不遇地撒起娇来。对此,赵北北显然是一点抵抗力都没有:"钱多多,只要你能好好说话我就答应你!明天我就召开董事会任命你为酒店的总经理,行了吧?所以拜托你别恶心我了。"

看在我心情很好的分上,我不和他计较。一种强烈的预感告诉我,属于我钱多多崭新的人生终于要拉开序幕了。

划破了幸福的脸

高尔基说,书籍对他而言就像是饥饿的人趴在面包上。对于我而言,酒店的工作就好比是刚刚烘焙好新鲜出炉的散发着奶油甜香气味的蛋糕,饥肠辘辘的我对此能有什么抵抗力呢?

我像一个女超人一样飞檐走壁,努力做着别人都不相信我可以做好的事情。我恨不得把一分钟当成一个钟头来用,每天休息的时间不足四个小时,我至今还没倒下在赵北北看来就是一个奇迹。

白天我在酒店里工作,晚上还要跟着赵北北为我重金聘请的哈佛教授学习酒店管理。每当我累的时候,只要想起聘请这教授花费的白花花的银子和在董事会上那些倚老卖老的董事们对赵北北的刁难，我就像南孚电池一样充满能量。我一定会让那些等着看我笑话的老东西们刮目相看，跌破眼镜，最好连眼珠子都跌破，成为名副其实的有眼无珠。

我不分昼夜，勤勤恳恳地工作换来的是酒店的财源广进，营业额步步攀升。我开始盼望每月一次的董事会，每当我把当月的业绩报表扔到办公桌上看到那些老家伙们不可置信的表情时，那感觉简直要比往他们脸上撒尿还要爽歪歪。

可是只有我和赵北北知道我为了这份辉煌付出了多少，当我陪着那些大客户拼命喝酒时，恍惚间我会觉得自己又回到了"梦乐迪"。

我这样超负荷支配自己的身体终于还是引发了赵北北的不满，他嚷嚷着要解雇我。开玩笑，我好不容易才得以扬眉吐气，可以昂首挺胸地在公众场合站在他身边，我又怎么可能甘心再去过以前那种像古代的后宫嫔妃们望眼欲穿等待皇帝临幸的日子？所以我极其强烈地否决了赵北北的决定，当然也说了一箩筐的好话。

在我的软磨硬泡之下，赵北北还是败下阵来。看着他不情不愿的样子我有点小小的感触，我知道这段时间我忙于工作疏忽了他。可是我这么做也是为了我们长远的将来考虑，只有做一个与他相配的女人，我们才可能有真正的光明的未来。做人要把目光放长远，怎么可以贪图一时的安逸就故步自封安于现状不思进取呢？在这一方面，赵北北就真的不如我。

可是如果我能预料到我对赵北北的疏忽会给我的生活带来巨大的灾难，我还会不会这样义无反顾？在以后的很多日子里，我都在翻来覆去想这个问题。

其实是很平常的一个晚上，我和赵北北难得都在凌晨前回到家，他在浴室洗澡，我坐在沙发上看第二天开会时所需要的材料。我的右眼皮没有跳，外面也没有阴云密布风雨交加，一丁点暴风雨前的预兆都没有。

赵北北的手机突然响起来的时候还把我吓了一跳，我喊了赵北北一声，可是因为距离太远他没有听到，我放下手中的文件，准备看一眼是谁打来的电话，可是当我看到屏幕上用字母组成的名字在闪烁时，我的好奇心被勾了起来。

所以种瓜得瓜种豆得豆这句话说得一点都没有错，你种下了什么因就会收获什么果。如果不是因为好奇心作祟，或许我的人生会是另一番景象。

不过如果也只能是如果，当时的情况是，我鬼使神差地接听了那个电话。电话里头传来一个很年轻很娇媚的女声："北北，你在忙什么？是不是你老婆在旁边所以不能接电话？"

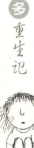

我能清楚地感觉到自己的心咯噔一下，一股鲜血直冲我的大脑，如果没有坐在沙发上我可能会站不稳摔倒在地。不过我的素质完全可以和当年的撒切尔夫人相媲美，我稳定一下自己的情绪，使声音听起来尽可能平稳一些："不好意思，我就是赵北北的老婆，请问你找我老公有什么事吗？"

电话那端的女人显然没料到接电话的人是我，尤其没料到我会如此心平气和地跟她说话，所以好一会没有动静，不过当她说出接下来的话之后，我才真正明白地狱是什么，她对我说："那麻烦你转告赵北北一声，他到底是要和你离婚，还是要我打掉肚子里的孩子。"其实我早就应该想到，像赵北北这样的男人身边一定少不了莺莺燕燕，不巧的是，我把这么重要的一点疏忽了。我把赵北北对我的包容忍让对我所有的好都当成了理所应当的事，所以我心如止水不为所动，终于还是让别的女人有机可乘。

赵北北再也不是只属于我一个人的赵北北了，一想到这一点，我的心就好像被一只爪子锋利的猫狠狠挠了一下。

赵北北从浴室走了出来，他的头发还没有完全干透，有一点凌乱，他的身上散发着沐浴乳的清香，他整个人看起来是那么的清爽干净。我看着赵北北，觉得一切都像是一个笑话，这个在我面前说了无数甜言蜜语的男人，这个就在刚才还含情脉脉地说爱我的男人怎么就让别的女人怀上了孩子？

赵北北被我看得有些不自在，他在我身边坐下来，笑嘻嘻地问我："老婆，你是不是被我迷住了？"

我对着他笑一笑，然后很严肃地说："赵北北，我要告诉你一个好消息。"

赵北北有些索然无味，"是不是酒店的营业额又上升了？这种事情完全可以留到明天的董事会上再说。"

"不是这个。我要告诉给你的好消息是，你要当爸爸了。"

"真的？"赵北北激动地一把抱住我，"老婆你真伟大！"

我不着痕迹地推开赵北北，"不是我，是那个叫 TM 的女人怀了你的孩子。"

这场战争，我输了

　　和现在的情况比起来，以前我遭遇过的一切简直就算得上是芝麻绿豆，不值得一提。

　　我在为了能和赵北北并肩作战而不懈努力，他却忍受不了寂寞找了个第三者，更重要的是，那个女人怀了他的孩子！这样的笑话理所当然应该出现在我可笑的人生里，谁让我做过社会的毒瘤人神共愤呢？可是我以为自己嫁给了赵北北就能避免这种理所当然，我一直都以为他和别的男人不一样。就在我对这种想法深信不疑的时候，赵北北却用实际行动嘲笑了我的愚昧天真。我究竟是凭什么认为赵北北会甘愿把自己的一辈子和我牢牢拴在一起？就算我变得再优秀，也没有办法改变我曾经是妓女的事实。

　　赵北北坐在沙发上，低着头，不说一句话，长长的刘海遮住了他的眉眼，我看不见他的表情，却能看到泪水顺着他英俊的脸一滴滴滑落。

　　可是哭又有什么用呢？泪水可以把那个女人和她肚子里的孩子冲走吗？如果可以，我愿意陪着他一起哭个天昏地暗。

　　"赵北北，请你搞清楚状况，现在受了委屈的人是我，你哭得跟个娘们似的是什么意思？"

　　赵北北终于抬起头，用那双通红的泪眼朦胧的大眼睛望着我说："多多，我错了，求你不要离开我，再给我一次机会。我保证，我一定会圆满解决这件事情。自始至终，我赵北北爱的就只有你一个人！"

　　我冷笑一声："赵北北，你说的话可真动听。可是怎么办呢？我现在一句都不想听了。你这个混蛋，你为什么一定要把我搞得这么惨！"我把抱枕想象成炸弹朝赵北北丢了过去，恨不得和他同归于尽，不死不休。

　　赵北北没有躲避，任由抱枕打中了他："我知道你心里有很多委屈很多愤恨，你杀了我的心都有。可是多多，我们走到今天是多么不容易，历经了千辛万苦，我们不可以这么轻易就放弃的。"

　　"赵北北，我求你，现在不要和我说话。"我以为自己会哭，可是很奇怪，

钱多多重生记

240

我连一滴眼泪都没有流。

我不管赵北北的哀求挽留，拖着沉重的身子出了家门。我能想到的只有去找五姐，出现问题找五姐这种思想早就根深蒂固地存在于我的大脑里了。对我而言，五姐就是避风港，就是一剂良药。

赵北北呀赵北北，你可知道，我真的有好消息要告诉你的，那个好消息就是你要当爸爸了，是我的孩子的爸爸。你怎么就能这么对我呢？

我的人生多么像是没有营养的方便面，反复重复着同样的故事，当年我怀了陈嘉琦的孩子时看到了他和别的女人在大街上热吻，现在赵北北更进一步，和别的女人捣鼓出一个孩子。

五姐听我说了事情的始末，脸上并没有惊讶的表情。

"五姐，你早就知道了？"我恨得牙齿打颤。

"嗯，比你知道得早一点。那天我去参加一个饭局，看到赵北北和一个女人出双入对。我当时就冲过去质问他是怎么回事。他求我不要告诉你，他说他会和那个女人来个了断。你和北北之间的感情我是知道的，再说了人家都说宁拆十座庙，不毁一桩婚。我就没和你说……多儿，事到如今你打算怎么办？"五姐聪明地转移了话题，避免引火烧身。

其实我现在根本就没有多余的力气和五姐计较什么："我也不知道，我的脑子很乱，我想和他离婚。可是又不舍得肚子里的孩子……"

"你也怀孕了？"五姐激动地抓住了我的手。

我老老实实地点点头。

"那北北知道么？"

"不知道。"

"你这个傻瓜！多儿，既然你的肚子里也有赵北北的骨肉，那么你还害怕什么？你真的要把你的丈夫拱手让给别人吗？谁没有犯错的时候，你不能因为一时想不过来就毁了自己的幸福。争，和那个女人争到底，你的胜算绝对比她大！你想想，赵北北是想要名正言顺的老婆给他生的孩子，还是外面见不得人的小三给他生的孩子？多儿，你总得为肚子里的孩子想想。"

五姐的话总是能带给我力量和信心。就是，我凭什么就这样输给那个女人？我和赵北北的感情还不至于脆弱到这么不堪一击。

我收拾好情绪，从五姐家走了出来。

回到家赵北北并没有睡觉，他坐在沙发上等我。

我平静地走到他面前对他说："赵北北，我愿意给你一次机会，请你不要让我失望。"

赵北北欣喜地抱住我："多多，你放心。"

我没有想到的是，那个女人会率先找到我。

我终于知道，TM 是唐媚的意思，坐在我对面的女人确实算得上千娇百媚，而且有着我永远都不会再拥有的年轻。不过这样的女人我并没有放在眼里，她还不是我的对手，充其量就算一个张牙舞爪的小猫咪。

"我从北北的手机里找到了你的号码，这样冒昧地约你出来，不好意思。"唐媚笑眯眯地说。

"不必为了这个对我感到抱歉，你连我的老公都勾引了，何必在这种小事上多做计较呢？说吧，你到底想和我说什么，我很忙的，没有很多时间浪费在你的身上。"

"你忙我是知道的，"唐媚喝了一口咖啡，"要不然北北怎么会找我呢，呵呵。"

"也是，我没有时间陪他，他是要找个人打发时间的。我说过了唐小姐，请你长话短说。"

"大姐，不要和我争什么，我可是有着你没有的筹码。作为北北的老婆，你知道他想要一个孩子的心情么？"

"谢谢你的提醒，虽然我并不需要。不过不好意思，你有的筹码我一样也有呢。"我的笑容更深了。

唐媚的脸上有些慌乱："就算你也有了北北的孩子，我还是一样会赢你的，不信你就等着瞧！"说完她就气冲冲地离开了。

我说过的吧，她根本就不是我的对手。

晚上我在等赵北北给我满意的答复，结果凌晨两点多他还没有回来。很好，赵北北，这就是你给我的圆满的结局！

就在我放弃等待要去睡觉时，赵北北却回来了，一副很累的模样。他是在哪里卖力呢？

"多多，你去找过唐媚了？"赵北北的声音冰冷得不带一丝感情。

我的心也变得坚硬起来："是，我去找她了。怎么，她跟你告状了？"

"多多，我说过我会解决，你为什么还要去找她的麻烦？她被你逼得割腕自杀了你知不知道？幸亏抢救及时，要不然发生在卓颜身上的悲剧就又要重演了！"

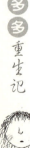

你一定要把人逼到绝路上才开心么？"赵北北冲着我大吼。

原来赵北北从来没有释怀卓颜的事情，在他内心深处一直都认为我就是害死卓颜的凶手，而现在，我又险些害死他孩子的妈妈，我就是罪大恶极我就该天打雷劈。

我以为我稳操胜券，却没想到我会输得一塌糊涂，我不但失去了赵北北的人，我也失去了他的心。为了这场战争，唐媚可以付出生命，我却没有那种勇气，所以我注定是输的那个人。

天降横祸

我没有搭理赵北北，而是径直走进书房拿出了我已经准备好的离婚协议书。我早就想好了，如果事情真的可以好好得到解决，我就会把这份协议书撕毁和赵北北好好过日子，如果解决不好，那么我就会把协议书交给赵北北。

"赵北北，我们离婚吧，"我把离婚协议书递给赵北北，"明天我们就去民政局把离婚证领了。你放心，协议书上写得很清楚，我什么都不要，我只要从你身边离开。"

赵北北怔怔地看了协议书一眼，笑道："多多，原来你早就想好要和我离婚，那么你又为什么假惺惺地说要给我一次机会？这样把我玩弄于股掌之中让你很有成就感吗？"

"嗯，是这样的。其实我也是想看看你的诚意，不过这样看来你的诚意好像也没有多少。赵北北，到此为止吧，我们都不要纠缠下去了。这一次，别说是'项顶'，就算你毁掉整个世界我也不会再回到你身边了。比起回到你身边，我更愿意和这个世界一起灭亡。"

"多多，你说好不好笑，"赵北北一边撕着手里的协议书，一边对我说，"我们用了那么多年才结了婚，结果结婚才一年多就要离婚。我们到底是败在哪里了呢？你有没有想过，走到今天这一步，你也是有责任的。你一心想着要做一个女强人，要做一个配得上我的女人，你花在工作上的时间远远多于花在我身上的时间。可是你变得再优秀又能怎么样？天外有天，人上有人，总会有人比你好的。我喜欢你不是因为你对我有多么大的用处，只是因为你是钱多多啊！只要你是钱多多，我就会爱你。这一点，你为什么就不明白呢？我从唐媚的身上看到了从前的钱多多的影子，你知道我有多么怀念曾经的那个钱多多吗？"

　　"赵北北，这可真是个富丽堂皇的借口，你在别人的身上看到了我以前的影子，然后和我的影子轰轰烈烈地爱了一场，连小影子都造出来了。你知道什么叫做站着说话不腰疼吗？你口口声声说喜欢的只是钱多多，可是当我人老珠黄，和其他的豪门怨妇一样每天指望着麻将过日子时，你还会喜欢那样的我吗？好了，既然都走到了这一步，相互推卸责任也是于事无补，我们好聚好散吧。协议书你撕了也没用，因为我复印了很多份。晚安。"我真是佩服自己的坚强，我竟然还可以这样冷静地和赵北北说出这些话。我的心在历经那么多苦难之后终于变得坚硬起来，没有什么可以伤害到它。

　　"等一下，"赵北北拉住我，看到我僵硬的表情后又知趣地放开了我，"多多，我会尊重你的决定，但是我说过酒店是我送给你的礼物，送出去的东西就没有再要回来的道理，所以我希望你可以继续经营酒店。说实话，你好像天生就是经营家，酒店在你手里要比在我手里好。"

　　"我不答应，你毁掉它也好，送人也罢，从此以后和你有关的一切都和我没有任何关系。还有，我这个人不喜欢被冤枉，是唐媚主动找的我，不是我找的她，而且我也没有逼她去自杀。"就算我对酒店有千万个不舍得，我还是可以放弃，除了肚子里的孩子，我不要赵北北任何东西。

　　我给五姐打了电话，五姐很快以乘火箭的速度赶来了，好像她时刻在准备着要来接我一样。当然，五姐是不可能给赵北北好脸色看的，她看赵北北的眼神就像是看到刨了她祖坟的仇人。

　　到了五姐家，她很体贴地什么话都没说，只是丢给我一件浴袍。

　　有一件事情我觉得很奇怪，我以为我会恨赵北北入骨，可是只要一闭上眼睛，我能想到的就只有他的好，尤其是他那招牌式的坏坏的笑在我的脑海里挥之不去经久不息。

　　我从来都没有想过，我们的结局会是如此。

　　多余的话五姐没有说，她只是问了我一句："你肚子里的孩子该怎么办？"

　　"当然要把他生下来，他是我一个人的孩子，与任何人无关，我会好好抚养他。"

　　"我从来不知道你是雌雄同体，一个人就能生孩子的，"五姐白了我一眼，

"我就勉强做这个孩子的干妈好了，我怕你一个人会累死，到时候还得麻烦我给你收拾，人家赵北北又不会管你了。"

"五姐，如果你再在我面前提赵北北，我就和你同归于尽。"我威胁五姐。

我忘记自己从来都不是五姐的对手了，她眉毛一抬，无所谓地说："很好啊，你是一尸两命，算起来我还赚了呢。"

我："……"

我知道，五姐只是想用这种方式让我心情好起来，我理解并感谢她。

坐在赵北北的车里，我一句话都没有说，关键是我不知道马上就要去领离婚证的夫妻此刻还能交流什么。我和赵北北还从来没有以这种沉默是金的方式相处过，今天算是填补了一个空白。

赵北北的手机铃声在安静的车厢里响了起来，我见他看了一眼屏幕继续若无其事地开车我就知道是谁打来的："怎么不接呢？唐媚不是还在医院吗？说不定是真的有什么事情呢？"

赵北北看了我一眼，赌气般按了免提："喂，唐媚，我现在正在去离婚的路上，一会儿就去医院看你。"

真是沉不住气的人，连这么一点时间都等不了。

"嗯，北北，我好难受，刚才还吐了，你要早点过来啊。"

"嗯，知道了。"

我和赵北北两个人，一个忙着讲电话，一个忙着听人家讲电话，根本就没有注意前面有一辆逆向行驶的车飞快开过来，显然是刹车失灵了。

当我们注意到的时候，一切都已经来不及了，只听"砰"的一声，我的眼前一片血红，在我失去意识的一刻，我感觉到赵北北用他温暖的拥抱紧紧护住了我。

植物人

醒过来的时候映入眼帘的是一个洁白的世界以及五姐焦急的脸，我下意识地摸了摸扁平的肚子。

五姐的眼泪刷一下就流了下来："多儿，孩子，孩子没了……"

我的手停在肚子上迟迟没有动，为什么我没有跟着我肚子里的孩子一起死呢？那倒也落个干净："没了也好，就算他有两个妈，没有爸爸又能幸福到哪里去？"

"可是……"五姐哭得更厉害了。

"没有什么可是的，我现在才是真正和赵北北没有任何关系了。对了，赵北北怎么样了？他是个大男人，应该比我醒得早才对，没准现在正陪着他未来的老婆吧！真可惜，这婚没离成。五姐，我昏迷了多久啊？"

"多儿，你都昏睡了两天两夜了！有一件事情告诉你，你一定要挺住，"五姐擦了擦眼泪，"北北受的伤比较严重，现在还没有醒过来，医生说，说，说，说他极有可能成为植物人。"

这玩笑开得也太大了些："五姐，你现在还有心思和我开玩笑啊。就算我恨赵北北，我也不希望他成为植物人啊，那不就是活死人了么。"

"多儿，我没骗你，这是真的。'项顶'现在已经乱成一团了，幸亏还有赵南南撑着……多儿，你没事吧？"五姐紧张地问我。

我说不清自己究竟是什么感觉，我只是管不住自己的眼泪，只好任由它往下淌。我的心里空荡荡的，像一个巨大的空房子，还四处透着寒风。

赵南南来看我时我还没有缓过神来，我不相信赵北北真的会成为植物人，我想挣扎着从床上下来，可是却一点力气都没有。

就算是看上去比五姐都要刚强的赵南南都是面容憔悴，双眼红肿："多多，北北的事情你都知道了吧？发生这样的事情我们谁都不想的，你一定要坚强。现在北北这种状况，你是唯一的合法继承人，'项顶'还要靠你支撑啊。我一个人根本就不行的。"

赵北北，到头来你果然还是不肯放过我，你怎么就把这么一个包袱丢给了我，自己却躺在床上睡起懒觉了呢？

五姐知道了我的决定后，又一次为我打抱不平，把我骂了个狗血喷头："钱多多，你是傻的吧？赵北北的确是可怜，可他是在和你离婚的路上出的车祸！你还嫌自己活得不够累是不是？'项顶'是多大的公司，你怎么就敢答应赵南南做这个董事长呢？你知道你要面临的是怎样一群豺狼虎豹吗？"

五姐就是五姐，对着我这么个虚弱的病人都能大吼大叫。"五姐，我和赵北北还没有离婚呢。再说，你知道为什么他伤那么重吗？因为在出事的一刹那，

他用他的身体护住了我。五姐，这个背叛了我的男人却愿意用他的命来换我的命，你说你要我怎么办？"

五姐就不说话了："多儿，你和北北之间怎么就这么难呢？"

鬼才知道我们上辈子究竟是做了多少丧尽天良的事，这辈子会受这么多苦难。

我的身体一天天好了起来，终于可以下床，可以去加护病房看望赵北北。

只要一看见裹得像木乃伊一样躺在床上动都不能动的赵北北，我就抓心挠肝地难受。我多么希望躺在床上的那个人是我，而站在这里经历这种痛苦的人是赵北北。

我知道，我应该做的不仅仅是保住赵北北的公司，我还得替他保留他的血脉。

我的突然造访让唐媚很是意外，也对，按常理来说，这个时候我应该在医院里寸步不离地守在赵北北的身边，彰显自己的爱情有多么伟大。

"你是来找我算账的么？"唐媚毕竟只是一个二十刚出头的小姑娘，她一定以为我现在恨死她了。

"不是，我是来求你一件事。"

"什么事？"唐媚下意识地护住了自己的肚子。

就在几天前，我的肚子里也有一个可以让我奋不顾身保护的小东西，可是现在，他不存在了。"你不要害怕，我不是威胁你打掉这个孩子的。恰恰相反，我是来请求你，无论如何都要生下这个孩子，这是赵北北唯一的孩子了。"

"你肚子里的孩子？"唐媚看了我一眼。

"嗯，没有了，唐媚，只要你愿意生下这个孩子，我可以付出任何代价。"

我知道这个孩子意味着什么，他甚至可以说是"项顶"的未来。

"我一直以为，最爱北北的人是我，可是现在我知道我错了，你比我爱他，"唐媚笑了笑，"我会生下这个孩子，我不要你付出任何代价。这个孩子我会交给你抚养，孩子跟着你比较好，而我只是一个卑鄙的破坏别人家庭的第三者。有一件事北北应该没有跟你提起过吧？我们之所以会发生关系，是因为，因为我在北北的水里下了药，他根本就没有背叛过你。"

可是现在知道这些对我又有什么意义呢？赵北北毫无生气地躺在医院里，我说什么他都是听不到的。

我没有想到的事情有很多，我最没有想到的是，我最爱的男人会在某一天猝不及防地成为植物人。我的眼前一片黑暗，不要说什么光明了，就连手电筒照出的那么一丁点光亮我都看不到。未来的日子究竟要怎么走下去，我不知道。

我们的结局

两年后。

"项顶"董事长这顶大大的帽子终于不会再带给我任何负担，我已经完全适应了女强人的生活。我应该庆幸，"项顶"并没有在我的手里垮掉。

外界对我好评如潮，善忘的人们似乎忘记了就在两年多以前他们曾经用怎样恶毒的语言羞辱我。五姐说得没错，只要有实力，就可以改变很多事情。

在任何人面前我都是刀枪不入的女强人，好像没有什么可以撼动我，没有任何人可以刁难我，当然，除了我的儿子，确切地说是赵北北的儿子赵哲涵。

当哲涵来到我身边后，我才真正体会到时光飞驰，转眼间他就学会了走路学会了说话学会了逗我开心，而现在，他已经两岁了。

很多事情都在改变，"项顶"在变得更强大，五姐和赵南南都摆脱了单身，成功把自己嫁了出去，做了幸福的女人，唯一没有改变的是，赵北北还在医院里昏睡，两年如一日。

他看上去还是那么年轻英俊，岁月丝毫没有在他的脸上留下任何印记，而我却老了。

有一天我在照镜子时，看到了自己眼角的皱纹，我对着镜子，没出息地哭了起来，把哲涵吓得要命，抱着我的腿哭着叫妈妈。

那一刻，好像所有的坚强都决堤，我抱起哲涵去了医院，和一个疯子没有两样。

我把哲涵放在赵北北的床前："赵北北，你准备睡到什么时候？你真的准备把我累垮才甘心吗？睁开眼看看你的儿子，他需要你，而我更加需要你。我以前都是骗你的，赵北北，没有你，我一样活得很痛苦。"

哲涵眨着眼睛，满脸的天真，这还是我第一次带他来看他的爸爸。"妈妈，这个人就是我爸爸吗？他长得真好看，可是他怎么不说话呢？他在和妈妈生气

钱多多重生记

248

吗？还是他在玩游戏？"

　　我没有办法回答哲涵的问题，我没把握让一个只有两岁的孩子理解植物人的含义。我只能徒劳无功地对着赵北北说话："赵北北，如果你还不醒，我真的就不打算原谅你了。明明是你说我们的感情来之不易，不可以轻易放弃，可是你这么躺着不肯起来是什么意思？我们像捉迷藏一样玩了那么久，你就不累吗？每一次你都告诉我不会再放开我的手，可是你却一次又一次地食言。你究竟准备什么时候做个言而有信的男人？"

　　就在这个时候，一只温暖的手突然抓住了我，赵北北的声音一如两年前一样温暖动听，他对我说："钱多多，这一次，我真的不会再放开你的手了。"

　　午后的太阳透过窗子照在我们一家三口的身上，那么温暖。窗外的花开得好灿烂，火红火红的，真好看。